LA OTRA GENTE

C. J. TUDOR

LA OTRA GENTE

Traducción de
Carlos Abreu Fetter

PLAZA JANÉS

Papel certificado por el Forest Stewardship Council®

Título original: *The Other People*

Primera edición: mayo de 2021

© 2020, Betty & Betty Ltd (escribiendo como C. J. Tudor)
© 2021, Penguin Random House Grupo Editorial, S. A. U.
Travessera de Gràcia, 47-49. 08021 Barcelona
© 2021, Carlos Abreu Fetter, por la traducción

Printed in Spain – Impreso en España

ISBN: 978-84-01-02560-0
Depósito legal: B-2.763-2021

Compuesto en Comptex&Ass., S. L.

Impreso en Domingo Encuadernaciones S. L.
Castellar del Vallès (Barcelona)

L025600

Para mamá y papá. La mejor gente

El infierno son los otros.

JEAN-PAUL SARTRE

Ella duerme. Una chica pálida en una habitación blanca. Está rodeada de máquinas, guardianes metálicos que mantienen a la joven durmiente atada al mundo de los vivos, impidiendo que se aleje arrastrada por una marea eterna y oscura.

Solo los pitidos constantes y el sonido de su trabajosa respiración la arrullan. Antes le encantaba la música. Le encantaba cantar y tocar. Encontraba música en todas partes: en los pájaros, los árboles, el mar.

Han colocado un piano pequeño en un rincón de la habitación. Tiene la tapa levantada y una fina capa de polvo cubre las teclas. Sobre el piano descansa una caracola de color marfil. Su interior sedoso y rosado es como las delicadas curvas de una oreja.

Las máquinas pitan y runrunean.

La caracola tiembla.

De pronto, un do agudo resuena en la habitación.

En algún lugar, otra chica se desploma.

1

Lunes, 11 de abril de 2016
M1 norte

Lo primero en lo que se fijó fue en los adhesivos que bordeaban la luneta del coche y recubrían el parachoques:

«Toca el pito si estás cachonda».

«No me sigas, me he perdido.»

«Cuando conduces como yo, más te vale creer en Dios.»

«Tengo el claxon estropeado. Atento a mi dedo.»

«Los hombres de verdad aman a Jesucristo.»

Vaya batiburrillo de mensajes. Aunque una cosa quedaba meridianamente clara: el conductor era un capullo. Gabe habría apostado lo que fuera a que llevaba una camiseta con un eslogan y tenía en la oficina una foto de un mono con las manos en la cabeza y el letrero: «No es necesario estar loco para trabajar aquí, pero ayuda».

Le sorprendía que el tipo pudiera ver algo entre tantas pegatinas. Por otro lado, al menos proporcionaba material de lectura a la gente durante los atascos. Como aquel en el que se encontraban atrapados en ese instante. Una larga fila de vehículos avanzaba a paso de tortuga a causa de las obras en la autopista; daba la sensación de que se habían iniciado en algún momento del siglo anterior y que durarían hasta bien entrado el milenio siguiente.

Gabe suspiró y tamborileó con los dedos sobre el volante,

como si así pudiera aligerar el tráfico o hacer que apareciera una máquina del tiempo. Ya casi iba con retraso. No del todo. Aún no. Todavía estaba dentro de los límites de lo posible que llegara a casa a tiempo. Pero no albergaba muchas esperanzas. De hecho, las esperanzas lo habían abandonado cerca de la salida 19, como a todos los conductores lo bastante espabilados para confiarse a su GPS y tomar un desvío por una carretera comarcal.

Lo más frustrante era que ese día había conseguido salir a buena hora. Habría podido llegar sin problemas a las seis y media, a tiempo para la cena y para acostar a Izzy, como le había prometido —prometido de verdad— a Jenny que haría esa noche.

«Una vez por semana, nada más. Es todo lo que te pido. Una noche en la que cenemos juntos, tú le leas a tu hija un cuento en la cama y finjamos que somos una familia normal y feliz.»

Eso le había dolido. Ella quería hacerle daño.

Por supuesto, Gabe habría podido replicar que era él quien había preparado a Izzy para el colegio por la mañana, mientras Jenny salía pitando para reunirse con un cliente. Era él quien había consolado a su hija y le había aplicado crema antiséptica en el mentón cuando el temperamental gato de la familia (adoptado por Jenny) la había arañado.

Pero no le ha dicho nada, porque ambos sabían que eso no compensaba todas las ocasiones perdidas, los momentos en que él no había estado allí. Jenny era una mujer bastante razonable, pero en lo que a asuntos familiares se refería, tenía los límites bien marcados. Si alguien los traspasaba, ella tardaba mucho tiempo en dejarlo volver al redil.

Era una las cosas que él amaba de ella: su devoción inquebrantable hacia su hija. La madre de Gabe había sido más devota del vodka barato, y él nunca había conocido a su padre. Juró que él sería distinto, que siempre estaría al lado de su pequeña.

Y sin embargo allí estaba, atrapado en la autopista, con muchos números de llegar tarde. Otra vez. Jenny no se lo perdonaría. No quería pensar demasiado en las posibles consecuencias.

Había intentado llamarla, pero había saltado el buzón de voz.

Ahora le quedaba menos de un uno por ciento de batería en el móvil, que se apagaría en cualquier momento, y justo ese día, como no podía ser de otra manera, Gabe se había dejado el cargador en casa. No podía hacer otra cosa que permanecer sentado, luchando contra el impulso de pisar el acelerador a fondo y llevarse por delante los demás vehículos, tabaleando sobre el volante con agresividad mientras contemplaba al puto don Pegatinas que tenía delante.

Muchos de los adhesivos parecían viejos, pues estaban descoloridos y arrugados. Por otro lado, era un coche antiguo. Un Cortina, o algo por el estilo. Estaba pintado con un espray de aquel color tan de moda en los años setenta: una especie de dorado sucio. Plátano mohoso. Crepúsculo contaminado. Sol moribundo.

El inestable tubo de escape escupía de forma intermitente un turbio humo gris. El parachoques entero estaba salpicado de herrumbre. Gabe no alcanzaba a ver el distintivo de la marca. Seguramente se le había caído, junto con media matrícula. Solo quedaban las letras «T», «N», y parte de un número que podía ser un 6 o un 8. Frunció el ceño. Estaba convencido de que aquello no era legal. Seguro que el cacharro de mierda no estaba ni en condiciones de circular, ni asegurado, ni en manos de un conductor cualificado. Más valía no acercarse demasiado.

Estaba planteándose cambiar de carril cuando el rostro de la niña apareció tras la luneta, justo en el centro del marco formado por los adhesivos medio despegados. Parecía tener unos cinco o seis años, cara redonda, mejillas sonrosadas y el fino cabello rubio recogido en dos coletas en lo alto de la cabeza.

Lo primero que le pasó a Gabe por la cabeza fue que ella debería llevar puesto el cinturón de seguridad.

Lo segundo que pensó fue: «Izzy».

La niña clavó la vista en él. Se le desorbitaron los ojos. Abrió la boca, dejando al descubierto el diente delantero que le faltaba. Gabe recordaba haberlo envuelto en un pañuelo de papel antes de colocarlo debajo de la almohada para que lo recogiera el Ratoncito Pérez.

Sus labios formaron la palabra «¡Papá!».

En ese momento, una mano procedente del asiento delantero la agarró del brazo y tiró de ella hacia abajo con brusquedad. Ella desapareció de la vista. Se esfumó. Ya no estaba.

Gabe se quedó contemplando el espacio vacío tras el parabrisas.

«Izzy.»

Imposible.

Su hija estaba en casa, con su madre. Probablemente viendo el Disney Channel mientras Jenny preparaba la cena. No podía ir en el asiento de atrás del coche de un desconocido, en dirección a Dios sabe dónde y sin el cinturón de seguridad abrochado.

Las pegatinas le impedían ver al conductor. A duras penas alcanzaba a vislumbrarle la cabeza por encima del «Toca el pito si estás cachonda». A la mierda. Tocó el claxon de todos modos. Luego hizo señales con las luces. Pareció que el cacharro aceleraba un poco. Las obras de la autopista terminaban unos metros más adelante, y las señales de ochenta kilómetros por hora cedían el paso a las que indicaban el límite de velocidad nacional.

«Izzy.» Pisó el acelerador. Su coche era un Range Rover nuevo. Tiraba como una bestia. Aun así, el viejo y destartalado montón de chatarra que tenía delante se alejaba. Apretó el pedal con más fuerza. El velocímetro subió poco a poco, a ciento diez, ciento veinte, ciento treinta y cinco... Cuando empezaba a ganar terreno, el automóvil de delante se pasó de golpe al carril central y adelantó varios coches. Gabe lo siguió con un viraje brusco, cerrándole el paso a un camión de alto tonelaje. El estruendoso bocinazo estuvo a punto de dejarlo sordo. Él sentía que el corazón estaba a punto de reventarle el pecho como un puto alien.

El coche de delante zigzagueaba peligrosamente entre los demás vehículos. Gabe se vio acorralado por un Ford Focus, a un lado, y un Toyota, delante. Mierda. Echó una ojeada al retrovisor y se desvió al carril lento antes de colarse rápidamente delante del Toyota. En ese instante, un Jeep que se incorporaba desde el carril de adelantamiento le rozó el capó. Gabe frenó en seco. El conductor del Jeep puso las luces de emergencia y le mostró el dedo medio.

—¡Que te den, gilipollas de mierda!

El montón de chatarra, que le sacaba ya varios coches de ventaja, continuó serpenteando entre el tráfico hasta que las luces traseras desaparecieron a lo lejos. Gabe no podía seguirle el ritmo. Era demasiado peligroso.

Además, se dijo, sin duda se había confundido. Por fuerza. No podía tratarse de Izzy. Era imposible. ¿A santo de qué iría montada en ese coche? Se sentía cansado, estresado. Estaba oscuro. Debía de tratarse de una niñita que se parecía a Izzy. Una niñita que se le parecía un montón, que tenía la misma cabellera rubia recogida en coletas, la misma mella entre los dientes delanteros. Una niñita que lo había llamado «papá».

Más adelante una señal luminosa rezaba: «Estación de servicio: 800 metros». Podía parar allí y llamar a casa para quedarse más tranquilo. Pero ya iba a llegar tarde; más valía que siguiera adelante. Por otro lado, ¿qué importaría si se retrasaba unos minutos más? Se aproximaba a la salida. «¿Paso de largo? ¿La tomo? ¿Paso de largo? ¿La tomo? Izzy.» En el último momento, dio un volantazo a la izquierda y pisó las bandas sonoras blancas, provocando un concierto de bocinazos. Aceleró por la rampa y llegó a la estación de servicio.

Gabe casi nunca paraba en estaciones de servicio. Le parecían deprimentes, llenas de infelices que habrían preferido estar en otra parte.

Perdió unos minutos valiosos corriendo de un lado a otro entre los diversos establecimientos de alimentos en busca de un teléfono público, hasta que al fin encontró uno medio escondido cerca de los aseos. Un único aparato. Ya nadie usaba teléfonos públicos. Perdió varios minutos más buscando suelto hasta que cayó en la cuenta de que aceptaba pago con tarjeta. Se sacó la de débito de la cartera, la introdujo y marcó el número de casa.

Jenny nunca lo cogía al primer timbrazo. Siempre estaba ocupada haciendo algo con Izzy. A veces decía que le habría gustado tener ocho pares de manos. Él debería pasar más tiempo en casa, pensó. Echarle una mano.

—¿Diga?

Era la voz de una mujer, pero no de Jenny. La voz de una desconocida. ¿Se habría equivocado de número? No lo marcaba muy a menudo. Culpa de los móviles, también. Comprobó el número en la pantalla. Era el del teléfono fijo de su casa, sin asomo de duda.

—¿Diga? —repitió la voz—. ¿Es usted el señor Forman?

—Sí, soy el señor Forman. ¿Y usted quién coño es?

—Soy la inspectora de policía Maddock. —Una inspectora de policía. En su casa. Atendiendo su teléfono—. ¿Dónde está usted, señor Forman?

—En la M1. Es decir, en una estación de servicio. De camino de vuelta del trabajo.

Balbuceaba. Como si fuera culpable de algo. Aunque en realidad lo era, ¿no? Culpable de un montón de cosas.

—Tiene que volver a casa, señor Forman. Lo antes posible.

—¿Por qué? ¿Qué pasa? ¿Qué ha pasado?

Una larga pausa. Un silencio denso, opresivo. Uno de aquellos silencios preñados de palabras sobrentendidas, pensó él. Palabras que estaban a punto de joderle la vida por completo.

—Se trata de su esposa... y de su hija.

2

Lunes, 18 de febrero de 2019
Estación de servicio de Newton Green,
salida 15 de la M1, 1.30 horas

El hombre delgado bebía café solo con mucho azúcar. Rara vez comía algo. En una o quizá dos ocasiones había pedido una tostada y, después de un par de mordiscos, la había dejado en el plato. Por su aspecto, a Katie le daba la impresión de que era alguien que estaba más próximo a la muerte de lo que sería normal a su edad. La ropa le colgaba del cuerpo como a un espantapájaros sin relleno. La delgadez extrema le había esculpido surcos profundos en el rostro, bajo los ojos y los pómulos. Sujetaba la taza de café con dedos largos y delicados, cuyos huesos se marcaban tanto que parecían a punto de rasgar la fina piel que los cubría.

De no ser porque sabía que no era así, Katie habría pensado que el hombre padecía una enfermedad terminal. Un cáncer. Su nana había muerto de eso, y en los últimos días presentaba una apariencia muy similar. Pero la enfermedad que lo aquejaba a él era de naturaleza distinta.

Cuando había empezado a frecuentar la estación de servicio, una o dos veces al mes, repartía octavillas. Incluso Katie le había cogido una. Fotos de una niña pequeña. «¿ME HAS VISTO?» Katie la había visto, por supuesto. Todo el mundo la había visto. La niña pequeña había aparecido en todos los informativos. Ella y su madre.

En aquella época, el hombre delgado aún abrigaba ciertas esperanzas. O algo parecido. Esperanzas insensatas que te devoran como una droga. Algunos no tienen nada más. Se aferran a ellas como a una pipa de *crack* a pesar de que saben que se han vuelto adictos a ellas. Dicen que el odio y la amargura destruyen a la gente. Se equivocan. Lo que destruye es la esperanza. Te devora por dentro como un parásito. Te deja colgando como un trozo de cebo sobre un tiburón. Pero la esperanza no te mata. No es de esa clase de enfermedades.

Al hombre delgado lo había consumido la esperanza. No le quedaba nada, salvo una gran cantidad de kilómetros recorridos y de puntos acumulados en la tarjeta de fidelidad de la cafetería.

Katie recogió su taza vacía y pasó un trapo por la mesa.

—¿Te traigo otro?

—¿También sirves las mesas?

—Solo para los clientes asiduos.

—Gracias, pero será mejor que me vaya.

—Vale. Nos vemos.

Él asintió de nuevo.

—Sí.

A esto se reducían sus conversaciones. Todas y cada una de ellas. Ella ni siquiera estaba segura de que él fuera consciente de que hablaba con la misma persona siempre que entraba en el establecimiento. Tenía la sensación de que él veía a la mayoría de la gente como un mero telón de fondo.

A Katie le habían contado que aquella no era la única cafetería que frecuentaba, ni tampoco la única estación de servicio. Los empleados iban de acá para allá y charlaban entre sí. También los agentes de policía que acudían a menudo. Corría el rumor de que el hombre se pasaba el día y la noche yendo y viniendo por la autopista y parando en las estaciones de servicio, en busca del coche que se había llevado a su niña. En busca de su hija desaparecida.

Katie esperaba que no fuera cierto. Esperaba que el hombre delgado encontrara la paz algún día. No solo por su propio bien.

Había algo en él, en su silenciosa desesperación, que le ponía los nervios a flor de piel. Y, sobre todo, esperaba que un día, cuando entrara a trabajar, él no estuviera allí, y ella jamás tuviera que volver a pensar en él.

3

A Gabe nunca le había gustado conducir de noche. Los faros cegadores de los coches que circulaban en dirección contraria. Las zonas no iluminadas de la autopista donde la calzada parecía fundirse ante él con la nada infinita. Era como adentrarse en un agujero negro. Siempre lo desorientaba. La oscuridad le confería un aspecto distinto a todo. Las distancias cambiaban, las formas se desfiguraban.

En los últimos días (y noches), aquella era la hora a la que se sentía más cómodo. Arrellanado en el asiento del conductor, escuchando música ambiental y relajante. Esa noche, Laurie Anderson. *Strange Angels*. Era el álbum que ponía más a menudo. Tenía una cualidad etérea y singular que le removía por dentro. Encajaba a la perfección con sus trayectos de un lado a otro sobre el negro asfalto.

Unas veces imaginaba que navegaba por un río profundo y oscuro. Otras, que flotaba en el espacio hacia la negrura eterna. Resultaban curiosos los pensamientos que se colaban como sonámbulos en la cabeza a altas horas de la noche, cuando el cerebro debía estar a salvo, en cama. Sin embargo, aunque dejaba vagar la mente, mantenía en todo momento los ojos fijos en la carretera, vigilantes, alerta.

Gabe apenas dormía. Le costaba conciliar el sueño. Esta era una de las razones por las que conducía. Cuando decidía tomarse un descanso, más porque creía que le convenía que porque estuviera cansado, paraba en una de las estaciones de servicio que había llegado a conocer tan bien.

Se sabía de memoria todas las que había a uno y otro lado de la M1, los servicios que ofrecían, la puntuación de cada una y las distancias entre ellas. Suponía que era lo más parecido a un hogar. Resultaba irónico, considerando cuánto las detestaba antes. Cuando quería algo más que otra taza de café solo, aparcaba la autocaravana en una de las áreas para vehículos pesados y se tumbaba en la parte de atrás durante un par de horas. A menudo le daba rabia estar perdiendo el tiempo, sin hacer nada, sin buscar. Sin embargo, aunque su mente permanecía siempre activa, sus ojos, sus muñecas y sus piernas necesitaban reposo. En ocasiones, cuando se levantaba del asiento del conductor, se sentía como un neandertal encorvado que intentaba ponerse erguido por primera vez en la vida. Así que se obligaba a cerrar los ojos e intentaba tumbarse cuan largo era (metro noventa) en el interior de la caravana durante un máximo de ciento veinte minutos cada veinticuatro horas. Después enfilaba de nuevo la carretera.

Llevaba consigo todo lo que necesitaba: artículos de aseo personal, algunas mudas de ropa. De vez en cuando salía de la autopista y entraba en alguna ciudad para acercarse a la lavandería. No le gustaban esas excursiones. Le recordaban la vida cotidiana normal de la mayoría de la gente, que iba a comprar, trabajaba, se juntaba para tomar un café o llevaba a los niños al cole. Eran cosas que él ya no hacía. Cosas que había perdido o a las que había renunciado.

En la autopista, en las estaciones de servicio, la vida normal quedaba en suspenso. Todo el mundo estaba de paso, en un punto intermedio entre su origen y su destino. Ni en un lugar ni en otro. Era un poco como el purgatorio.

Gabe siempre tenía a mano el teléfono y el portátil, junto con dos cargadores y varias baterías de repuesto (jamás volvería a cometer ese error). Cuando no estaba al volante, se dedicaba a tomar café, a leer por encima las noticias —por si acaso había surgido alguna novedad— y a consultar las páginas web sobre personas desaparecidas.

En general eran tablones de anuncios, poco más. Publicaban mensajes dirigidos a los desaparecidos, actualizaban la información sobre cada caso y celebraban actos para concienciar a la gente. Todo con la esperanza desesperada de que alguien en alguna parte viera algo y se pusiera en contacto con ellos.

Gabe los escudriñaba religiosamente. Pero, con el tiempo, empezó a afectarle aquella mezcla de esperanza y desesperación; ver las mismas fotografías una y otra vez, los rostros de personas que habían desaparecido hacía años, décadas, capturados con el destello de un *flash*. Sus peinados estaban cada vez más pasados de moda y sus sonrisas cada vez más congeladas conforme se sucedían cumpleaños y Navidades en su ausencia.

También aparecían rostros nuevos, casi a diario. Todavía conservaban un halo de vida. Gabe se imaginaba que aún quedaba un hueco en sus almohadas, que un cepillo de dientes permanecía fijo en su soporte, que la ropa en el armario aún olía a limpio y no a moho o a naftalina.

Pero esto acabaría por ocurrir, como con los demás. El tiempo seguiría transcurriendo sin ellos. El resto del mundo continuaría avanzando hacia su destino. Solo sus seres queridos se quedarían en el andén, incapaces de marcharse, de abandonar la vigilia.

Estar desaparecido no es lo mismo que estar muerto. En cierto modo, es peor. La muerte reviste un carácter definitivo. Nos permite llorar la pérdida, celebrar actos en memoria del difunto, encender velas y colocar flores. Decir adiós.

Estar desaparecido es como estar en el limbo. La persona se encuentra atrapada en un paraje extraño y sombrío donde la esperanza brilla con luz tenue en el horizonte, y la angustia y la desesperación sobrevuelan en círculos, como buitres.

Su móvil comenzó a vibrar en el soporte del salpicadero. Gabe echó un vistazo a la pantalla. El nombre que aparecía en ella le erizó el vello de la nuca.

Cuando uno pasaba suficiente tiempo navegando por los afluentes del país a altas horas de la noche, acababa por encontrarse con otros seres nocturnos. Otros vampiros. Camioneros y transportistas de larga distancia, policías, sanitarios, personal de servicio. Como la camarera rubia. Lo había atendido esa noche también. Se la veía maja, pero siempre parecía agotada. Él se imaginaba que había estado casada, pero el marido la había dejado. Ahora trabajaba de noche para poder estar con sus hijos durante el día.

Era algo que Gabe hacía a menudo con la gente: se inventaba historias sobre ellos, como si fueran personajes de una novela. A algunos se les calaba enseguida. Con otros se tardaba un poco más. Y había otros cuya naturaleza no se podía descifrar ni en un millón de vidas.

Como el Samaritano, por ejemplo.

«Dnd estás?», decía el mensaje de texto.

En circunstancias normales, Gabe no soportaba las abreviaturas, ni siquiera en los mensajes de texto —algo que le venía de cuando trabajaba como redactor creativo—, pero al Samaritano se lo perdonaba, por varias razones.

Pulsó el icono del micrófono en la pantalla del teléfono.

—Entre Newton Green y Watford Gap —dijo. Las palabras aparecieron escritas como mensaje. Gabe lo envió.

Al momento, recibió la respuesta: «Nos vemos en Barton Marsh, salida 14. T mando indicacns».

Barton Marsh. Un pueblo situado a las afueras de Northampton. No era muy bonito. Estaba a cincuenta minutos de distancia, por lo menos.

—¿Por qué?

La respuesta constaba de solo tres palabras. Palabras que Gabe llevaba casi tres años esperando oír. Unas palabras que lo aterraban.

«Lo he encontrado.»

4

Estación de servicio de Tibshelf,
salidas 28-29 de la M1

Fran tomó un sorbo de su café. Al menos, suponía que era café. Es lo que ponía en la carta. Tenía pinta de café. Despedía un olor vagamente parecido al del café. Pero sabía a mierda. Ella agitó otro sobre de azúcar. El cuarto. Al otro lado de la pegajosa mesa de plástico, Alice, desganada, jugueteaba con una tostada de aspecto soso que solo salía un poco mejor parada que el café en lo que a cumplir con el código de comercio se refiere.

—¿Te lo vas a comer? —le preguntó Fran.

—No —respondió Alice con aire ausente.

—No me extraña —comentó Fran, dedicándole una sonrisa comprensiva; el esfuerzo ocasionó que le dolieran las mejillas..., al menos ahora conjuntaban con los ojos y la cabeza.

El resplandor de los fluorescentes le había empeorado la jaqueca. No había probado bocado desde la mañana del día anterior. Aunque el estómago no le pedía comida, le palpitaba la cabeza por la falta de alimento y sueño. En parte por eso había decidido parar a tomar un café y comer algo. Ja, ja, y una mierda. No habían conseguido ni lo uno ni lo otro. Se lo tenía bien merecido. Apartó de sí la taza de café.

—¿Tienes que ir al baño antes de irnos?

Alice sacudió la cabeza, pero cambió de idea.

—¿Vamos muy lejos?

Buena pregunta. ¿Iban muy lejos? ¿Cuán lejos sería suficiente? No tenía la menor idea, pero no quería decírselo a Alice. Se suponía que ella era quien mandaba, quien había trazado un plan. No podía confesarle a Alice que simplemente estaba conduciendo lo más deprisa que se atrevía, intentando poner la mayor distancia posible entre ellas y su último domicilio.

—Bueno, es un trayecto largo, pero habrá muchas otras estaciones de servicio por el camino.

Hasta que abandonaran la autopista, claro. Entonces la única opción sería parar en alguna pequeña área de descanso.

Alice puso mala cara.

—Creo que mejor voy ahora —dijo con el mismo entusiasmo que si Fran le hubiera propuesto que entrara en la jaula de un león devorador de carne humana.

—¿Quieres que te acompañe?

Alice vaciló de nuevo. Adolecía, entre otras cosas, de fobia a los aseos públicos. Sin embargo, a sus casi ocho años, tenía una fobia incluso más grande a comportarse como un bebé.

—No, no hace falta.

—¿Seguro?

Alice asintió y, con una adusta determinación que la hacía parecer mucho mayor, se levantó de su asiento. Tras otro breve momento de vacilación, se inclinó sobre la mesa para coger su bolsa, una pequeña mochila rosa con flores moradas estampadas. Alice no iba a ninguna parte sin ella, ni siquiera al lavabo. Se oyó un cascabeleo y un repiqueteo cuando se lo colgó del hombro.

Fran se esforzó por no fruncir el ceño, por no dejar que el miedo se asomara a su rostro. Alzó la taza de café y fingió que bebía de ella mientras Alice se alejaba, con el cabello castaño largo recogido en la coronilla en una cola de caballo, los vaqueros remetidos en las Ugg de imitación y el escuálido cuerpo arrebujado en el largo abrigo de lana gruesa.

La recorrió una oleada de amor primigenio. A veces le ocurría así, de repente. Podía resultar aterrador, el amor que se le profesaba a un hijo. Desde el primer instante en que se sujetaba esa cabecita blanda y pegajosa entre los brazos, todo cambiaba. Se pasaba a vivir en un estado de asombro y terror perpetuos; asombro por haber creado algo tan increíble, terror por la posibilidad de que alguien se lo arrebatara en cualquier momento. La vida se antojaba más frágil y llena de peligros que nunca.

Las únicas ocasiones en que no había que preocuparse por ellos, pensó, era mientras dormían. Era entonces cuando se suponía que estaban a salvo, bien arropados en su cama. El problema era que Alice no dormía en su cama. No siempre. Alice podía quedarse dormida en cualquier parte, a cualquier hora; camino del colegio, en el parque, en el aseo de señoras. En un momento estaba despierta y, al momento siguiente, como un tronco. Daba miedo.

Pero no tanto como cuando se despertaba.

Fran pensó en la mochila. En ese cascabeleo continuo. El pánico revoloteaba en su pecho como una polilla oscura.

Alice contemplaba el símbolo del lavabo de señoras: una mujer con una falda triangular. Unos años atrás, creía que significaba que no se podía entrar con pantalón. En ese momento no quería entrar. El miedo le atenazaba la tripa, lo que naturalmente aumentaba sus ganas de hacer pis.

Lo que la atemorizaba no eran los aseos, ni siquiera los ruidosos secadores de manos (aunque antes le daban un poco de miedo). Era otra cosa. Algo difícil de evitar en cualquier baño, pero sobre todo en los aseos públicos, con aquellas hileras de lavabos y rincones inesperados.

Los espejos. A Alice no le gustaban los espejos. La asustaban desde que era muy pequeña. Uno de sus primeros recuerdos era de un día que, después de jugar a arreglarse, había subido las escaleras para mirarse en el espejo grande que su mamá tenía en su habitación. Se había quedado parada delante de él, espléndida con su vestido de Elsa... y de pronto se había puesto a gritar.

No todos los espejos representaban un problema. Algunos

eran seguros. Ella no sabía por qué. No podía explicarlo, como tampoco podía explicar por qué otros resultaban peligrosos. Los espejos que entrañaban más riesgo eran aquellos con los que no estaba familiarizada. Los que no conocía. Era en esos espejos donde veía cosas; eran esos espejos los que podían hacer que sufriera una caída.

«Todo irá bien —se aseguró a sí misma—. Mantén la vista baja. No mires para arriba.»

Respiró hondo y abrió la puerta. El olor empalagoso a ambientador y a desinfectante acre le formó un nudo en la garganta y le provocó unas ligeras náuseas. No había nadie más en los aseos, lo que resultaba un poco extraño, aunque, por otro lado, era temprano y había poca actividad en la estación de servicio.

Sin despegar los ojos del suelo, Alice se dirigió a paso veloz al retrete más cercano y cerró la puerta. Tras sentarse en el inodoro, hizo un pis rápido, se limpió a toda prisa, tiró de la cadena y salió de nuevo, intentando mantener la mirada baja en todo momento. Ahora venía lo difícil. Ahora tenía que acercarse a la pila y lavarse las manos.

Casi lo consiguió. Pero el dispensador de jabón no funcionaba. Apretó una y otra vez y entonces alzó la vista. No pudo evitarlo. O tal vez había algo en aquel brillo prohibido que la atraía, como una puerta ligeramente entornada que incitaba a abrirla de par en par para ver qué había al otro lado.

Vislumbró su reflejo. Aunque en realidad no era suyo. De hecho, ni siquiera se trataba de un reflejo. Era una niña parecida a ella, pero unos años mayor. A diferencia de Alice, que era morena de ojos azules, la otra chica era pálida, casi albina, con cabello blanco y unos ojos que semejaban canicas de un gris lechoso.

—*Alisss*.

Incluso su voz sonaba descolorida e insustancial, como si se la llevara la brisa.

—Ahora no. Vete.

—*Chsss. Chsss. Tranquiiila*.

—Déjame en paz.

—*Te necesssiiito.*

—No puedo.

—*Necesito que dueeermas.*

—No. No tengo...

Pero antes de que sus labios pudieran formar la palabra «sueño», los párpados de Alice se cerraron de golpe y ella se desplomó.

5

«Lo he encontrado.»

¿De verdad era posible, después de tanto tiempo? Además, Gabe tenía muy claro lo que el Samaritano no había dicho. Había dicho «Lo he encontrado», no «La he encontrado». A menos que estuviera ocultándole la verdad a Gabe para protegerlo. Pero entonces, ¿por qué le había pedido que fuera hasta allí? Esas palabras encerraban algo más. Lo intuía. Una mentira por omisión. «Lo he encontrado.» ¿Y?

Siguiendo los nombres de lugares extraños, que miraba con ojos entornados, conducía la autocaravana por carreteras que se le antojaban demasiado estrechas y tortuosas. Gabe siempre experimentaba una dislocación momentánea cuando salía de la autopista. Era como cortar una cuerda de seguridad. Como seccionar un cordón umbilical. Como precipitarse en el vacío sin paracaídas.

El pánico le arañaba el subconsciente con garras febriles. Pánico ante la posibilidad de que se hubiera cruzado con ella sin darse cuenta, dejando que se le escurriera entre los dedos. Una vez más. Un pánico irracional, absurdo. Pero no podía evitarlo. La autopista, esa era su única pista. El lugar donde la había visto por última vez. El lugar donde la había perdido.

Se supone que un padre está dispuesto a hacer cualquier cosa por su hijo. Lo que sea. Y él acababa de ver desaparecer a su hija. Había dejado escapar aquellas luces traseras. Se habían esfumado. Desvanecido sin dejar rastro. Él había recreado ese momento en su mente una y otra vez. Ojalá hubiera reaccionado de otra manera. Ojalá no hubiera abandonado la carretera. Ojalá hubiera seguido a aquel viejo cacharro de mierda. Ojalá, ojalá.

«La maravillosa clarividencia a posteriori.» Pero en realidad no tenía nada de maravillosa. Era una timadora de tres al cuarto. Una presentadora de un concurso con un vestido de lamé dorado y un peinado hortera que te enseña en tono burlón lo que podrías haber ganado:

«Si hubiera sido usted más rápido y valiente, si se hubiera esforzado más, si no fuera tan cobarde. Pero démosle un aplauso, señoras y señores. Ha sido un gran concursante. Aunque no deja de ser un perdedor. Un puto fracasado.»

Agarrando el volante con más fuerza, echó un vistazo al reloj: las 2.47 de la madrugada. El cielo aún era una franja de terciopelo de un negro intenso perforada por unos cuantos puntos de luz diminutos. Faltaba un buen rato para que el amanecer la arrastrara hacia un lado. A mediados de febrero, eso tardaría unas tres horas en ocurrir, por lo menos.

Gabe se alegraba de ello. Prefería la oscuridad. Le gustaba más esa época del año. En octubre, los días empezaban a hacerse más cortos, lo que suponía tanto un alivio como un fastidio para él. Las largas horas de verano ocasionaban que saliera más gente a la autopista: familias apretujadas en sus coches que se dirigían a sus destinos vacacionales. Unos rostros sonrientes, emocionados y contentos. Otros, sudorosos, vociferantes, agotados. Gabe veía a Izzy en todos ellos.

En una o dos ocasiones, al principio, él había estado a punto de echar a correr tras un par de niñas pequeñas, convencido de que eran ella. Ambas veces se había percatado de su error justo a tiempo para no hacer el ridículo (o recibir un puñetazo en la cara de un padre furioso). Se había ahorrado la humillación, pero no una decepción que le había desgarrado las entrañas.

Cuando llegó octubre, las hordas de familias se habían disuelto para volver al colegio y el trabajo, a los desplazamientos rutinarios. Sin embargo, cedieron paso a otros acontecimientos, otras celebraciones: Halloween, la Noche de Guy Fawkes. Al parecer, durante todo el año se realizaban festividades concebidas para evitar que los solitarios se olvidaran de su soledad. Sin hijos, con los ojos iluminados por los destellos y centelleos de los fuegos artificiales. Sin una media naranja a la que abrazar y arrimarse para combatir el frío del otoño.

La Navidad era la peor festividad, la más invasiva. Uno podía evadirse de las demás celebraciones en las carreteras, la autopista, las estaciones de servicio, al menos en buena parte. En cambio, la Navidad —la puñetera Navidad— lo invadía todo, y cada año empezaba un poco antes.

Hasta las estaciones de servicio hacían intentos cutres de poner adornos y árboles de Navidad torcidos, con cajas vacías y mal envueltas debajo. Las tiendas se llenaban de baratijas navideñas para quien se dirigiera a una cena familiar y se hubiera olvidado de comprarle un regalo a la tita Edna. Y luego estaban los villancicos. Eso lo llevaba más allá del borde de la locura. Tener que escuchar una y otra vez la misma docena de villancicos, que ni siquiera eran los originales, sino unas versiones irritantemente malas. Después del primer año, se había comprado unos auriculares muy caros con cancelación de ruido para aislarse de ellos y escuchar su propia selección de canciones más sensibleras y menos alegres.

Gabe odiaba la Navidad. Cualquiera que haya perdido a un ser querido la odia. La Navidad incrementa tu dolor hasta el nivel once. Se mofa de tu pérdida con cada abeto relumbrante y cada nota de *The First Noel*. Te recuerda que no hay descanso, no hay tregua. Tu angustia es incesante, e incluso si consigues apartarla de ti como una caja de adornos, siempre regresa. Reaparece cada año, tan familiar como el fantasma putrefacto de Jacob Marley.

Cuanto más lejos quedaba la Navidad, más tranquilo se sentía. Pero no contento. Gabe nunca estaba contento. Sospechaba que esa vía emocional ya estaba cerrada para él. Pero había alcanzado cierta resignación, no a que Izzy hubiera desaparecido, sino al hecho de que ahora su vida era así: cruel, triste, cansada, dura. Pero estaba conforme con eso. Hasta que la encontrara. Costara lo que costara.

Un letrero amarillo surgió de las tinieblas más adelante: BARTON MARSH: 3 KILÓMETROS. Siguiente salida a la derecha. Un semáforo con flecha. Puso el intermitente y giró. Laurie Anderson cantaba sobre Hansel y Gretel, que habían crecido y se habían hartado el uno del otro. Los finales felices no existían, pensó Gabe.

La curva lo llevó a una carretera comarcal aún más angosta y tortuosa. No había farolas, solo algunos ojos de gato esporádicos que le dedicaban guiños desde el medio de la calzada. Su teléfono tintineó al recibir un mensaje.

«Cuánto te falta?»

«3 km.»

«Has pasado una granja?»

«No.»

«Cuando la pases, busca un área de descanso. Aparca. Sigue un sendero por el bosque.»

«Vale.»

«Un sendero por el bosque», pensó.

Le picaba el cuero cabelludo. Por un momento, se preguntó qué había llevado al Samaritano a un paraje tan apartado. Acto seguido decidió que prefería no saberlo.

Se obligó a concentrarse de nuevo en la carretera. A su izquierda, un letrero emergió de la penumbra: GRANJA OLD MEADOWS. En efecto, solo unos metros más adelante, a la derecha, avistó un área de descanso, con la señal de «P» casi oculta por el follaje de los árboles.

Paró detrás del único otro coche que estaba aparcado allí, un BMW negro. Tenía unos años, y la matrícula medio tapada por el barro, no lo suficiente para llamar la atención de la policía, pero lo justo para que costara leerla a primera vista. Tanto la luneta como las ventanillas traseras estaban tintadas, pero Gabe dudaba que fuera para mayor comodidad de los pasajeros.

Después de apagar el motor de la caravana, cuyos fuertes resoplidos debieron de oírse desde la casa de labranza, abrió la guantera y sacó una linterna pequeña. Acto seguido, cogió su gruesa parka del asiento del copiloto y se la puso. Bajó del vehículo y cerró con llave, aunque seguramente no hacía falta. Estaba remoloneando. Dando largas al momento que tanto temía.

«Un sendero por el bosque.»

Gabe dudaba que algo bueno pudiera salir de seguir un sendero para internarse en el bosque, de noche y a solas.

Encendió la linterna y echó a andar.

6

Ocho minutos. Fran consultó su reloj. Alice tardaba más de la cuenta en volver. Incluso teniendo en cuenta su fobia a los baños, ocho minutos eran demasiados. Fran agarró su bolso y apartó su silla de la mesa.

Caminó a toda prisa por el pasillo principal, que estaba casi desierto a aquella hora de la mañana. Se cruzó con un hombre de aspecto aburrido que limpiaba, embutido en un uniforme varias tallas por debajo de lo que correspondía a su corpachón. Pasó por delante de la tienda de libros y revistas W. H. Smith y las máquinas recreativas, donde —incluso a esa hora, y seguramente hasta que las ranas criaran pelo— estaba sentado un tipo solitario y triste, pulsando los centelleantes botones de una tragaperras. Tras torcer una esquina, entró en el aseo de señoras.

—¡Alice!

La niña yacía en el suelo, enroscada en posición fetal, frente a la hilera de lavabos. Tenía el cabello sobre la cara y aún sujetaba la mochila con los dedos laxos de una mano. Se le había pegado un trocito de papel higiénico a la suela de una bota.

—Mierda. —Fran se puso de rodillas y le apartó el pelo negro del rostro. Alice respiraba de forma superficial pero regular. Cuando perdía el conocimiento, su respiración se volvía tan lenta que a menudo Fran se temía lo peor. Sin embargo, en aquel momento, mientras le acunaba la cabeza sobre el regazo, notó que se le estabilizaba. «Ya falta poco —pensó—. Vamos...»

Alice abrió los ojos despacio. Fran esperó, mirándola, mientras la chiquilla parpadeaba para despejar las brumas del aturdimiento. Aunque solo había estado inconsciente unos minutos, Alice se sumía con rapidez en el sueño más profundo, allí donde moraban las auténticas pesadillas. «Aquí hay monstruos.»

Fran sabía un par de cosas sobre esas pesadillas.

—Estoy aquí, cielo. Estoy aquí —le dijo en tono tranquilizador.

—Lo siento. Me...

—No pasa nada. ¿Estás bien?

Pestañeando, Alice se incorporó con la ayuda de Fran. La niña, aún adormilada, paseó la vista alrededor.

—¿Un baño?

—Sí.

Era lo habitual. Baños, probadores..., cualquier lugar donde hubiera espejos. Al principio, Fran creía que el miedo de Alice a los espejos era irracional, pero en realidad ningún miedo lo es. Para la persona que lo padece, tiene todo el sentido del mundo. Ella había llegado a comprenderlo mejor. Al parecer, había algo en los espejos que activaba el trastorno de Alice. Pero eso no era todo.

Se oyeron unos pasos que doblaban la esquina. Fran se volvió. Una mujer con un traje de comercial arrugado, zapatos con tacón de aguja gastados y demasiada sombra de ojos entró en los aseos. Tras echar un breve vistazo a Fran y Alice, pasó de largo y se detuvo ante los espejos, con el ceño fruncido.

Fran siguió la dirección de su mirada. Había estado tan centrada en Alice que hasta ese momento no se había percatado de que uno de los espejos de encima de los lavabos estaba roto. Había finos trocitos de vidrio desparramados por el suelo, cerca de ellas.

La mujer chasqueó la lengua.

—¡Hay que ver, la gente! —Volvió la vista hacia Fran y Alice—. ¿Se encuentra bien tu hija?

Fran forzó una sonrisa.

—Sí, gracias. Ha pegado un resbalón, eso es todo. Estamos bien.

—Vale. —La mujer asintió y, esbozando una sonrisa breve y cansada, abrió la puerta de un cubículo.

Seguramente se sentía aliviada por no tener que ayudar. Como la mayoría de las personas. Fingían estar dispuestos a tomarse molestias por los demás, pero en realidad nadie quería. Todos vivimos en nuestras fortalezas personales de egocentrismo.

La mujer de los tacones gastados y sombra de ojos seguramente se olvidaría de ellas antes de lavarse las manos y recogerse en los pliegues de su propia vida, su propia rutina, sus propios problemas.

O tal vez no. Tal vez se acordaría de la mujer y la niña que había visto en el suelo de los aseos. Tal vez se lo mencionaría a alguien, a un amigo o compañero de trabajo, a algún conocido de internet.

Tenían que ponerse en marcha.

—Vamos, cariño. —Se puso de pie y tomó a Alice del brazo para levantarla con cuidado—. ¿Puedes andar?

—Estoy bien. Solo me he caído.

Alice recogió su mochila —clic, clic, clac— y se la echó al hombro. Se encaminaron hacia la puerta. Alice se detuvo por unos instantes.

—Espera.

Dio media vuelta.

—¿Qué? —dijo Fran entre dientes.

Alice se acercó a los lavabos haciendo crujir los vidrios al pisarlos. Fran echó una ojeada nerviosa a la puerta cerrada del cubículo y después la siguió. Su propio reflejo fragmentado le devolvió la mirada desde los restos del espejo roto. Tenía un agujero negro en el centro. Le costaba reconocer a aquella extraña entre los trozos astillados. Apartó la vista y la bajó hacia el lavabo.

Junto al sumidero había un guijarro demasiado grande para irse por el desagüe, por más que Fran sintiera el deseo infantil de intentar meterlo por allí.

Alice lo cogió y se lo guardó en la mochila, junto a los demás. Fran no trató de impedírselo. No podía interferir en aquel ritual, aunque no supiera en qué consistía, ni de dónde procedía la piedrecilla.

La primera había aparecido hacía cerca de un año. Alice, que acababa de sufrir uno de sus episodios, yacía hecha un ovillo en el suelo del salón. Cuando volvió en sí, veinte minutos después, Fran advirtió que sostenía algo en la mano.

—¿Qué es eso? —le preguntó con curiosidad.

—Una piedrita. Me la he traído de allí.

—¿De dónde?

Alice sonrió, y un escalofrío de miedo le bajó a Fran por el espinazo.

—De la playa.

Desde entonces, cada vez que a Alice le daba un ataque, despertaba con un guijarro en la mano. Fran había intentado encontrar una explicación racional. A lo mejor Alice recogía las piedrecitas en algún sitio, las escondía y luego, cuando recuperaba el conocimiento, las cogía por medio de un hábil juego de manos. Era una explicación racional, pero no muy convincente.

Así que, ¿de dónde diablos salían esas cosas?

Se oyó que la mujer tiraba de la cadena.

—Será mejor que nos vayamos —dijo Fran en tono enérgico.

Cuando llegaron a la puerta, volvió la mirada atrás. Había algo más en el espejo que no le gustaba. El agujero del centro. Que hubiera vidrios desperdigados por todo el suelo, pero apenas ninguno en el lavabo.

¿Había lanzado Alice el guijarro contra el espejo?

Pero cuando alguien rompe un espejo, los trozos de vidrio caen directamente hacia abajo. No salen disparados hacia delante.

Eso solo ocurriría si alguien arrojara un objeto a través del espejo.

Desde el otro lado.

Ella duerme. Una chica pálida en una habitación blanca. Los enfermeros la atienden con regularidad. Aunque no se encuentra en un hospital, recibe los mejores cuidados las veinticuatro horas del día. Los enfermeros están bien pagados y no se les pide mucho, solo que le den la vuelta a la joven, la laven y procuren mantenerla cómoda. Por lo demás, todo está monitorizado por máquinas.

A pesar de ello, el personal cambia a menudo. La mayoría se queda solo unos meses antes de buscar otro trabajo. Por lo general llegan a la conclusión de que el trabajo no les plantea suficientes retos. Necesitan más variedad, más estímulos.

Pero se equivocan.

Miriam es la empleada más veterana, pues ha trabajado allí desde el principio. Desde antes del principio, de hecho. Lo bastante para haber establecido un vínculo con la muchacha. Tal vez por eso continúa allí, a pesar de todo.

Todo comenzó un par de años atrás. Fue entonces cuando ocurrió por primera vez. Ella estaba en la planta de abajo, preparándose un té, cuando oyó una sola nota, tocada en un piano. Una única vez. ¿Podía haber despertado la chica? Imposible. Por otro lado, de vez en cuando se producía algún milagro.

Subió la escalera a toda prisa y entró en la habitación de la muchacha. Al parecer, todo estaba como siempre. La joven durmiente dormía. Las máquinas runruneaban: todos los valores eran normales. Miriam se acercó al piano. Una capa de polvo cubría las teclas. Estaban intactas.

Lo achacó todo a su imaginación. Una semana después, sucedió otra vez. Y luego, otra. Cada pocas semanas, la misma nota sonaba con fuerza desde la habitación de la chica. Nunca se sabía a qué hora del día o de la noche volvería a pasar.

Algunos empleados empezaron a hacer conjeturas sobre fantasmas, poltergeist o telequinesis. Miriam no quería ni oír hablar de estas tonterías. Sin embargo, no se le ocurría una explicación mejor, así que siguió ocupándose de su trabajo, intentando no pensar siquiera en ello.

Esa noche, cuando sonó la nota, se dirigió con paso cansino a la habitación de la muchacha. Echó un vistazo al piano y a las máquinas. Luego se quedó de pie junto a la joven durmiente y contempló su blanco rostro, su espesa cabellera rubio platino. Todo seguía igual. Le acarició el delgado brazo y dejó caer su mano sobre las sábanas. Arrugó el entrecejo. Notó en ellas una aspereza como de tierra. Eso no tenía sentido, acababan de cambiarlas. ¿Cómo podían haberse ensuciado?

Deslizó la palma sobre las sábanas, la alzó y se frotó los dedos entre sí.

No era suciedad.

Era arena.

7

El sendero era angosto y lodoso. Estaba flanqueado por tupidas arboledas. A Gabe, el paseo no le habría parecido especialmente pintoresco o agradable en un día de verano, menos aún en la oscuridad absoluta y el frío glacial de una noche de febrero.

Los retorcidos troncos de los árboles habían echado abajo las desvencijadas cercas de ambos lados. En algunas partes, las tortuosas ramas se juntaban en lo alto y se entrelazaban como dedos de amantes, sarmentosas como los nudillos de un boxeador.

Reprimió un estremecimiento. A veces maldecía su condición de escritor. O más bien de exescritor, pensó. Aunque, por otro lado, ¿de verdad podía alguien dejar de serlo? Como si fuera un alcohólico, el ansia siempre estaba allí.

De niño soñaba con escribir novelas, como sus ídolos Stephen King y James Herbert. Sin embargo, el hecho de criarse en una pequeña población turística costera venida a menos, sin padre y con una madre que se gastaba casi todo el dinero del paro en el pub, le había borrado la idea de la cabeza enseguida.

Los vecinos del pueblo veían con suspicacia a quien albergaba aspiraciones. El trabajo duro y el éxito de los demás simplemente les recordaban sus fracasos y sus malas decisiones. Quienes luchaban con uñas y dientes por salir de allí no recibían apoyo, sino burlas. «Se te están subiendo un poco los humos, ¿no?» «A tomar viento, tú y tu título pijo.»

Él fingía que no le importaban los estudios cuando estaba con sus amigos, pero se pasaba noche tras noche en su habitación, empollando para los exámenes. Sacaba notas más que aceptables y, a pesar de que había estado a punto de echar por la borda sus sueños en la adolescencia, antes de empezar a acariciarlos, se le presentó una segunda oportunidad. Consiguió plaza como alumno en la escuela politécnica local y luego un empleo mal pagado en una pequeña agencia de publicidad. Justo antes de que empezara a trabajar, su madre murió. La comunidad entera asistió al funeral, pero nadie colaboró con un penique. Gabe tuvo que empeñar las pocas pertenencias que a ella le quedaban para pagar el ataúd.

Después de pasarse tres años escribiendo en serie prospectos de supositorios vaginales, le ofrecieron un puesto en una agencia grande de las Midlands. Mientras trabajaba en una campaña, conoció a una diseñadora gráfica externa que se llamaba Jenny. Se enamoraron, se casaron... y Jenny se quedó embarazada. Y comieron perdices.

Pero eso nunca ocurría en la vida real.

Él solía bromear diciendo que mentía para ganarse la vida. Ja, ja.

Nadie se imaginaba hasta qué punto esa broma reflejaba la realidad.

«Me gano la vida mintiendo. Vivo una mentira.»

Ante él, el camino se ensanchaba y los árboles eran cada vez más escasos hasta desaparecer. Gabe llegó a un terraplén estrecho. Una escuálida rodaja de luna flotaba en una extensión de agua tranquila. Un lago.

No era un lago grande. Medía unos diez metros de ancho y quince de largo. Al otro lado, estaba bordeado por más árboles. Ligeramente a la derecha, se alzaba la elevada cresta de una colina. Aislada. Oculta. Al igual que el sendero del bosque, no resultaba agradable a la vista. Una humedad fétida se respiraba en el aire. El terraplén descendía de forma abrupta, lleno de latas y viejas bolsas de plástico. La superficie del lago estaba cubierta de algas marrones.

Y, en el centro, sumergido a medias en el sucio líquido, había un coche.

Sin duda en algún momento había estado sumergido del todo, pero el último par de años había sido más seco de lo normal. Los niveles de agua nunca habían estado tan bajos. Poco a poco, el lago había ido retrocediendo hasta dejar al descubierto el coche. Eso explicaba la abundancia de latas y bolsas de supermercado varadas en el terraplén.

Gabe descendió hasta la orilla. Se le mojaron las puntas de las zapatillas. El vehículo estaba oxidado y envuelto en algas viscosas. En la oscuridad, parecía casi del mismo color que el agua. Pero Gabe alcanzó a vislumbrar algo en la luneta, apenas visible a la luz de su linterna:

«Toca el pit si est s c chonda».

«Te go el claxon est opeado. At nto a mi edo.»

Avanzó un paso más, sin importarle que se le empaparan los calcetines.

—¿Tengo razón o no? —dijo de pronto una voz.

—¡Hostia!

Giró sobre los talones. El Samaritano se encontraba detrás de él. Debía de haber salido de la espesura, o simplemente se había materializado en medio de una nube de humo. Las dos posibilidades le parecían factibles a Gabe.

El Samaritano era alto y delgado. Como de costumbre, iba vestido de negro. Vaqueros negros, chaqueta negra larga. Tenía la piel casi igual de oscura. La cabeza rapada relucía bajo la luna. Los dientes eran de un blanco radiante. Uno de ellos llevaba incrustada una piedra pequeña e iridiscente, como una perla. Cuando, en cierta ocasión, Gabe le había preguntado qué era, él había fruncido el ceño.

—Me la traje de un lugar que visité. La llevo siempre conmigo.

—¿Como un souvenir?

—Sí. Para que me recuerde que no vuelva nunca.

Esto había puesto fin a la conversación. Gabe sabía que no convenía hurgar más en el asunto.

Clavó la vista en el Samaritano.

—Por poco me matas de un infarto.

—Lo siento.

El Samaritano desplegó una sonrisa. No parecía arrepentido. Gabe no le echó la bronca por ello, del mismo modo que no le preguntó qué hacía allí, a la orilla de un lago, a las tantas de la noche.

—¿Es este el coche? —inquirió el Samaritano.

Casi todos los adhesivos se habían descolorado o despegado en parte. Medio vehículo se encontraba bajo el agua, y la matrícula brillaba por su ausencia. Pero Gabe lo supo.

—Este es el coche —asintió.

Lo recorrió una oleada de debilidad. Notó que se tambaleaba. Por un momento, creyó que iba a vomitar. «Este es el coche.» Por fin había pronunciado las palabras, después de tanto tiempo. No eran imaginaciones suyas. El coche era real. Existía. Estaba justo allí, delante de sus narices. Y si el coche era real...

—Ella no está dentro —aseguró el Samaritano.

Las náuseas remitieron. Izzy no había muerto en una ciénaga hedionda; el agua estancada no le había arrebatado su último aliento mientras ella arañaba las ventanillas, sin poder...

«Basta —se dijo—. Para de una puta vez.» Se pasó los dedos por el cabello y se frotó los ojos con furia, como si fuera posible desprenderse de los pensamientos negativos a fuerza de restregar. El Samaritano se limitaba a observarlo, aguardando a que se tranquilizara.

—Hay otra cosa que tienes que ver.

Pasó junto a él y se adentró caminando en el agua. En cierto modo, a Gabe no le habría sorprendido que hubiera comenzado a andar sin más sobre la superficie. O a lo mejor eso era cosa de otro hermano.

Cuando llegó hasta donde estaba el coche, volvió la mirada hacia Gabe.

—Te digo que tienes que ver esto.

Gabe no quería que volviera a pedírselo, así que echó a andar por el agua en pos del Samaritano. Aunque no estaba tan fría como imaginaba, se le puso la carne de gallina en los hombros y se le cortó la respiración. Apretando los dientes, se abrió paso entre las algas en descomposición, el agua turbia le lamía la entrepierna, el olor reptaba por sus fosas nasales y le revolvía el estómago.

Alcanzó el coche. El hedor era aún peor allí.

—¿Qué demonios...?

Por toda respuesta, el Samaritano extendió el largo brazo para accionar la apertura del herrumbroso maletero, que cedió con un chirrido. Lo abrió del todo con la mano.

Gabe echó un vistazo al interior.

Se volvió hacia el Samaritano.

Vomitó.

8

Fran agarraba el volante con fuerza. A su lado, Alice miraba por la ventana, repantigada en su asiento. Tenía su iPad sobre el regazo, pero no parecía interesada en encenderlo. De todas maneras, solo disponía de acceso limitado a internet, del mismo modo que solo contaba con un móvil prepago muy básico para emergencias. Por suerte, era aún demasiado pequeña para quejarse por estas restricciones. A decir verdad, por lo general la hacía más feliz leer que usar la tableta o el teléfono. Aun así, Fran sintió una familiar punzada de culpa.

Le estaba negando demasiadas cosas a Alice, y el acceso a internet era la menos importante. Las cosas irían poniéndose más difíciles conforme se acercara a la adolescencia. Pero Fran no tenía otra opción: eso era lo que debía hacer para mantenerla a salvo.

La primera vez que huyeron, Fran decidió educarla en casa. Era la manera de evitar que las autoridades llamaran a su puerta y les hicieran demasiadas preguntas, y de tener vigilada a Alice en todo momento. Seguía traumatizada, era todavía muy vulnerable. Necesitaba tiempo para adaptarse. Las dos lo necesitaban.

Sin embargo, cuando Alice creció, Fran, consciente de que debía llevar una vida más normal, relacionarse con niños de su edad, la había matriculado en la escuela primaria local.

Craso error. Alice era inteligente, pero pequeña aún, y era tan fácil olvidar una mentira. Además, la gente hablaba, a las puertas del colegio, en la sala de profesores. Cualquier cosa podía encender la mecha: una palabra inoportuna pronunciada en presencia de un desconocido. Un patinazo cometido delante de un maestro o de un padre. Una imagen publicada en las redes sociales por el amigo de un amigo.

En realidad, solo era cuestión de tiempo.

Habían conseguido escapar. Pero lo habían pagado caro.

Por eso Fran había extremado las precauciones. Se habían acabado los colegios para Alice. Se instalaron en una casa anodina en una población pequeña. Consiguió trabajo en una cafetería del lugar a cuyo propietario no le molestaba que Alice estudiara en la trastienda sin hacer ruido. Intentaban llevar una vida lo menos llamativa posible.

Estuvieron allí un año.

Fran comprendió que algo iba mal el día anterior, en cuanto llegaron a casa por la tarde. No creía mucho en el sexto sentido, pero sí en una especie de instinto primigenio, grabado en nuestro ADN, que nos avisa de peligros que nuestro cerebro aún no ha detectado de forma consciente.

Ella se quedó de pie en la cocina, atenta a los sonidos de la casa, con todos los sentidos en tensión. Alice ya había subido a su habitación. Fran oyó el golpeteo de sus pasos y el crujir de su cama. Luego, el silencio. Ni siquiera sonaba el tenue murmullo habitual del televisor de los vecinos. La casa estaba en reposo. Fran tenía los nervios a flor de piel.

Se acercó a la ventana. A las seis de la tarde de ese día de febrero, la luz empezaba a debilitarse. Justo en aquel momento las farolas comenzaban a encenderse entre parpadeos. Ella alzó la vista y miró a la calle.

Su maltratado Fiat Punto estaba fuera, medio apoyado en el bordillo. El Escort azul del vecino se encontraba aparcado detrás, casi pegado al parachoques. Fran había memorizado cada uno de los coches de la calle, así como los de quienes acudían de visita. Eso le permitía detectar al momento a los intrusos. A todo aquel que desentonara allí.

Había detectado uno el día anterior. Aparcada a unas casas de distancia, en la esquina, detrás del Toyota amarillo de los Patel, frente al número 14, había una pequeña furgoneta blanca. Inofensivo. El típico vehículo que alquilaba la gente para realizar su propia mudanza. Los Patel, en efecto, habían vendido su casa hacía un tiempo. Sin embargo, eran seis en la familia. Fran dudaba mucho que pudieran transportar todas sus pertenencias en una pequeña furgoneta blanca.

«Esa furgoneta no debería estar ahí.» Sin duda varias razones podían justificar su presencia, por supuesto. Explicaciones racionales, sencillas, normales. Pero ella las descartó.

La furgoneta no debería estar ahí.

Había ido a por ellas.

En ese momento, la puerta del conductor se abrió. Un hombre se apeó. Bajo y fornido, llevaba una gorra de béisbol, una sudadera verde y vaqueros. Sostenía un paquete. Claro, se había puesto de moda comprar por internet. Un conductor de reparto no despertaría sospechas. Justo por ese motivo, Fran nunca compraba por internet.

No disponía de mucho tiempo. Subió las escaleras a la carrera y abrió de golpe las puertas de su armario. Todo lo que necesitaba estaba metido en una mochila pequeña, al fondo. Había alquilado la casa totalmente amueblada. No tenían objetos de recuerdo.

Llamó a la puerta de Alice y la entreabrió. La niña estaba acostada, leyendo, con las largas piernas dobladas hacia atrás. Crecía muy deprisa, pensó Fran. Llegaría un momento en que le plantearía preguntas y se rebelaría contra aquel estilo de vida. Fran apartó de su mente este pensamiento tan aterrador.

—Cielo.

—¿Sí? —Alice levantó la vista. Unos mechones oscuros le cayeron sobre la cara.

—Tenemos que irnos. Ahora mismo.

Fran corrió hacia el armario, agarró la mochila y le tiró a Alice una sudadera con capucha. La chiquilla se la puso por la cabeza mientras se levantaba y se calzaba las Ugg de imitación. Acto seguido, miró a su alrededor, vacilante. Fran reprimió el impulso de cogerla en brazos y llevársela a toda prisa.

—Vamos, Alice —siseó.

Alice encontró lo que buscaba: la bolsita llena de guijarros, que estaba sobre la mesilla de noche. La agarró y se la echó al hombro.

Salieron al rellano con sigilo y descendieron las escaleras con pasos silenciosos. Justo antes de llegar abajo, Fran se detuvo, el minúsculo y cálido cuerpo de Alice pegado a su espalda. Escudriñó desde el rincón de la pared. En la parte superior de la puerta principal tenía un vidrio opaco que le permitía entrever a la gente que se aproximaba. Ella había fijado un letrero informal, escrito a mano.

«Paquetes y entregas, por la puerta lateral, por favor. Gracias (carita sonriente).»

Fran vislumbró una sombra tras el cristal esmerilado, aguardó a que el hombre leyera la nota y luego advirtió que este se dirigía hacia un costado de la casa. Era el momento de actuar. Agarró a Alice de la mano y cruzaron corriendo el recibidor. Descorrió rápidamente el cerrojo de la entrada principal. Oyó unos golpes en la puerta lateral. Salieron disparadas por el corto camino de acceso hasta llegar al coche. Lo abrió con el mando a distancia. Arrojó las bolsas al interior del maletero. Alice se sentó en el asiento del copiloto; Fran se abalanzó hacia el del conductor. Arrancó el motor.

Ya estaba acelerando cuando vio que el hombre corría por el camino lateral de la casa, con expresión desconcertada e irritada. Por unos instantes, se preguntó si no sería un repartidor auténtico. A lo mejor simplemente se había equivocado de casa. Pero entonces avistó un destello metálico en su mano. No. No era una paranoia. Él había ido a por ellas. Lo sabía.

Diez minutos después, circulaban por la autopista, dejando atrás su existencia anterior, una vez más.

Desde ese momento, salvo por las breves paradas en estaciones de servicio, se pasaron la noche en la carretera. Al principio todo fue bien, pero luego se toparon con un atasco gigantesco en la M5, y más tarde, una procesión interminable de camiones obstruía los dos carriles de la M42, pese a la hora que era, y entorpeció su avance. Después enfilaron la M1 en dirección York-shire.

«Ganando tiempo —pensó Fran, cuando de pronto le vino a la mente una frase de una vieja peli—. Estoy ganando tiempo.» ¿Cómo se llamaba? Entonces se acordó: *Withnail y yo*, un clásico entre los estudiantes de todas las épocas. «Nos hemos ido de vacaciones por equivocación.» Al parecer, estamos huyendo para salvar el pellejo por equivocación.

—¿Adónde vamos? —preguntó Alice.

—No lo sé. ¿A Escocia, quizá? A un sitio donde estaremos a salvo, cariño, te lo prometo.

—Me lo has prometido otras veces.

Y había sido un error. También lo era ahora. Pero ¿qué otra cosa podía decirle? «Nunca estaremos a salvo. Nunca dejaremos de huir.» Si ni ella misma era capaz de admitirlo, ¿cómo iba a confesárselo a una niña que aún no había cumplido los ocho años?

—Tendremos una bonita casa nueva.

—¿Podré volver al cole?

—Tal vez. Ya veremos.

Alice se quedó callada.

Empezaba a acostumbrarse a que la defraudaran. A las decepciones y a la desconfianza. Era injusto que tuviera los ojos ensombrecidos, pensó Fran, cuando deberían brillarle de esperanza e ilusión. No de miedo. La asaltó la imagen de Alice despertando en el suelo del baño.

—¿Te encuentras bien? —le preguntó.

—Sí.

—¿No te has hecho daño antes, cuando te has caído?

—No.

—Has roto el espejo.

Alice frunció el entrecejo.

—No me acuerdo.

—¿Te acuerdas de algo?

Se atrevió a lanzarle una fugaz mirada de soslayo. La expresión ceñuda de Alice había desaparecido. Volvía a tener el semblante relajado, sereno. Estaba pensando en el sueño.

—He visto a la chica.

«La chica.» Alice la había mencionado con anterioridad, pero cuando Fran la había acosado a preguntas, se había encerrado en sí misma.

—¿Sabes quién es?

Alice sacudió la cabeza.

—¿Te ha dicho algo?

Un gesto afirmativo.

—¿Qué te ha dicho?

—Dice... que tiene miedo.

Fran tragó saliva en seco. «Ándate con tiento. No la ahuyentes.»

—¿Te ha explicado por qué?

Hubo una pausa, más larga que la anterior. Un coche les hizo luces antes de acelerar y adelantarlas por el carril interior. No solo era una forma de incordiar a los demás conductores, sino también de llamar la atención. Ella puso el intermitente y se detuvo a un lado de la carretera.

Alice estaba sentada, jugueteando con su bolsa de guijarros. Clic, clic, clac. Clic, clic, clac. El sonido hacía que a Fran le rechinaran los dientes. Era constante, insistente. Clic, clic, clac. Clic, clic, clac.

Justo cuando creyó que Alice no iba a contestar, esta susurró:

—Dice que el Hombre de Arena viene hacia aquí.

9

Gabe nunca había visto un cadáver. No en la vida real. Cuando su madre sucumbió al fin a la cirrosis, él fue demasiado cobarde para ver su cuerpo en el hospital.

Más tarde se arrepentiría de no haberse atrevido. Su muerte habría adquirido un carácter más completo, más definitivo. Como no lo había hecho, durante las semanas siguientes despertaba de sueños vívidos convencido de que ella seguía viva y el hospital había cometido un error. Incluso visitar su tumba le producía una sensación de irrealidad. No le parecía posible que ella se hubiera ido para siempre. Más bien era como si se hubiera distanciado de él, en medio de una conversación que había quedado inconclusa, sin un adiós.

El cuerpo que contemplaba en aquel momento no estaba para despedidas. Apenas parecía un cuerpo. Ya no. Consistía sobre todo en huesos cubiertos con una fina capa de piel podrida, punteada de un espantoso verde jaspeado. Se había desgarrado en algunas partes, dejando al descubierto huesos amarillentos y una masa grisácea inidentificable. El rostro, o lo que había sido un rostro, no era ya más que un cráneo con dos globos oculares amarillos y deshinchados, y unos labios agrietados que sonreían lascivamente sobre unos dientes desmochados y también amarillos.

De pronto, a Gabe le vino a la memoria un dibujo que había hecho Izzy en preescolar. Se suponía que era un retrato de Joy, su canguro (que, en honor a la verdad, no era precisamente la

Mona Lisa), pero más bien parecía un cruce entre Moquete de *Cazafantasmas* y Nosferatu dibujado por alguien con tendencias psicóticas.

Pues ese era justo el aspecto que tenía el cadáver. Pero peor. Mucho peor. «Un billón, un trillón, un mejillón de veces peor», como decía Izzy. Y eso antes de percibir el olor. «Dios santo, el olor.»

Gabe se dio la vuelta y vomitó. No salió más que bilis. Aun así, le dieron varias arcadas más antes de que consiguiera recuperar un poco el control.

El Samaritano se encontraba a su lado, al parecer ajeno al hedor, el agua fría —sobre la que ahora flotaba el contenido del estómago de Gabe— y el cadáver putrefacto.

—¿Puedes cerrar eso? —preguntó Gabe enderezándose—. Creo que ya he visto suficiente.

El Samaritano, servicial, bajó la tapa del maletero, que se cerró con un golpe sordo.

—Yo diría que tu hombre lleva cerca de un año muerto.

—¿Solo un año?

—Es un coche viejo. Dudo que el maletero sea estanco. Puede haber retrasado algo la descomposición, pero no mucho.

—¿Estás seguro de que es un hombre?

El Samaritano asintió.

—Está desnudo. ¿No te has dado cuenta?

—La peste y la podredumbre me han distraído un poco.

Pero, al pensar en ello, Gabe se percató de que su amigo estaba en lo cierto. No había ropa; solo un cadáver en descomposición, metido en el maletero de un coche que Gabe había visto por última vez alejándose por la autopista con su hija dentro. Tragó saliva.

Se había pasado años buscando, aguardando ese momento. Pero aquello no era lo que esperaba. Mierda. ¿Qué coño se esperaba, entonces? Y ¿qué coño debía hacer ahora?

—¿Hay algo... que permita identificarlo? ¿Lo que sea?

El Samaritano sacudió la cabeza.

—Ni ropa, ni cartera, ni identificación. —Le lanzó una mirada significativa a Gabe—. Pero no he echado un vistazo a la parte delantera del coche. Gabe posó la vista en el Samaritano y la dirigió de nuevo hacia el vehículo, cuya parte delantera estaba casi sumergida en el lago. Suspirando, avanzó un poco más. El agua le subió hasta los muslos.

—Es más hondo de lo que parece, tío.

El Samaritano tenía razón. Tras dar un par de pasos más, el nivel le llegaba a la cintura. Gabe dio un patinazo sobre el cenagoso fondo. Agitó los brazos, el agua inmunda salpicó su cara, pero él consiguió recuperar el equilibrio.

—¡Madre mía!

—¿Estás bien?

Gabe miró hacia atrás. El Samaritano había regresado deslizándose hasta la orilla y lo observaba desde allí con un asomo de sonrisa divertida. Se sacó un cigarrillo electrónico del bolsillo y le dio una calada. Apenas parecía mojado.

Gabe se frotó la cara con la manga de la chaqueta.

—Sí, de fábula.

Se acercó a la puerta del copiloto. Tiró de ella. El peso del agua le impedía abrirla. Lo intentó de nuevo. Esta vez cedió un poco. Gabe metió la pierna en el resquicio para mantenerla abierta, luchando contra el agua sucia. Cogió su linterna e iluminó con ella el interior. Los asientos eran de piel gastada, rasgada y mohosa debido a la humedad. El espacio para las piernas estaba anegado. No había nada en el asiento del conductor ni en el del acompañante, salvo unas algas de aspecto viscoso y latas viejas y oxidadas. De Fanta.

«A Izzy no le gustaban los refrescos con gas», pensó Gabe.

Inclinándose hacia el interior, extendió el brazo y agarró el tirador de la guantera, que se abrió hacia abajo. Dentro había unos papeles tan empapados que se le deshicieron entre los dedos. Pero había otra cosa: una carpeta de plástico transparente. Gabe la cogió y enfocó el contenido con la linterna: una Biblia de bolsillo, un mapa plegado y una libreta negra delgada, algo así como un diario o una agenda.

Gabe dejó que la puerta se cerrara sola. Caminó torpemente por el agua hasta alcanzar la orilla, con la carpeta en la mano. Tenía frío, tiritaba. Mejor dicho, le tiritaba la parte superior del cuerpo. La inferior habría podido estar bailando un tango bajo el agua sin que él se enterara; ya hacía rato que había perdido por completo la sensibilidad por debajo de la cintura.

—Creía que no podías ponerte más blanco de lo que ya eras, pero ahora estás traslúcido.

—Gracias.

—¿Has encontrado algo?

Gabe levantó la carpeta.

—Tal vez la policía pueda tomar huellas...

—Eh, para el carro. —El Samaritano alzó la mano—. ¿Quién ha dicho nada de la policía?

Gabe se quedó mirándolo.

—Este es el coche. El coche que según ellos no existía. Tengo que llamar a la policía. Puede servir como prueba.

El Samaritano clavó en él sus negrísimos ojos.

—La policía da a tu hija por muerta. Y este coche no va a cambiar nada.

—Pero ¿y si consiguen el ADN de Izzy o identifican el cadáver?

El Samaritano puso cara de exasperación.

—La realidad no es como en la tele. ¿Tienes idea de lo difícil que sería sacar muestras de ADN de un coche que ha estado todo este tiempo chapoteando en el lago Mugre?

—Curiosamente, no.

—Pues sería casi imposible. El ADN debió de degradarse al cabo de unos días.

A Gabe le entraron ganas de replicarle, pero tenía la impresión de que, en lo relativo a ese asunto, el Samaritano sabía de qué hablaba.

—¿Y qué pasa con el cadáver?

—Incluso si logras identificar a tu hombre, ¿qué es lo que tienes? —Antes de que Gabe pudiera contestar, el Samaritano prosiguió—: Nada, salvo un tío muerto en el maletero de un coche que tú has estado buscando y una única persona con un móvil para matarlo.

Gabe parpadeó.

—¿Yo?

—Tú.

—Entonces ¿qué hago?

El Samaritano señaló la carpeta con una inclinación de la cabeza.

—Podrías empezar por fijarte en lo que tienes. A no ser que solo lo quieras como souvenir, claro.

Tras debatirse en la duda por unos instantes, Gabe se puso en cuclillas y abrió la carpeta con cuidado. Un chorrito de agua salió del interior. El Samaritano lo iluminó con su linterna. Gabe sacó la Biblia primero y se puso a hojearla. Las páginas estaban mohosas y pegadas entre sí. Al no encontrar inspiración divina en el libro, lo dejó a un lado y cogió la libreta. Si esperaba descubrir en ella una confesión o una dirección, no era su día de suerte. Alguien había arrancado casi todas las hojas. Las que quedaban estaban en blanco. Empezaron a flaquearle las esperanzas. Por último, agarró el mapa. Se trataba de uno de aquellos planos anticuados de la agencia cartográfica que nadie utilizaba desde el siglo pasado. Gabe lo desplegó. Algo cayó al suelo.

Se quedó mirándolo.

Un coletero rosa. Sucio, mojado, deshilachado.

«Papá.»

Alzó la vista hacia el Samaritano.

—Ella iba en el coche.

El hombre le sostuvo la mirada.

—En ese caso, me remito a lo que he dicho antes.

—¿El qué?

—Si este es el coche, y ese es el hombre que se llevó a tu hija..., ¿quién coño lo mató?

10

La chica de la recepción, que no aparentaba más de veinticinco años, hablaba con acento de la Europa Oriental. Las atendió con cortesía pero sin mostrar el menor interés, lo que a Fran le pareció bien. Aunque los hoteles de carretera no eran precisamente el Ritz, ese estaba limpio y garantizaba el anonimato. Allí podrían descansar, y Fran podría planear su siguiente paso.

La recepcionista les comunicó que había una habitación disponible pero que, como no habían reservado por internet, no podían beneficiarse del precio especial. Tras expresar convenientemente su decepción y esforzándose por disimular la impaciencia, Fran respondió que no había problema. Pagó con tarjeta de crédito. Tenía varias, cada una con un nombre ligeramente distinto. Sorprendente, lo fáciles de conseguir que eran. Habría podido pagar en efectivo, pero eso siempre llamaba la atención. Todo el mundo evitaba pagar en efectivo en los últimos tiempos.

—La número 217. —La joven les entregó la llave tarjeta. Subieron las escaleras y avanzaron hasta su habitación arrastrando los pies por el anodino pasillo que olía a cerrado. Fran insertó la tarjeta para abrir la puerta, y, una vez dentro, tiraron las mochilas sobre las camas. Echó un vistazo a su alrededor. El cuarto..., en fin, tenía el mismo aspecto que el de cualquier otro hotel barato de cualquier otra ciudad del país. La moqueta estaba gastada y los muebles desportillados. Además, se percibía cierto olor a tabaco, a pesar del letrero de «Prohibido fumar» de la puerta.

Sin embargo, las camas parecían grandes y confortables, y Fran estaba agotada de verdad. Después de casi ocho horas en la carretera, no podía seguir conduciendo.

Al comienzo de su huida, se habían dirigido hacia el norte, a Cumbria. Cuando el hombre las había encontrado, Fran había conducido hasta el otro extremo del país, la punta de la costa. ¿Adónde debían ir ahora? ¿A Escocia? ¿Al extranjero? Pero para eso necesitarían pasaportes, y no los tenían.

Miró a Alice, estaba en medio de la habitación, con los hombros caídos y los brazos colgando a los costados, demasiado cansada hasta para sentarse en la cama. La fatiga que se reflejaba en su carita le partía el corazón a Fran. Así habían vivido desde el principio: alojándose en hoteles anónimos, siempre huyendo, siempre con miedo. Ningún niño merecía vivir así. Por otro lado, ningún niño merecía tampoco una muerte cruenta y violenta.

Notó un nudo en la garganta. A veces la golpeaba como un mazo. Angustia. Un sentimiento de culpa desesperado e implacable. «Tú eres la responsable de todo.» Pero no podía cambiar lo sucedido. No podía mirar atrás. Habría preferido quedarse ciega.

Sonrió a Alice con languidez.

—Durmamos un poco, anda. —Se mordió la lengua para no añadir algo así como «Las cosas pintarán mejor cuando hayamos descansado», porque habría sido otra mentira. En vez de eso, agregó—: Mañana te invito a desayunar en McDonald's.

Después de corresponderle con la más débil de las sonrisas, Alice sacó su neceser. Se lavaron los dientes bajo la dura luz del baño, se pusieron camisetas y mallas limpias y dejaron las mochilas preparadas junto a las camas.

Tras comprobar que las ventanas estuvieran bien cerradas, corrió las gruesas cortinas opacas. Estaban en el primer piso, lo cual era bueno. Fran siempre rechazaba las habitaciones en planta baja. Para finalizar, colocó la cadena de seguridad de la puerta y tiró de ella varias veces para asegurarse de que aguantara.

Satisfecha con los preparativos, se acostó. Alice yacía en la otra cama doble, tapada con las mantas hasta la barbilla. La bolsa con los guijarros se encontraba junto a ella, sobre la mesilla.

«Clic, clic, clac. El Hombre de Arena viene hacia aquí.»

Un escalofrío recorrió a Fran, a pesar del grueso edredón y el cálido ambiente de la habitación.

No entendía los extraños ataques de sueño de Alice, aunque se había esforzado por documentarse sobre el trastorno (que, según había averiguado, se llamaba narcolepsia). Por desgracia, no había explicaciones sencillas. No había una relación clara de causa y efecto. Se trataba de una de aquellas anomalías médicas que demostraban que la ciencia no tenía todas las respuestas.

Y nada de lo que había leído explicaba lo de los guijarros. Aunque Fran se había pasado horas buscando en Google y devanándose los sesos, no había encontrado nada comparable. Al final, se había dado por vencida. ¿Qué decía Holmes? ¿«Una vez que descartas lo imposible, lo que queda, aunque sea improbable, debe ser la verdad»? El problema en este caso, querido Holmes, era que lo imposible era la verdad. Mete eso en tu pipa de *crack* y fúmatelo.

Alice se removió un poco y soltó un resoplido sobre la almohada. Durante sus «ataques», se sumía al instante en un sueño profundo y tranquilo. Por la noche, cuando se suponía que debía dormir apaciblemente, no paraba quieta. Daba vueltas, soltaba suaves chillidos o gemidos. Con frecuencia se retorcía gritando, presa de terribles pesadillas. Cuando Fran se acercaba para intentar tranquilizarla, ella la apartaba a empujones.

Dolía. Pero era comprensible. A pesar de todo por lo que habían pasado, de todo lo que Fran había hecho por ella, del vínculo que compartían, no era a Fran a quien llamaba a voces en plena noche. No era la persona que ella quería que la consolara para ahuyentar las pesadillas.

Era a su mamá.

11

La rutina. Uno se convertía en su esclavo en un trabajo como el suyo, reflexionó Katie. Las mismas horas, las mismas mesas, la misma luz fluorescente que incidía desde el techo. En una estación de servicio se perdía la noción del tiempo. No había relojes ni ventanas, en la cafetería donde trabajaba. Se parecía un poco a un casino o algún tipo de centro sanitario.

Era algo que trastornaba la mente y el cuerpo. A veces, Katie se sorprendía a sí misma comiendo cereales para el almuerzo o antojándosele un bistec por la mañana. Luego estaba el picor en los ojos y la garganta de tanto respirar aquel aire reciclado. Ah, y el glamur del olor a comida rancia a todas horas. Por más que lo intentaba, no conseguía quitárselo de la ropa, el cabello o la nariz.

En ocasiones, cuando, al terminar su turno, salía parpadeando a la claridad previa al amanecer, tenía que parar un momento. El sol, el aire fresco y el ruido le abrumaban los sentidos. Tardaba buena parte de los treinta minutos que duraba su trayecto a casa en coche en acostumbrarse y recalibrarse; en aliviar la rigidez de los músculos y la mente; en relajarse y volver a ser persona.

Cada acción se volvía tan robótica en ese mundo artificial que acababas funcionando como una máquina algo descacharrada y mal cuidada, realizando tus tareas con el mínimo esfuerzo y el cerebro en otra parte. En punto muerto. Con el motor runruneando pero a medio gas.

A menos que sucediera algo que te despertara de una sacudida. Algo insólito, que se saliera de la rutina.

El hombre delgado había vuelto.

No solo era algo insólito. Era mala señal. Muy mala.

El hombre delgado seguía su propia rutina. Se presentaba una vez por semana; nunca dejaba pasar más de nueve días entre sus visitas, nunca menos de seis.

Nunca se presentaba dos veces el mismo día. Jamás.

Y sin embargo allí estaba.

Katie salía de su turno con la sudadera encima del uniforme y la mochila a la espalda cuando lo vio.

Estaba sentado en su mesa de siempre, cerca de la entrada, detrás de una columna, desde donde podía observar las idas y venidas de la gente sin dejar de pasar desapercibido. Con frecuencia tenía el portátil abierto, pero esa mañana había colocado sobre la mesa lo que parecía una libreta y unos papeles dispersos.

Ella frunció el entrecejo. También había algo distinto en su aspecto. ¿El pelo? No, lo tenía negro, despeinado y con un corte anodino, como de costumbre. La ropa. La ropa era diferente. Antes llevaba una sudadera gris y vaqueros negros; ahora, una camisa de cuadros y vaqueros azules. Se había cambiado de ropa. ¿Por qué? ¿Y por qué narices se había fijado ella en él?

Echó a un lado este pensamiento. Ese no era el único detalle distinto. Por lo general, el hombre iba en piloto automático, como ella. Respiraba, se movía, realizaba todas las acciones necesarias para seguir con vida (excepto tal vez comer), sin vivir en realidad. Algo le había arrebatado la vitalidad y la energía.

Esa mañana parecía haberlas recuperado en parte. Aunque decir que tenía algo de color en las mejillas habría sido una exageración, por lo menos no parecía un cadáver ambulante, como antes.

Algo había sucedido, pensó. Algo que lo había obligado a mudarse, a alterar su rutina. A su pesar, a pesar de sus deseos de que desapareciera para siempre, se preguntó qué había pasado.

Se acercó al joven desgarbado y barbudo con el que había

compartido turno (¿Ethan? ¿Nathan? ¿O se llamaba Ned?).
Los compañeros: eso era lo único que sí que cambiaba con regularidad. Aunque el sueldo no estaba mal, las horas muertas, el ambiente agobiante y el requisito de disponer de coche para desplazarse hasta allí convertían la estación de servicio en un lugar de trabajo poco envidiable.

Desde luego no era lo que Katie había imaginado que haría con su vida. A veces veía la compasión reflejada en los ojos de sus colegas jóvenes. La mayoría solo trabajaba en la estación de servicio para pagarse los estudios hasta que pudiera conseguir algo mejor. Ella, en cambio, estaba atrapada allí para siempre. Eso era lo mejor a lo que podía aspirar.

«Eres aplicada, Katie —recordaba que le decía el orientador vocacional del instituto, con el pelo peinado en cortinilla y pegado a la pecosa cabeza—. Te esfuerzas. Eres buena alumna. Pero seamos realistas: nunca tendrás un nivel digno de Oxford.»

Capullo condescendiente. Aunque en el fondo tenía razón. Y es que ella era una madre soltera con un empleo sin futuro en el que seguramente se vería sustituida por un robot en menos de diez años.

—¿En qué momento ha vuelto el hombre delgado? —le preguntó a Ethan/Nathan/Ned.

—Ni idea —se limitó a gruñir el otro, decidido a desmontar o romper la cafetera. Fuera cual fuese su intención, lo único seguro era que no estaba preparando café. Ella sabía que los empleados recibían formación, pero a veces no las tenía todas consigo. Eso sí que era nivel digno de Oxford.

—Aparta —suspiró dejando caer la mochila detrás de la barra—. Yo me encargo.

Gabe no tenía planeado regresar a la misma estación de servicio tan pronto. En circunstancias normales, ya estaría a kilómetros de allí. Pero las circunstancias no eran normales. Ni por asomo. Incluso se salía de su normalidad particular, que, en comparación con la de la mayoría de la gente, era bastante de locos.

En la caravana, después de quitarse la ropa mojada, había intentado dormir, pero cada vez que cerraba los ojos, se le aparecía la imagen del maldito cadáver licuado filtrándose en el maletero del coche. Y luego veía a Izzy, en el asiento trasero.

«¿Quién era ese hombre? ¿Qué le había ocurrido? ¿Qué le había hecho a Izzy?»

Tenía que parar en algún sitio para pensar con calma. Y aquel lugar era tan bueno como cualquier otro. Le pidió un café solo a un joven de aspecto estresado que estaba en la barra y se sentó en su mesa habitual mientras esperaba a que se lo llevara. La mesa estaba sin recoger, al igual que muchas otras. De hecho, el joven parecía ser el único empleado de servicio en ese momento. Gabe se preguntó dónde estaría la camarera rubia. A lo mejor había acabado su turno. No pudo evitar sentir una ligera decepción.

Hurgó en su bolsa y extrajo los objetos que había sacado del coche, aún envueltos en plástico. Los dispuso sobre la mesa y se detuvo de pronto, tenía la sensación de que se estaba mostrando poco cauteloso. El Samaritano le había dicho en una ocasión: «Nos vigilan a todos. El sistema tiene ojos en todas partes. Internet, las cámaras de seguridad, las de tráfico... Tienes que actuar siempre como si alguien te observara.»

Paseó la mirada por la cafetería. En un rincón, una pareja mayor con chaquetas Barbour a juego tomaba sorbos de sus tazas de *latte*. Seguramente viajaban en Volvo y tenían un cocker spaniel, pensó. Sentada a otra mesa, una joven con traje de oficina y tacones muy poco prácticos para conducir escribía de forma frenética en su teléfono móvil. Por último, había una pareja con un bebé dormido en una sillita de coche. Lanzaban miradas de indignación a quien hiciera el menor ruido mientras se bebían sus cafés con tragos sonoros.

Ninguno de ellos le prestaba la más mínima atención a Gabe.

Sacó los objetos de la bolsa de plástico y los contempló de nuevo. Intentó examinarlos con objetividad. El coletero se parecía un montón a los que llevaba Izzy aquella mañana. Por otro lado, muchas niñas tenían coleteros idénticos. No había pelos pegados a la goma y, de todos modos, si el Samaritano estaba en lo cierto, era demasiado tarde para conseguir una muestra de ADN útil.

Aun así, podía llamar a la policía, claro, pero ya sabía qué le dirían: muy bien, había encontrado un coche. ¿Y qué? Nadie había negado que pudiera haber un coche. Pero la persona a quien había visto en su interior no era Izzy. Oh, se mostrarían correctos, pacientes, comprensivos. Hasta cierto punto. Después empezarían a tratarlo como si estuviera loco. Ya había ocurrido. Gabe se había acostumbrado a que pusieran cara de circunstancias cada vez que entraba en la comisaría. Al tono educado pero firme. A la recomendación de que hablara con alguien o fuera a terapia. A que le facilitaran números de teléfono de profesionales a los que podía consultar.

En cierto modo, prefería la época en que la policía lo consideraba culpable. Al menos entonces le hacían caso y lo trataban como a un adulto, no como a un personaje patético y digno de lástima. Eso era lo peor: convertirse en un ser invisible, sin voz. Que los demás dieran por sentado que de su boca no salían más que disparates.

Gabe había aprendido que existe más de una manera de perderse.

Suponía que, por el momento, estaba solo. Si hubiera sido un detective curtido, tal vez habría añadido: «Y así es como me gusta». Pero en realidad no le gustaba. Se sorprendió a sí mismo pensando de nuevo en la camarera rubia. No sabía por qué. Sí, era atractiva, y parecía amable. Por otro lado, ese era su trabajo: tratar bien a los clientes, sonreírles con cortesía. En realidad no la conocía. Además, daba la impresión de que ya tenía bastantes problemas. Desde luego, lo que ella menos necesitaba era cargar también con los de Gabe. Y, además de su vieja y oxidada autocaravana, era lo único que él podía ofrecerle.

Desplegó el mapa y lo extendió sobre la mesa. Había algunos puntos marcados con una X, pero no significaban nada para él. Lo dobló de nuevo y cogió la Biblia. Hasta entonces solo le había echado una breve ojeada, pues el tacto blando y mohoso de las páginas no invitaba a toquetearla durante mucho rato. Además, recordaba los adhesivos en la luneta del coche.

«Si conduces como yo, más te vale creer en Dios.»

«Los hombres de verdad aman a Jesucristo».

La Biblia parecía encajar con eso. Sin embargo, ahora, al hojear las aún húmedas páginas, se percató de otra cosa, había pasajes subrayados:

> Pero si se sigue un daño, lo pagarás: vida por vida, ojo por ojo, diente por diente, mano por mano, pie por pie. (Éxodo 21:23-25)
>
> El que maltrate a su prójimo será tratado de la misma manera. (Levítico 24:19)
>
> Así extirparás el mal de en medio de ti. Los demás, al saberlo, temerán y no volverán a cometer tal villanía. (Deuteronomio 19:19-20)
>
> Va a vengar la sangre de sus siervos, a dar su merecido a los adversarios y a perdonar a su tierra y a su pueblo. (Deuteronomio 32:43)

A lo mejor los hombres de verdad amaban a Jesucristo, pero al parecer aquel era estrictamente partidario del Antiguo Testamento: venganza, castigo, sangre. Gabe notó que una uña gélida le arañaba la espalda.

Dejó la Biblia a un lado y abrió la libreta. Había bordes rotos en el interior, y el resto de las hojas estaba en blanco. ¿Por qué las había arrancado? ¿Qué había escrito en ellas?

—¿Americano? —le preguntó una voz.

Él pegó un respingo y alzó la vista. La camarera rubia de ojos amables se encontraba de pie junto a su mesa, con un café en la mano.

—Ah, sí, gracias.

Advirtió que la chica llevaba una sudadera con capucha encima del uniforme.

—¿Lista para irte a casa?

—Estaba a punto de salir.

La camarera dejó el café en la mesa y señaló la libreta con una inclinación de la cabeza.

—¿Buscas un mensaje en tinta invisible?

Él la miró entornando los ojos.

—¿Cómo dices?

—Perdona. Es que como estabas tan concentrado en una página en blanco... Era solo una broma. —Dio media vuelta para alejarse.

—¡Espera! —De pronto, una chispa brilló en el cerebro de Gabe. Páginas arrancadas. Debía de haber algo escrito en ellas. Tal vez algo que alguien no quería que viera nadie—. ¿Tienes un lápiz?

—Pues... sí. —Se hurgó en el bolsillo y sacó un cabo de lápiz.

Gabe lo cogió y comenzó a hacer trazos rápidos y suaves en el papel con la punta inclinada. No estaba muy seguro de si el truco daría resultado. Era algo que solo había visto hacer en la televisión. Sin embargo, ante sus ~~ojos, en~~ el borrón de grafito aparecieron unas letras tenues, huellas de lo escrito en la hoja anterior.

Gabe levantó la libreta y se quedó mirándola. Frunció el ceño.

—Supongo que eso no te dirá nada, ¿verdad?

La camarera se encogió de hombros.

—Lo siento.

Él asintió, desanimado.

—Toma, tu lápiz.

—Quédatelo.

La joven se alejó. Gabe bajó de nuevo los ojos hacia la libreta. Varios fragmentos de palabras y letras se solapaban. Pero destacaban tres, un rastro fantasmal dejado por la mano de un muerto.

«LA OTRA GENTE.»

12

Unas tímidas vetas plateadas empezaban a iluminar el cielo cuando Katie salió de la estación de servicio. A pesar de que estaba molida hasta los huesos y le dolían todas las extremidades del cansancio, esa hora del día le gustaba. Las primeras horas de la mañana destilaban tranquilidad. Marcaban el nacimiento de un nuevo día lleno de promesas.

Todo eso eran gilipolleces, claro. El día no prometía. No mucho. Todo el mundo estaba metido en el pozo de su rutina personal, incapaz de reunir las fuerzas necesarias para afrontarlo. Así era la vida, tal como se conocía. O al menos tal como la conocía ella.

Esa mañana, como casi todas, iría en coche a casa de Lou, su hermana menor, para recoger a sus hijos y preparar el desayuno. Luego se aseguraría de que Sam y Gracie salieran para el colegio y por fin se iría a casa a dormir un poco. A las tres y diez de la tarde recogería a los niños, prepararía la cena, los dejaría de nuevo en casa de su hermana y, después de acostarlos, enfilaría la autopista para volver al trabajo. Era como el puto día de la marmota. Aunque esta vez, se recordó a sí misma, al menos dispondría de un par de días libres antes de volver a la rutina.

Después de atravesar el aparcamiento, subió a su destartalado Polo. Arrancó el motor y eligió un CD. Sí, su coche era tan viejo que aún tenía reproductor de discos compactos, y ella era tan vieja que aún tenía discos compactos.

Mientras conducía, la voz de Tom Petty brotó de los altavoces para entonar una canción sobre una buena chica que quería a su mamá. Qué suerte. A lo mejor «mamá» no era una borracha amargada («Nota: será mejor que llame a mamá mañana»). Subió el volumen. *Free Fallin'*. Caída libre. A veces le entraban ganas de lanzarse al vacío; de olvidarse de todo, pisar el acelerador a fondo, pasar de largo la salida que conducía a su casa, a los platos sucios, los juguetes tirados por el suelo como una carrera de obstáculos de Legos y Barbies, las facturas sobre el felpudo, el engorro de la vida cotidiana en estado puro; de marcharse lo más lejos posible, hasta lugares que nunca había visto.

Eso nunca ocurriría, por supuesto. Preferiría arrancarse el corazón antes que abandonar a sus hijos. Además, a decir verdad, su vida no estaba tan mal. Se consideraba más afortunada que la mayoría. Tenía trabajo, casa, buena salud. Aun así, no podía evitar desear que hubiera algo más. El problema era que no sabía en qué consistía ese algo. Tal vez ni siquiera existía. Uno podía pasarse la existencia entera huyendo de una vida y persiguiendo otra. Buscando el oro al final del arcoíris, hierba más verde en el otro extremo del prado. Pero, en la mayoría de los casos, el oro era falso, y la hierba verde, césped artificial.

Cuando Katie se casó, soñaba con la familia perfecta; una casa preciosa con un extenso jardín; un perro, tal vez; vacaciones en una bonita cabaña en Cornualles. Craig y ella verían a sus hijos crecer y envejecerían juntos.

¡Ja! Menudo sueño. Cuando Sam tenía cinco años y Gracie uno recién cumplido, Craig la dejó por una representante de ventas llamada Amanda. Había cambiado la casa unifamiliar por un apartamento moderno (con suelos de cerámica y esos putos sofás blancos) y unas vacaciones en pareja en Dubái.

«Creo que nos precipitamos —le dijo Craig, con una expresión muy seria en los ojos castaños, la misma que había adoptado cuando le había asegurado que quería sentar cabeza y fundar una familia—. Necesito recuperar mi vida.»

Daba igual la vida de ella, o la de sus hijos. Daba igual que, cuando alguien traía una nueva vida al mundo, su propia vida pasaba a un segundo plano. Uno no podía rescatarla sin más, como una chaqueta arrumbada en el armario, ponérsela y salir por la puerta.

Por otro lado, Craig siempre había sido egoísta. Ella debería haberse dado cuenta antes, pero, como siempre, había asumido un papel apaciguador y había hecho concesiones para que su matrimonio no se hundiera. Había hecho el ridículo, porque su matrimonio acabó por hundirse de todos modos.

Ahora que Sam tenía diez años y Gracie cinco, lo mejor que podían esperar de su padre era algún que otro paseo por el parque y regalos de cumpleaños y Navidad inapropiados para su edad. Por lo menos pagaba su manutención. Algo era algo. El sueldo de Katie por sí solo no habría bastado para cubrir los gastos más básicos, y mucho menos las necesidades adicionales de los niños, como ropa y zapatos.

«La familia feliz no existe», pensó. Es una mentira que nos venden en los anuncios, en las telecomedias..., incluso en la puñetera *Peppa Pig*. Las familias no eran más que unos desconocidos unidos entre sí por un capricho del destino y un sentido del deber mal entendido.

Nadie elegía a su familia. Ni siquiera podía elegir si la quería o no. En cierto modo, uno estaba obligado a quererla, por muy mal que lo pasara por su culpa.

Ella pensó en su madre, corroída por el resentimiento y el alcohol, en Lou, con su sucesión de relaciones fallidas, y en su hermana mayor, a quien hacía nueve años que no veía. Desde el funeral. ¿Qué habría encontrado al final de su arcoíris?

Su pie apretó un poco más el acelerador. La señal que anunciaba su salida apareció más adelante: «14. Barton Marsh». Tardó un poco más de lo habitual en dejarla atrás, entonces encendió el intermitente para cambiar de carril y enfiló la salida.

«Voy a alejarme de ese mundo durante un tiempo», gorjeaba Tom.

Ojalá, pensó ella. Aunque este bien habría podido ser el lema de su vida. Ojalá no hubiera regresado a la cafetería hoy. Ojalá se hubiera ido directa a casa. Ojalá no hubiera atendido al hombre delgado. Ojalá no hubiera visto aparecer las palabras en las páginas de la maltratada libreta, como una pesadilla que ree-mergía de las profundidades de su subconsciente.

LA OTRA GENTE.

Tú querías algo más, Katie, se dijo con amargura. Pues ahí lo tienes. Cuidado con lo que deseas.

Cuando el hombre le había preguntado si esa frase le decía algo, ella había conseguido negar con la cabeza, incluso mientras se le formaba un nudo apretado en el estómago. Luego se había marchado, lo más deprisa que había podido sin echar a correr.

Saltaba a la vista que el hombre no sabía qué significaban aquellas palabras. Y, con un poco de suerte, jamás lo averiguaría. Además, eso no le concernía a ella. No podía ayudarlo. Ni siquiera lo conocía.

Pero a ellos sí.

13

Gabe estaba tumbado en la estrecha cama de la caravana. Los pies le colgaban por el borde. Aunque tenía los brazos cruzados sobre el pecho, sobresalían por los lados. Cerró los ojos, pero su mente no dejaba de dar vueltas. La Biblia. La libreta.

«La Otra Gente.»

Había hecho una búsqueda en Google que solo había arrojado como resultados una antigua serie de Netflix y una banda de rock india. Dudaba que eso fuera lo que estaba buscando. En realidad no tenía la menor idea de qué buscaba. Ni siquiera sabía si el mensaje tenía algo que ver con Izzy o solo eran palabras escritas al azar, como cuando alguien se dibujaba un garabato en el dorso de la mano para acordarse de comprar leche.

Abrió los ojos y contempló el techo. De nada serviría intentar conciliar el sueño. Ese barco ya había zarpado. De todos modos, nunca se le había dado bien dormir. No encontraba alivio en la oscuridad. Los ojos se le abrían de golpe con cada susurro del viento o con cada crujido de la casa. Se quedaba tendido durante horas, tenso como una tabla, escrutando las sombras, con los sentidos alerta, aguardando el momento en que lo invadieran las pesadillas.

A veces, cuando a Izzy le costaba dormirse, él se acurrucaba a su lado y le cantaba nanas o le leía cuentos hasta que ambos sucumbían al sueño. Gabe nunca le confesó a Jenny que no solo lo hacía para tranquilizar a la niña, sino también a sí mismo.

Tras la desaparición de Izzy, las pesadillas empeoraron y las noches se descompusieron en fragmentos aterradores empapados en sudor. Sus negras garras lo herían una y otra vez desde el borde de la inconsciencia, y él gritaba tan fuerte que, por la mañana, tenía la garganta en carne viva y los ojos salpicados de vasos sanguíneos reventados.

Gabe no creía en el karma, pero a lo largo de los últimos tres años había tenido momentos en que le habían entrado dudas. ¿Era así como el universo mantenía el equilibrio, arrebatándole lo más valioso de su vida para recordarle que no merecía ser feliz después de lo que había hecho? Por otro lado, Izzy no estaba muerta. Al contrario de lo que todos creían, él sabía que se había cometido un error. Un error terrible, espantoso.

El Samaritano estaba en lo cierto. No podía acudir a la policía. Aún no. Primero tenía que hablar con otra persona, alguien con quien había evitado enfrentarse, a quien había eludido con discreción para no causar más dolor. Pero el descubrimiento del coche lo cambiaba todo.

Tenía que asegurarse. Y para ello tenía que hablar con el padre de Jenny.

Alzó el brazo y echó un vistazo a su reloj. La luz del alba se colaba alrededor de la delgada persiana enrollable de la autocaravana. Las seis y media de la mañana.

Aún era temprano, pero intuía que Harry tampoco dormía mucho últimamente.

Se incorporó, bajó las piernas del angosto catre y sacó el teléfono. Después del entierro, Evelyn, la madre de Jenny, había cambiado el número del fijo para que él no pudiera llamar. Pero Harry se había apiadado de Gabe y le había dado el de su móvil.

«Por si necesitas hablar.»

Sorprendentemente, Gabe había descubierto que lo necesitaba. Aunque, en una ocasión, ni siquiera habló, se limitó a llorar.

Le escribió un mensaje de texto: «Harry, soy Gabe. ¿Podríamos vernos hoy?».

Casi al instante, sonó el tintineo que indicaba que había recibido la respuesta.

«¿A las 8? Donde siempre.»

Esto último no era una pregunta. Con el corazón en un puño, Gabe escribió: «Vale».

El cementerio de Farnfield estaba a una hora en coche, no muy lejos de la casa que Gabe había compartido con Jenny e Izzy en Nottinghamshire. Era un sitio agradable, dentro de lo que cabe. En el Jardín del Recuerdo había una amplia zona de césped verde y bien cuidado, bancos de madera elegantes, árboles que proporcionaban sombra y arbustos florales y de hoja perenne.

Aunque Gabe agradecía el toque de sentimentalismo, no creía que de verdad fuera allí donde la gente recordaba a sus difuntos. Los recuerdos se entremezclaban con nimiedades de la vida diaria: el aroma de un perfume determinado; incluir en la lista de la compra extracto de levadura untable porque a tu esposa le encantaba; encontrar una taza con la frase «La mejor mamá del mundo» en el armario de la cocina; una canción en la radio; el olor a comida que emana de un restaurante donde en una ocasión pedisteis una botella de un vino ridículamente caro que no os gustó a ninguno de los dos. Esos eran los recuerdos que lo asaltaban a uno de repente, le agarraban el corazón y se lo estrujaban hasta que sentía el pecho a punto de estallar. Crudos, viscerales, sin censura.

Allí, los recuerdos estaban filtrados por unas gafas de color rosa. Cada cual seleccionaba las cosas que quería recordar y dejaba a un lado las que prefería olvidar. Dejaba vistosos ramos de flores para disimular el hecho de que ahí la muerte estaba por todas partes y de que sus seres queridos ya no eran más que un montón de cenizas blanquecinas metidas en una vasija horrible que, Gabe estaba seguro, Jenny habría guardado al fondo de un armario o habría tirado al suelo «sin querer» si la hubiera recibido como regalo.

Sonrió. Un recuerdo auténtico. Jenny era una mujer de buen gusto y poco tacto. Sabía lo que le gustaba y lo que no, y lo decía sin tapujos.

Gabe se sentó en un banco y posó la vista en la pequeña lápida bajo la que estaba enterrada la vasija de aspecto ofensivo:

Jennifer Mary Forman
13 de agosto de 1981 — 11 de abril de 2016
Esposa. Amada hija. Madre entregada.
Vivirá siempre en nuestros corazones,
pensamientos y recuerdos.

«Esposa.» Ese era el único detalle que habían tenido con él, un gesto ínfimo. No le habían dejado intervenir en la elección de la lápida, del mismo modo que lo habían excluido de casi todos los preparativos fúnebres. En aquel entonces, se había sentido aliviado. Claro que, en aquel entonces, seguía siendo sospechoso de asesinato.

—¿Gabriel?

Sobresaltado, miró a su alrededor. Harry se encontraba de pie junto al banco. Por lo general un hombre bien conservado y en forma (en su día había sido un médico y cirujano respetado), hoy aparentaba cada uno de sus setenta y nueve años. Llevaba la densa cabellera cana peinada de forma impecable hacia atrás, como siempre, lo que le dejaba despejado el rostro bronceado por un sol invernal constante. Sin embargo, se apreciaba cierta flacidez en torno a la mandíbula y los ojos. Las arrugas de la frente se le marcaban más. Apoyaba pesadamente una mano en un bastón. En la otra, sujetaba unas flores. Dos ramos.

Mientras Gabe lo observaba, se agachó y depositó uno en el jarrón junto a la lápida de Jenny. Acto seguido, se volvió. Hacia la otra lápida, la que Gabe había tenido mucho cuidado de no mirar desde que había llegado. Y es que, a pesar de lo que creía y de lo que había descubierto, cada vez que la veía lo acometía un dolor casi insoportable, una marea negra y creciente que amenazaba con arrastrarlo hasta el fondo y engullirlo.

Isabella Jane Forman
5 de abril de 2011 — 11 de abril de 2016

Amada hija y nieta.
Préstamo del cielo,
ahora ha vuelto a los brazos de los ángeles.

Jenny. Izzy.
«Se trata de su esposa... y de su hija.»
Harry se sentó pesadamente junto a él.
—Bueno, ¿de qué querías hablar?

14

La urbanización donde vivía Lou era un cuadrilátero atestado de casas con las paredes revestidas de guijarros, a las afueras del pueblo de Barton Marsh. Viviendas sostenibles y económicas. O, en otras palabras: baratas, pequeñas y feas.

Katie aparcó en una plaza estrecha, cerca de la casa de su hermana, situada en medio de una hilera de chalés adosados. Había un triciclo tumbado, con hierbajos sobresaliendo entre los radios. El cubo de basura colocado junto a la puerta principal estaba repleto de abultadas bolsas negras. Katie se mordió la lengua para no chascarla con desaprobación.

Quería mucho a Lou. Solo Dios sabía cómo se las arreglaría si Sam y Gracie no pudieran quedarse a dormir en su casa. Pero la ponía de los nervios tener que confiarle el cuidado de sus hijos. La ponía de los nervios la duda de si Lou los llevaría de nuevo a la cama si se despertaban en plena noche o dejaría que se quedaran despiertos viendo la tele. La ponía de los nervios que Mia, la hijita de Lou, siempre fuera un poco sucia y vestida de cualquier manera, a veces solo con una camiseta y un pañal.

Sabía que no le correspondía a ella decirle a su hermana cómo vivir su vida. Sabía que, por ser la más joven, lo sucedido había supuesto un golpe muy duro para ella. Aunque, en realidad, lo había sido para todos. No podría alegar eso como excusa durante toda la vida. Al final, uno tenía que madurar y asumir sus responsabilidades. Lou no parecía dispuesta a intentarlo. Tenía solo veintisiete años y ya daba la impresión de haberse rendido en la vida.

Katie recorrió el breve camino de entrada, con cuidado de no pisar un envoltorio de McDonald's y un paquete de toallitas húmedas medio usadas. Entró en el recibidor con la llave que le había dado Lou. Olía a comida rancia y pañales sucios.

—¿Hola? —dijo sin alzar apenas la voz.

No oyó ningún ruido procedente de arriba. Katie se preguntó a qué hora se habrían acostado los niños. Nada le hacía menos ilusión en ese momento que despertar a unos críos malhumorados y cansados cuando ella misma estaba malhumorada y cansada.

—¿Sam? ¿Gracie?

Subió penosamente las escaleras y abrió la puerta de la habitación de los niños. Sam y Gracie, con aire soñoliento, ya se habían incorporado en la cama que compartían. Mia se dio la vuelta en su catre y la miró, parpadeando, con un chupete colgándole de los labios.

—¿Hemos dormido más de la cuenta? —preguntó Sam con un bostezo.

—No, no, está bien. ¡Solo quería daros una sorpresa!

—Madre mía —gruñó su hermana con voz aletargada en la habitación contigua.

Katie esbozó una sonrisa sombría.

—Vale, pues arriba los dos. Prepararé el desayuno.

Lou bajó las escaleras en el momento en que Katie estaba sirviendo tostadas y cereales, después de haber hecho un hueco para Sam, Gracie y Mia en la abarrotada mesa. Había encendido el televisor para tenerlos contentos; aun así, hubo una breve disputa sobre si querían ver *Clone Wars* o *PJ Masks*.

—Joder..., ¿podrías bajar un poco el volumen? —bostezó Lou.

Tenía la rubia cabellera tan enmarañada que parecía un pajar, y el rímel corrido debajo de los ojos. Llevaba una bata mugrienta con el cinturón mal anudado.

Katie cogió el mando a distancia y subió el volumen de forma deliberada. Acto seguido, agarró el montón de basura que había recogido del suelo y fue a tirarlo al cubo. Al abrir la tapa, se quedó inmóvil. El cubo estaba atiborrado de latas de Guinness.

—¿Ha estado Steve aquí?

—Ah, sí. Anoche, solo un rato.

Steve. El más reciente de una larga sucesión de novios inútiles que Lou iba sustituyendo con la misma facilidad que otras personas cambian de calcetines. La única diferencia era que los calcetines duran más.

En realidad, considerar a Steve un novio habría sido demasiado generoso. Su relación, más que informal, era casi inexistente. Después de pasarse semanas sin llamar, el tipo se presentaba sin avisar cuando le apetecía. Y resultaba bastante evidente qué era lo que le apetecía. Katie sabía que Steve solo estaba utilizando a su hermana. Pero Lou se negaba a verlo así y desgranaba las típicas excusas: trabajaba por turnos, estaba muy liado, tenía un trabajo muy exigente...

Katie suponía que al menos debía de ser cierto que tenía trabajo, cosa que no podía decirse de los desastres con patas con los que había salido Lou, como el padre de Mia, que había desaparecido en menos de lo que se tardaba en decir «impago de la pensión de alimentos» en cuanto se había enterado de que estaba embarazada. Pero, en el fondo, eso era lo de menos. Habría dado lo mismo si Steve hubiera sido un empresario millonario o un santo. El quid de la cuestión era que, en el acuerdo al que había llegado con su hermana para que cuidara de sus hijos, Katie había establecido una norma básica: nada de llevar novios a casa mientras los niños estuvieran allí.

—¿Cuándo se ha marchado? —preguntó.

—Anoche mismo. Tenía que levantarse temprano para ir a trabajar.

—Ya. ¿Y cómo se fue a casa? —Notó que Lou titubeaba—. En coche, ¿a que sí?

—No vive tan lejos.

—Mira que hay hombres en el mundo...

—Oh, ya estamos.

—¿Ya estamos con qué?

—Siempre me estás juzgando. Nunca te gustan mis novios.

—Porque son todos unos idiotas.

—Ya, bueno, por lo menos yo tengo novios.

—Ya, bueno, por lo menos yo tengo amor propio.

—¿Cómo puedes ser tan...?

—Mamá, tía Lou, ¿podéis dejar de reñir? —Gracie estaba detrás de ellas con su pijama de Mi Pequeño Poni, el cabello erizado por la electricidad estática matinal y las manitas en las caderas—. Siempre nos dices a Sam y a mí que no riñamos.

Katie le dedicó una sonrisa forzada.

—No reñimos. Solo estamos...

—Conversando —dijo Sam, comiendo copos de trigo a cucharadas—. Es lo que siempre decís. Pero a mí me parece que estáis riñendo.

Katie miró a Lou, que se encogió ligeramente de hombros.

—Orejas pequeñas, grandes bocas —murmuró.

Era lo que su padre solía decirle a su madre cuando las dos eran pequeñas y oían por casualidad algo que no debían. «Te he advertido que no dijeras nada: orejas pequeñas, grandes bocas.» La madre fingía enfadarse y fustigaba a su marido con un paño de cocina. «¿A quién estás llamando bocazas?»

Gracie reaccionó de inmediato señalando a Katie con una risita.

—¡Ja! Bocazas.

Katie le sacó la lengua, intentando no irritarse porque sus hijos siempre tomaban partido por tía Lou cuando discutía con ella.

Fuera como fuese, habían conseguido desviar la atención. Mia se puso a aporrear la mesa con la cuchara, llorando. Sam torció el gesto:

—Puaj. Mia apesta. Se ha cag... se ha hecho caca en el pañal. —Sin hacer una pausa para respirar, añadió—: He terminado de desayunar. ¿Puedo jugar a Super Mario?

—No —respondieron Katie y Lou al unísono, para variar, e intercambiaron una sonrisa vacilante.

—Ya me encargo yo —dijo Lou, agachándose para levantar a Mia.

Katie asintió mientras tomaba un sorbo de té. Aunque rara vez bebía, en ese momento le habría gustado tener algo un poco más fuerte a mano.

Quince minutos más tarde, estaba acomodando a Sam y Gracie en su coche. Se despidió con la mano de su hermana, que estaba en la puerta, todavía en bata, con un cigarrillo en una mano y Mia aferrada a su pierna.

Katie suspiró. ¿De qué sirve preocuparse?, se preguntó. Uno hace lo que puede. Se esfuerza. Pero no puede obligar a los demás a cambiar. Tal vez nunca cambien. A menos que suceda algo muy gordo que los saque de su apatía.

O tal vez ese era el problema: algo muy gordo había sucedido. Algo terrible. Algo que había destrozado su ya de por sí frágil familia.

Alguien había asesinado a su padre.

15

Hay muchas cosas que no nos planteamos sobre la muerte, y menos aún sobre una muerte cruenta y violenta. Para empezar, no nos planteamos que pueda ocurrirnos a nosotros, a un conocido, a un ser querido.

Vivimos en un estado de negación permanente. Nuestra cortedad de miras nos lleva a creer que somos diferentes, especiales. Que un campo de fuerza místico nos protege de todas las cosas malas.

Las cosas terribles ocurren, por supuesto, pero siempre a otra gente; leemos sobre ellas en los periódicos. Vemos por televisión los rostros demacrados y arrasados en lágrimas.

Nos compadecemos de ellos. Se nos humedecen los ojos. Tal vez incluso encendemos velas, ponemos flores, creamos etiquetas en las redes sociales. Y luego seguimos adelante con nuestra vida; esa vida especial, segura, protegida.

Hasta que, un día, llega una llamada, una frase.

«Se trata de su esposa... y de su hija.»

Y entonces caemos en la cuenta de que todo era pura ilusión: no somos especiales. Somos como todo el mundo y vamos dando saltitos por un campo de minas, intentando convencernos de que nuestro mundo no puede saltar en pedazos de la noche a la mañana.

Nunca nos planteamos cómo nos vamos a sentir cuando llegue ese momento. Porque nos hemos pasado la vida entera evitando pensar en ello, como si el mero hecho de imaginarlo tentara al Destino a volver su estragado rostro hacia nosotros y echarnos el ojo.

Nunca nos planteamos que tendremos que conducir kilómetros y kilómetros, con esas estremecedoras palabras resonándonos en los oídos y una negación desesperada martilleándonos la cabeza. Nunca nos planteamos que, cuando lleguemos a casa, esta ya no será nuestro hogar, sino un escenario del crimen. Los objetos personales se habrán convertido en evidencias. Hombres y mujeres uniformados o con monos blancos se moverán por la casa arrastrando los pies en silencio mientras nosotros nos quedamos fuera, sin poder entrar. Nunca nos planteamos que tendremos que explicar nuestros actos a extraños, desnudar nuestros secretos más íntimos ante personas que no conocemos de nada, en una situación que aún no conseguimos entender. Nunca nos planteamos que necesitaremos una coartada o un abogado.

Y nunca nos planteamos que, en medio del dolor, el espanto y la confusión, nos pedirán que identifiquemos los cuerpos.

«Los cuerpos.» Ya no eran personas llenas de calidez, esperanzas, temores y sueños. Ya no eran seres vivos que respiraban. Ya no eran Izzy, Jenny, la chiquitina o mamá. Esos cúmulos de contradicciones humanas, frustrantes pero maravillosos, habían desaparecido. Para siempre.

Salvo por un pequeño detalle: él la había visto. Había visto a Izzy.

Gabe clavó en la inspectora de policía Maddock los ojos, que le escocían como si les hubiera entrado tierra y estaban hinchados de pena.

—¿Que las identifique?

—Es el procedimiento habitual, señor Forman. Basándonos en las fotografías que hemos conseguido, no tenemos motivos para dudar que los cadáveres sean los de su esposa e hija...

Fotografías, pensó. Hacía tiempo que no tomaban fotos. No había habido muchos momentos familiares felices últimamente, se dijo con amargura. Las de las paredes eran antiguas. En ellas,

Izzy tenía solo dos o tres años. Habían hablado de colgar retratos más recientes. Hablamos de hacer tantas cosas, pensó. Siempre damos por sentado que habrá otro día, otra semana, otro año. Como si el futuro fuera una certeza y no solo una frágil promesa.

Gabe sacudió la cabeza.

—Ya se lo he dicho. Ha habido un error. He visto a mi hija. Iba en un coche. Alguien se la ha llevado, tal vez a mi esposa también. Deberían estar ustedes ahí fuera, buscándolas.

—Lo entiendo, y contamos con su declaración, señor Forman. Por eso considero todavía más importante que lleve usted a cabo una identificación formal.

Gabe intentó asimilar estas palabras. Identificación «formal». Los caballeros deben llevar corbata. Prohibida la entrada con zapatillas de deporte. Reprimió una carcajada histérica.

La policía no le creía. Genial. Pero él les demostraría que tenía razón. No era Izzy quien yacía inerte y fría en alguna puñetera morgue. Seguía con vida. Acababa de cumplir cinco años. Y él la había visto. Iba en aquel cacharro herrumbroso que se caía a pedazos. «Toca el pito si estás cachonda.» Dos coletas rubias. «Los hombres de verdad aman a Jesucristo.» El diente delantero que le faltaba.

—De acuerdo. Pero se equivoca. He visto cómo se llevaban a mi hija. Está viva.

La inspectora Maddock había asentido con la cabeza con una expresión fugaz que Gabe no fue capaz de descifrar.

—En cuanto haya visto los cuerpos, estoy segura de que tendremos más preguntas que hacerle.

La identificación se programó para el día siguiente por la tarde. A Gabe le frustró que se dieran tan poca prisa. Pero estaba demasiado traumatizado y exhausto para discutir.

La casa, donde solo un par de días atrás se había celebrado la fiesta del quinto cumpleaños de Izzy, ahora era un escenario del crimen. Gabe no podía quedarse allí. A falta de amigos que lo acogieran, reservó una habitación en un Premier Inn cercano.

Una mujer robusta con camisa blanca y traje pantalón negro fue a la casa y se presentó como «Anne Gleaves, su oficial de enlace familiar». Lo llevó en coche al hotel y, sin que él se lo pidiera, lo acompañó hasta su habitación. Se sentó y habló un rato con él. Palabras necias, sin sentido. Él se quedó mirando su semblante amable y sensible, y deseó que saltara por la ventana. Cuando la mujer le preguntó si quería que ella se pusiera en contacto con alguien, Gabe pensó en los padres de Jenny y declinó la oferta de mala gana. Le correspondía a él hablar con ellos. Una vez que la mujer se marchó, telefoneó a Harry y Evelyn, destrozó su mundo con una sola frase y luego se incorporó y lloró hasta quedarse ronco al mirar viejas fotografías de Izzy y Jenny en su móvil.

Cuando la claridad del alba empezó a colarse a través de las delgadas cortinas, se duchó, se afeitó y se puso la ropa que llevaba el día anterior: una camisa negra y vaqueros. Se sacó del bolsillo una corbata arrugada y se la anudó en torno al cuello, apretando el nudo un poco más de lo necesario. Se contempló en el espejo. Dejando aparte la palidez de la piel y los ojos inyectados en sangre, tenía un aspecto casi presentable. «Identificación formal», se dijo de nuevo con tristeza.

Entonces se sentó a esperar.

«Todo es un error. Un terrible error.»

Harry y Evelyn le devolvieron la llamada justo antes del mediodía. Evelyn estaba sorprendentemente tranquila, sin rastro de la histeria que se había apoderado de ella la noche anterior. Le dijo que querían ir a verlo, estar con él para apoyarlo. Gabe no quería. Les aseguró que no era necesario. Pero Evelyn insistió: «No puedes hacer esto tú solo. Harry conducirá, por si te ves superado».

En aquel entonces, antes de que las acusaciones y las sospechas destruyeran por completo su endeble relación, él supuso que seguían representando el papel de suegros comprensivos, que su pérdida los había unido a los tres de forma temporal.

«¿Has comido algo? —le preguntó Evelyn cuando llegaron—. Tienes que comer. Necesitas recuperar fuerzas», como si la comida pudiera llenar de algún modo el doloroso agujero que se le había abierto en el corazón.

Lo llevaron al pub que había junto al hotel. A Gabe las luces le parecieron demasiado intensas, la decoración demasiado chillona. No tenía idea de por qué estaban allí. El chocar de los cubiertos contra los platos le daba dentera. Evelyn, muy decidida, parloteaba sin decir nada en realidad, con una voz un poco más aguda y estridente de la cuenta. Tenía los ojos irritados y enrojecidos. En un par de ocasiones, sacó un colirio y se echó unas gotas. Harry soltaba gruñidos intermitentes mientras se embutía un sándwich de queso en la boca. Gabe consiguió tomar un bocado de pan duro con jamón y dos tazas de café solo. Estaba frío y amargo. Una metáfora apropiada. La vida había perdido su sabor.

El hospital, situado a las afueras del pueblo, cerca de la carretera, estaba a veinte minutos en coche. Era donde Jenny había dado a luz a Izzy. Aunque Gabe creía que ya se le había escurrido toda la pena del corazón, notó que este se le retorcía de nuevo. Aquellas gotas amargas le quemaron el alma y le revolvieron las tripas. Se apretó el estómago.

—¿Te encuentras bien?

Él asintió.

—Sí, estoy bien.

Ella hurgó en su bolso, sacó un frasco y lo sacudió hasta que le cayeron dos píldoras en la mano. Se las ofreció.

—¿Qué es?

—Te ayudará a calmar los nervios.

Eso explicaba en parte el parloteo extraño y frenético. Gabe contempló las pequeñas pastillas rosadas y comenzó a sacudir la cabeza. Entonces lo acometió otro retortijón. Cambió de idea. Cogió las píldoras y se las tragó en seco. «Qué sabor tan amargo», pensó de nuevo.

Dejaron el coche en el aparcamiento para visitantes, lo que incrementó la sensación de irrealidad de Gabe, aunque no era de esperar que tuvieran plazas marcadas como «solo para la morgue», tal vez con el contorno de un ataúd trazado con líneas blancas, ¿o sí? No convenía recordarle a la gente que un hospital no siempre es un sitio donde los seres queridos se mejoran.

Anne Gleaves acudió a su encuentro en la recepción. Le tendió la mano a Gabe, que al estrechársela sintió que estaba apretando un bloque de plastilina. A lo mejor las pastillas empezaban a hacer efecto. Notaba todo el cuerpo entumecido.

—Acompáñenme, si son tan amables.

Decir que a partir de ese momento todo se volvió borroso puede parecer un tópico, pero eso fue lo que ocurrió. Tenía la sensación de estar caminando por un mundo hecho de fieltro mullido, con todos los bordes limados. Avanzaban sobre suelo blando por pasillos de color azul celeste. Las voces amortiguadas se le asentaban como lodo en los oídos. Lo único que percibía con claridad y nitidez era el olor. Químico. Medicinal. Líquido de embalsamar, pensó. Para impedir que se pudrieran los cadáveres. El estómago le dio otro vuelco.

Llegaron a una pequeña sala de espera. Gabe supuso que habían intentado darle un aspecto hogareño. Más tonos pastel. Sofás grises. Flores blancas en un jarrón. Eran artificiales, los pétalos de tela estaban descoloridos y polvorientos. Había unos folletos desplegados sobre la mesa. Trataban sobre gestión del duelo, asesoramiento psicológico, cómo explicar una muerte inesperada a un niño. La imagen de un crío de ojos muy abiertos lo contemplaba desde el papel. Gabe desvió la mirada.

Anne Gleaves se sentó y les explicó «el procedimiento». No se parecía en absoluto a lo que se veía por televisión. Nadie retiraría una sábana con aire dramático y siniestro. Izzy y Jenny estarían tendidas sobre unas mesas, con solo el rostro descubierto. Gabe podría pasar con ellas todo el tiempo que necesitara, pero no debía tocar los cuerpos. Cuando decidiera marcharse, le pedirían que firmara un formulario para confirmar que las fallecidas eran su esposa e hija. ¿Necesitaba beber un poco de agua antes de entrar? ¿Quería que alguien más entrara con él?

Gabe negó con la cabeza. Se puso de pie. Se acercó a la puerta. Todo le daba vueltas. Unas líneas onduladas le distorsionaban la visión. Intentó respirar hondo, pero aquel repugnante olor a sustancias químicas le apabullaba los sentidos.

—Señor Forman, ¿necesita un momento?

Abrió la boca para responder. Se le formó un nudo en el estómago, y le brotó vómito de la garganta. No podía parar. Vomitó una y otra vez sobre las losetas de moqueta de color azul celeste.

—Ay, Dios —oyó gemir a Evelyn—. No deberíamos haber dejado que viniera.

Él quería decirle que no le quedaba otro remedio. Que tenía que hacerlo. Pero en aquel momento su mente era una nebulosa gris y confusa. Le zumbaban los oídos. Le flaquearon las rodillas. Se desplomó en el suelo.

—Voy a por una enfermera —oyó decir a Anne Gleaves a lo lejos—. Podemos dejarlo para otro día.

Luego, la voz de Harry, con una firmeza sorprendente:

—No, no pasa nada. Yo me encargo de la identificación. Será lo mejor.

«Será lo mejor. Será lo mejor.» Las palabras le retumbaron a Gabe en la cabeza.

Más tarde, preguntó si podía regresar a verlas. Sin embargo, para entonces, después de que le dieran el alta en el hospital, donde le habían puesto un gotero y le habían preguntado una y otra vez si había «consumido alguna sustancia», llegó la policía. Su mundo volvió a inclinarse sobre su eje. Ya no era un marido y padre de luto, sino un sospechoso de asesinato. Lo llevaron a otra habitación azul, anodina y sin gracia. Pero allí no había flores ni folletos, solo una grabadora, la inspectora de policía Maddock, otro agente de expresión sombría y un abogado joven, contactado a toda prisa, y al parecer más nervioso y peor preparado que Gabe.

Permanecía sentado con aire impotente mientras los policías interrogaban a Gabe sobre su relación con su esposa, su trabajo, su pasado... En fin, y ¿qué había hecho exactamente desde que había salido de casa a las ocho de la mañana hasta que había realizado la llamada desde la estación de servicio de Leicester Forest East hacia las seis y cuarto de la tarde, ya que no estaba en el trabajo?

No quería responder. No quería confirmar lo que ellos sospechaban de él: que era el tipo de hombre capaz de hacer daño o de matar a alguien. Pero fue inútil. Estaban informados de sus antecedentes. Habían hecho seguimiento de su móvil. Todo había salido a la luz de cualquier manera. Casi todo, por lo menos.

Después de eso, las cosas entre los padres de Jenny y él se habían deteriorado muy deprisa. A pesar de que había salido en libertad sin cargos, Evelyn se negaba a contestar sus llamadas y cambió el número de teléfono. Lo dejó al margen de todo por completo. Gabe se enteró de la fecha del funeral por medio de su abogado. Tuvo que ir al crematorio en taxi porque su coche seguía incautado como «prueba» y Evelyn no dejó que viajara en el vehículo fúnebre.

Dado su estado, ni siquiera consiguió aguantar la ceremonia entera. No podía quedarse allí sentado, escuchando las palabras hueras del pastor, contemplando los féretros. El de Jenny, de reluciente madera de roble, era sin duda el más caro que Harry había podido pagar. El de Izzy era una versión en miniatura, pintado de rosa y decorado con flores de colores vivos, como si eso hiciera más llevaderos el horror, la atrocidad de aquel ataúd diminuto. Por el contrario, los acrecentaba. No era justo que existieran ataúdes tan pequeños. No era justo que una criatura yaciera así, fría e inmóvil. Los niños eran seres de luz, calidez y risas, no de oscuridad y silencio. Todo estaba mal, y él no podía —no quería— aceptarlo.

Se puso de pie con un grito ahogado, salió corriendo de la capilla y se dejó caer sobre el césped. Permaneció allí tirado, profiriendo alaridos contra el suelo hasta desgañitarse y mancharse de hierba el traje y la camisa. Nadie acudió en su ayuda. Cuando los demás dolientes salieron en fila, ni uno solo se detuvo ni le tendió la mano. Nadie quería tener nada que ver con un hombre salpicado por el asesinato.

En cierto momento, mientras yacía sobre la hierba mojada y fangosa, tomó una decisión. Podía quedarse allí tumbado para siempre, podía suicidarse o podía encontrar el coche..., encontrar una respuesta, de un modo u otro. Solo entonces podría llorar de verdad su pérdida, asumir que Izzy se había ido para siempre, en un minúsculo féretro rosa con flores vistosas que no despedían olor.

Cuando el sol empezaba a decaer en el cielo, Gabe se levantó con dificultad y se alejó de la capilla, de las cenizas de su familia y de su vida.

Una semana después, mientras metía las pocas pertenencias que le quedaban en el maletero de la caravana de segunda mano que acababa de comprarse, recibió el mensaje de texto de Harry, que le provocó sorpresa y luego rabia. A punto estuvo de borrarlo, pero algo se lo impidió.

Gabe no tenía padres ni amigos íntimos. Se había acostumbrado a guardar las distancias con la gente, temeroso de que descubrieran lo que ocultaba tras su fachada, o, peor aún, de que un día apareciera alguien de su pasado, le arrancara el traje nuevo del emperador y revelara al mundo cómo era en realidad.

Tenía colegas de trabajo, pero resultaba curiosa la facilidad con que una acusación de asesinato podía ahuyentar a los compañeros. Era consciente de que, si no hubiera renunciado, la agencia no habría tardado mucho en encontrar una excusa para despedirlo.

Ya ni siquiera tenía donde vivir. A pesar de que el equipo de limpieza había eliminado hasta el menor rastro de lo ocurrido, aún veía las salpicaduras de sangre en las paredes. Aún oía los gritos. Todas las mañanas, cuando entraba en la cocina, se encontraba a Jenny allí, de pie, con el cuerpo ensangrentado y acribillado, observándolo con ojos fríos y acusadores.

«¿Por qué permitiste que pasara esto? ¿Por qué no estabas aquí para protegernos?»

Una semana después de que lo dejaran en libertad, llamó a una agencia inmobiliaria y puso la casa a la venta. A continuación, metió algo de ropa en una maleta pequeña y se registró de nuevo en el Premier Inn. Solo regresaba para recoger el correo y dar de comer al gato. La casa en sí le daba igual.

Lo único que de verdad le importaba en el mundo eran Jenny e Izzy. Pero ellas ya no estaban, y ese mundo se había derrumbado. El único vínculo que aún lo unía a él era Harry.

Se quedó mirando el mensaje y pulsó «Responder».

Desde entonces, se habían visto varias veces. No las suficientes para considerar que se reunían con regularidad, y no siempre por iniciativa de Gabe, pero siempre allí, en el Jardín del Recuerdo.

Se quedaban sentados, a veces en silencio, lo que curiosamente nunca les resultaba violento. Por lo general, hablaban. Sobre Jenny e Izzy, sobre épocas más felices. Gabe estaba convencido de que ambos narraban versiones idealizadas. Sin embargo, era innegable que conversar y orear sus recuerdos allí, al aire libre, entre el verdor y las flores, le ayudaba a aliviar el dolor hueco que lo embargaba. Solo un poco. Durante un breve rato. A veces, tenía que conformarse con eso.

También charlaban sobre otras cosas, banalidades de la vida cotidiana. De vez en cuando, uno de ellos hacía alguna referencia a la investigación policial. O más bien, a su ausencia. A que nadie había sido llevado ante la justicia por el crimen. A que las esperanzas de atrapar al culpable se debilitaban día tras día.

Aunque Harry estaba al tanto de sus idas y venidas por la autopista, nunca las sacaba a colación, del mismo modo que Gabe nunca mencionaba la identificación. Por un acuerdo tácito, evitaban esos temas, pues sabían que eran como granadas capaces de hacer volar en pedazos los frágiles puentes que habían tendido entre ellos.

A pesar de sus discrepancias del pasado, Gabe siempre había considerado que el padre de Jenny era un buen hombre, un hombre de principios, un hombre decente.

Ese día, por primera vez, se preguntó si no sería también un mentiroso de mierda.

16

Clic, clic, clac. Alice abrió los ojos y parpadeó, adormilada. ¿Dónde estaba? Tardó unos momentos en darse cuenta. En la habitación del hotel. En el otro extremo, Fran dormía. Pero algo la había despertado. Clic, clic, clac.

Volvió la mirada hacia la bolsa que tenía sobre la mesilla de noche. Los guijarros. Notaba que se movían con suavidad en el interior.

Están inquietos, pensó.

Estoy soñando, pensó.

Clic, clic, clac, susurraban los guijarros.

Se incorporó. La oscuridad artificial la desorientó. No tenía idea de qué hora era. Se percató de que tenía que hacer pis. A lo mejor no era un sueño. Se levantó de la cama despacio, procurando no hacer ruido. No quería despertar a Fran. Debía de estar cansada de tanto conducir. ¿Habían ido muy lejos? «¿Falta mucho para llegar?» ¿Llegarían alguna vez?

No recordaba gran cosa de la época anterior a su huida. O tal vez había intentado olvidar. A veces le venían imágenes mientras dormía. No era como cuando soñaba que caía. Ni siquiera estaba segura de que en esos momentos estuviera soñando. Se trataba de sueños distintos. La acometían en cuanto cerraba los ojos por la noche. Pesadillas llenas de sangre y gritos, en las que aparecía una señora rubia muy guapa. «¿Mami?» Algo le había pasado. Alguien le había hecho daño. Y habían intentado hacerle daño a Alice también. Pero Fran la había salvado. Fran la había mantenido a salvo. Siempre estaría a salvo con Fran. Fran la quería. Y Alice quería a Fran.

Pero, en ocasiones, muy de vez en cuando, Fran también le daba un poco de miedo.

La vejiga volvió a reclamar su atención. Se dirigió al baño con pasitos silenciosos, encendió la luz y abrió la puerta.

El pequeño baño estaba inundado de luz. Tras cerrar la puerta para no despertar a Fran, se sentó en el váter. Hizo pis, se limpió y tiró de la cadena. En vez de colocarse frente al espejo de encima del lavabo, se agachó y se lavó las manos en el grifo de la bañera.

Clic, clic, clac. El entrechocar de las piedrecillas sonaba más fuerte, lo que no tenía ningún sentido, pues estaban en la otra habitación. Clic, clic, clac. Y ahora no le cupo duda de que oía algo más, como el suave batir de las olas sobre la arena. Era un sonido que parecía proceder del interior del baño. No, del interior de su cabeza.

La sacudió para intentar librarse de él, pero fue inútil. Clic, clic, clac. Clic, clic, clac. Costaba resistir el impulso. Era cada vez más fuerte. Alzó la vista despacio. La niña del espejo sonrió.

—*Alisss.*

—No puedo.

—*Por favooor.*

Alice negó con la cabeza, pero era un movimiento lento y torpe. Se le empezaron a cerrar los párpados. El agua salía a chorro por el grifo de la bañera y formaba un remolino antes de sumirse por el desagüe.

Alice se metió en la bañera y se tumbó.

17

—Quisiera preguntarte algo.

Harry suspiró.

—Puede que prefiera no responder...

—¿Crees que estoy loco?

Harry se quedó callado. Saltaba a la vista que la pregunta lo había pillado desprevenido. Tardó un rato en contestar.

—Creo que cuando sucede algo terrible, todos lo afrontamos de distinta manera. Buscamos algo que nos ayude a sobrellevarlo. —Tosió y se aclaró la garganta—. Evelyn trabaja ahora como voluntaria en un hogar para mujeres maltratadas.

—¿En serio?

Gabe no fue capaz de disimular la sorpresa. Le costaba imaginar a Evelyn, tan bien peinada, almidonada y conservadora —tanto en el sentido moral como en el político—, rebajándose a mezclarse con las desesperadas y desfavorecidas.

—La cosa se puso fea —explicó Harry—. Ella... se tomó unas pastillas.

Esto no sorprendió a Gabe. Recordaba las píldoras que Evelyn le había dado antes de la identificación. Desde que la conocía, nunca la había visto perder el control. Ni siquiera había llorado en el funeral. Bueno, se había enjugado los ojos, se había sorbido la nariz y se había echado gotas en los ojos. Pero no se había entregado a un llanto de verdad, con lamentos y mocos resbalándole hasta la barbilla. Se lo había guardado todo dentro. Había mantenido una fachada serena. Pero nadie puede ceñirse esa camisa de fuerza química durante mucho tiempo sin descubrir que él mismo es su propio carcelero y que solo hay una manera de liberarse.

—En fin, parece que eso la ha ayudado —continuó Harry—. Le hace bien saber que ayuda a otras mujeres y a niños.

—Me alegro de que haya encontrado su vocación.

Harry esbozó una leve sonrisa.

—Así tiene una razón para salir de casa. A veces sospecho que esa es su motivación auténtica. Que estar conmigo le trae más recuerdos.

Se le quebró un poco la voz. Tosió de nuevo. Era una tos ronca, gutural. Gabe pensó de nuevo en su envejecimiento repentino, en su cojera al andar. Se preguntó si aún tenía el hábito de fumar puros caros.

—¿Y tú? —inquirió—. ¿A qué te dedicas?

—Me mantengo ocupado, con cosas como el golf o la jardinería. Estoy aprendiendo a tirar con arco.

Gabe arqueó una ceja.

—Ya.

—No tengo claro si son distracciones o formas de lidiar con el dolor. Solo sé que cada uno hace lo que puede para salir adelante.

—Supongo.

—Lo que quiero decir es que me imagino que esta obsesión tuya es tu manera de lidiar con el dolor. No creo que estés loco. Pero tu actitud me parece enfermiza y desesperada.

—Gracias.

—Mientras no asumas que están muertas, que las dos lo están, nunca seguirás adelante con tu vida.

—A lo mejor no quiero seguir adelante.

—Tú decides. Pero aún eres joven. Aunque me duele decirlo, podrías conocer a otra persona, tener más hijos. Ya es demasiado tarde para Evelyn y para mí, pero tú podrías reconstruir tu vida. Volver a empezar de cero.

Volver a empezar de cero. Como si la vida fuera un cartón de leche. Si se te agriaba, lo tirabas y abrías otro.

—Me gustaría ayudarte, Gabe —dijo Harry en un tono más suave, el que Gabe imaginaba que utilizaba con sus pacientes cuando les informaba de que había recibido los resultados de sus pruebas y que las noticias no eran buenas.

—Lo sé. Por eso te he llamado.

Harry asintió.

—Bueno, si hay algo que pueda...

—He encontrado el coche.

Gabe se sacó el teléfono del bolsillo. La otra noche sacó varias fotos. Y, aunque estaban bastante pixeladas y el *flash* había quemado muchos detalles, en ellas aparecía casi todo lo que quería mostrarle a Harry. El coche, desde varios ángulos distintos, con el maletero cerrado. Los adhesivos. Harry les echó un vistazo achicando los ojos y frunció el ceño.

—¿Lo ves? —dijo Gabe, incapaz de contener una ligera desesperación en la voz. Cayó en la cuenta de que necesitaba que Harry le creyera. Necesitaba vindicarse.

—Veo un coche viejo y oxidado en un lago.

Gabe amplió la imagen en la pantalla.

—¿Te has fijado en las pegatinas?

Harry las estudió con más detenimiento y se encogió ligeramente de hombros.

—Podría ser. No hay manera de estar seguros.

—Es el mismo coche, Harry. El que vi aquella noche.

Harry exhaló un suspiro.

—Gabe, a lo mejor es cierto que viste un coche en el que viajaba una niña pequeña. A lo mejor es este mismo coche. Pero la niña no era Izzy. La oscuridad y la distancia te confundieron. A esa edad todas las niñas se parecen. Era una chiquilla que se parecía a Izzy. Lo entiendes, ¿verdad?

—No. —Gabe sacudió la cabeza. Se sacó del bolsillo la carpeta doblada y la agitó para sacar el coletero, que sostuvo en alto de modo que Harry lo viera.

—Encontré esto. Es de Izzy.

Harry contempló la goma, apretando los labios.

—Vale. —Gabe cogió la libreta, extrajo el mapa de su interior y de alguna manera se las ingenió para que las dos cosas se le cayeran al suelo. Se agachó para recogerlas y les quitó la tierra con movimientos frenéticos—. ¿Qué me dices de esto? —Abrió la libreta—. ¿Significa algo para ti? ¿«La Otra Gente»?

—Gabe, esto ha ido demasiado lejos...

—¡No! Todo el mundo me dice que estoy equivocado, pero ¿qué hay de ti y de Evelyn? Tú mismo has dicho que las niñas de esa edad se parecen. ¿Y si la que identificasteis no era Izzy? ¿Y si los equivocados sois vosotros?

—¿De verdad crees que no reconocería a mi propia nieta?

—Tú crees que yo no reconocería a mi propia hija.

Se miraron con hostilidad. Habían llegado a un punto muerto. Aunque Harry tenía el semblante tranquilo, Gabe leyó en sus ojos que le estaban pasando muchas cosas por la cabeza. Harry no era tonto. Nunca hablaba ni actuaba sin calibrar todas las posibles consecuencias.

—Piensa por un momento en las implicaciones de lo que estás diciendo —murmuró—. Para que yo me equivocara al identificar a Izzy, tenía que haber otro cuerpo. El de otra niñita muerta. ¿Quién era? ¿Por qué nadie ha denunciado su desaparición? Lo que dices no tendría sentido ni en el caso de que me hubiera confundido, cosa que no ocurrió.

Gabe notó que su convicción se tambaleaba. Harry podía resultar muy convincente cuando quería, con su tono tranquilo y mesurado, con sus argumentos lógicos y razonados, que parecían decir: «Confía en mí, soy médico».

—Gabe, este coletero podría ser de cualquier chiquilla.

—Es de Izzy.

—De acuerdo, supongamos que es de Izzy. A lo mejor lo tenías tú y te convenciste a ti mismo de que lo habías encontrado en el coche.

—¿Qué?

—No de forma consciente.

—¿Piensas que me lo estoy inventando?

—No, pienso que lo crees de verdad. Y ese es el problema. Por eso necesitas ayuda.

Gabe soltó una carcajada, o más bien un resoplido.

—Ayuda. Sí, claro.

—Tengo un amigo con el que podrías hablar.

—No me digas. Deja que adivine: una consulta bonita y lujosa, y una receta de píldoras de la felicidad siempre lista en un cajón.

—Gabe...

—No necesito un psiquiatra. Necesito que me digas la verdad sobre lo que pasó ese día.

Esta vez sí se produjo un cambio en el semblante de Harry. Las pobladas cejas se juntaron, sus azules ojos se oscurecieron.

—Me estás acusando de mentir sobre la identificación.

Gabe no contestó. Había intentado encontrar otras posibles explicaciones: Harry y Evelyn no veían tan a menudo a su nieta, otro motivo de discordia entre Jenny y él («Viven a dos horas de aquí, no en la puta luna»). Habían pasado por lo menos tres meses desde su última visita. Ni siquiera la habían visto en su cumpleaños. Los niños crecían muy deprisa a esa edad. Hacía poco que le habían cortado el pelo a Izzy. Además, se le había caído un diente.

¿Cabía la posibilidad de que Harry, embargado por el dolor y desorientado por el caos de aquel día, hubiese cometido un error? ¿Un error terrible, monstruoso? ¿Cabía la posibilidad de que estuviera demasiado asustado para reconocerlo? O ¿había otra razón?

Gabe aún no se atrevía a insinuarlo. No se atrevía a acusar a Harry de algo tan espantoso, tan inconcebible. Porque eso habría dado pie a muchas otras preguntas, como, por ejemplo: ¿por qué?, ¿por qué?, ¿por qué?

—Si fuera más joven, te pegaría un puñetazo en la cara por lo que has dicho —farfulló Harry.

Gabe suponía que de verdad tenía ganas de pegarle, pero ahí estaba el problema: Harry ya no era ni una sombra de lo que había sido. Se había marchitado de un modo que nada tenía que ver con el transcurso del tiempo. La aflicción podía producir ese efecto. Hacía envejecer décadas de golpe. El propio Gabe reconocía ese dolor en sus cansados huesos. A veces se sentía como un fantasma envuelto en el pellejo de un hombre que había estado vivo.

—Perdona —dijo.

Harry sacudió la cabeza mientras la agresividad que Gabe había visto asomar a sus ojos se aplacaba de nuevo.

—No, perdona tú. Esperaba que al final se te pasara esta ofuscación y entraras en razón. Incluso esperaba que encontraras el puñetero coche y comprendieras que te habías equivocado. Pero, por lo visto, eso no va a suceder. —Se llevó la mano al bolsillo de la americana y sacó un sobre A4 plegado por la mitad—. La esperanza es una droga muy potente. Créeme, la he visto obrar milagros en mis pacientes. Pero hay una diferencia entre la esperanza y las falsas ilusiones. Por eso voy a darte esto. Evelyn quería que lo vieras. Yo no quería hacerte daño. Pero ha llegado el momento, Gabe.

—¿Qué es?

—El informe de la autopsia.

Gabe sintió que se le abría un vacío en el estómago.

—Ya leí el informe de la autopsia. No había nada en él que confirmara que el cuerpo fuera el de Izzy.

Harry suspiró.

—La edad, el peso, el color del cabello, incluso el diente delantero que le faltaba. —«Lo pondremos debajo de la almohada, para el Ratoncito Pérez.»—. Todo encaja. Pero a ti no te interesa la verdad. Tú quieres aferrarte a un cuento de hadas. —Dejó el sobre en el banco, entre los dos, y se puso de pie despacio—. Creo que será mejor que no nos veamos durante un tiempo.

Gabe se quedó callado. Apenas se percató de que Harry se marchaba. Clavó los ojos en el sobre como si fuera una granada activa. Podía dejarlo donde estaba, por supuesto. Abstenerse de abrirlo. Podía quemarlo, tirarlo a la basura. Pero sabía que no lo haría.

Lo cogió y levantó la solapa. Dentro había dos hojas de papel. Las sacó. Los renglones impresos con tinta negra se desdibujaron ante sus ojos. Algunas palabras resaltaban entre los términos médicos crípticos: «heridas de bala», «arteria», «perforación», «daños orgánicos». Dejó los papeles a un lado. El sobre contenía algo más. Cuando lo inclinó, dos fotografías instantáneas cayeron del interior.

Jenny e Izzy. Solo sus rostros, pues estaban tapadas hasta el cuello con sábanas verdes.

Fotos de la morgue.

Gabe oyó algo. Una especie de gemido de ultratumba. Cayó en la cuenta de que surgía de su garganta.

¿Cómo había conseguido Harry hacerse con ellas? Bueno, era médico, claro, pensó Gabe. Tenía sus contactos.

Alargó la mano hacia la fotografía de Jenny. Tenía la cara pálida, cérea, transformada por la muerte. Aun así, él sabía que era la misma cara que había acariciado, besado, amado y visto en sueños. Dejó la foto a un lado y se obligó a coger la segunda.

El rostro de Izzy estaba perfecto, intacto. Parecía estar durmiendo. Sumida en un sueño frío y eterno.

Él la miró tan fijamente que empezaron a arderle los ojos. No había confusión posible. Era Izzy. Su Izzy.

Rompió a llorar. Lloró hasta que creyó que los globos oculares se le saltarían de las cuencas; lloró hasta que le dolía el pecho y la garganta le escocía como si hubiera hecho gárgaras con vidrio molido. Berreó como un niño, dejando que el moco fluyera, restregándose la cara y la nariz con la manga.

«Evelyn quería que lo vieras... Ha llegado el momento.»

—¿Va todo bien, cariño?

Gabe alzó la vista. Tenía delante una señora mayor con el cabello de color blanco sucio y la piel arrugada en pliegues fláccidos. Tenía el cuerpo arqueado por la osteoporosis y llevaba una gabardina beis con manchas. Gabe percibió un tufo a orín rancio y acre.

La mujer empujaba un cochecito Silver Cross que tenía todas las partes plateadas cubiertas de óxido. Dentro, en vez de un bebé, había un gato acurrucado. A Gabe le recordó a Schrödinger, su viejo minino gruñón. En realidad, nadie lo llamaba así.

Como Izzy no podía pronunciar el nombre, se lo habían cambiado por Soda.

Cuando Gabe se marchó de casa definitivamente, los vecinos lo adoptaron. Él se alegró. En realidad, nunca le había caído muy bien ese bicho malcarado. En un momento estaba ronroneando, y al momento siguiente le clavaba las garras a la porción de piel descubierta que tuviera más a mano.

—Toma, cielo.

La anciana le tendió un paquete arrugado de clínex. Tenía una mugre negruzca incrustada en las uñas. El primer impulso de Gabe fue decirle que se marchara, pero aquel pequeño gesto de amabilidad lo desarmó.

—Gracias —dijo con voz débil y áspera mientras cogía un pañuelo y le devolvía el paquete.

—Quédatelo. —La señora se alejó arrastrando los pies.

Gabe se frotó los ojos y se sonó la nariz. A continuación, recogió las fotografías y se las guardó con cuidado en la cartera.

Estaba tan seguro... Además, habían encontrado el coche. Pero ¿qué demostraba eso, en realidad? ¿Y el cadáver? Más valía que no pensara en eso. ¿Era de fiar siquiera el Samaritano?

A lo mejor Harry estaba en lo cierto. Necesitaba ayuda. De lo contrario, tal vez estaba condenado a acabar como doña clínex, arrastrando los pies por un cementerio, oliendo a meados rancios y paseando a su gato en un cochecito.

De pronto, un recuerdo arrumbado en un rincón de su mente lo golpeó con fuerza.

Como un puñetazo.

El gato.

El del carrito no, su gato. Schrödinger.

«Papá, Soda me ha arañado.»

El rostro de Izzy bañado en lágrimas. Una fea línea roja en el mentón.

Gabe le había aplicado crema antiséptica. «Muy bien. Así está mejor.» Sin embargo, el arañazo aún parecía irritado cuando la había llevado al colegio.

Aquella mañana. Antes de que recibiera la llamada. Antes de que su vida se despeñara por un barranco.

Gabe se sacó las fotos de la cartera a toda prisa. Estudió con atención la de Izzy. Entornó los ojos y la sujetó en distintos ángulos. Veía las pestañas, las tenues pecas de la nariz, todos los detalles que destacaban bajo aquella luz implacable.

No tenía ningún arañazo en la barbilla.

Era cierto que los arañazos se curaban con rapidez en los niños. Pero no desaparecían en solo unas horas. Aunque Gabe no era médico, eso lo sabía. Y sabía algo más.

Los arañazos de los muertos no se curan.

18

La lluvia tamborileaba sobre los paraguas, que formaban un mar negro y ondulante. Los deudos se apiñaban frente a la puerta de la capilla del Descanso. Ropa de luto, cielo gris. Una imagen en blanco y negro.

Fran observaba a su familia avanzar con paso lento y vacilante por el irregular camino de grava. Su madre, embargada no solo por la pena, sino también por el sopor etílico, se apoyaba en su hermana. Fran las miraba desde la distancia. ¿Por qué no estaba allí, con ellas?

«Porque esto es un sueño, claro.»

Por otra parte, en la vida real también se había mantenido siempre al margen. Quería a su familia, pero nunca se había sentido muy unida a su madre ni a sus hermanas. Tal vez eso es lo habitual en los primogénitos: maduran y se emancipan antes. Solo había tenido una relación estrecha con su padre. Y él ya no estaba.

El cortejo fúnebre entró en fila y se sentó. «Cortejo fúnebre.» Siempre se le había antojado un nombre extraño para un grupo de dolientes. «Tristeza» o «llanto» habría sido más apropiado.

El ataúd estaba colocado sobre un soporte, al fondo de la capilla, rodeado por un arreglo floral. Sus colores resaltaban demasiado sobre el oscuro roble. No pintaban nada allí. Papá adoraba su jardín, pero detestaba las flores cortadas. Prefería verlas brotar, crecer y abrirse, vivas. «En cuanto cortas una flor, es una flor muerta», decía. No quería ramos en su funeral, así que habían pedido flores en maceta que pudieran replantarse después. Y no habían incinerado a papá, lo habían enterrado.

«Esto no encaja», pensó ella de pronto. No encajaba en absoluto. Ese no era el funeral de su padre. Aquella no podía ser su familia.

Avanzó despacio por el centro de la capilla, entre las filas de allegados, que habían vuelto a abrir los paraguas. Llovía a mares, y cuando alzó la vista, el techo de la capilla había desaparecido y turbulentos nubarrones, oscuros como el carbón, se arremolinaban en el cielo.

Se acercó al féretro abierto y contempló el cuerpo pálido e inmóvil de la niña que yacía en su interior. La rubia cabellera se abría en abanico en torno a su pequeño rostro en forma de corazón. Llevaba un bonito vestido rosa que Fran no recordaba haber comprado. Aunque en realidad ella no se había encargado de comprar el vestido, ¿o sí? Al menos, no para el funeral.

Empezaron a resbalarle las lágrimas por las mejillas. La lluvia le oscureció el pelo a la niña y le empapó el bonito vestido rosa. Fran irguió la cabeza para proferir un chillido..., y la boca se le llenó de agua, que se escurrió por la garganta, ahogándola...

Agua. Agua que corría. Fran abrió los ojos y parpadeó. Mierda. ¿Dónde estaba? En la habitación del hotel. Entonces ¿por qué seguía oyendo correr el agua? Se incorporó y, de forma automática, dirigió la vista a la cama de Alice. Estaba vacía. «Agua. Agua que corre.» Volvió la mirada hacia la puerta cerrada del baño y vislumbró una mancha oscura que empezaba a extenderse desde el desportillado borde inferior.

—No.

Tras levantarse de un salto, corrió hacia allí y abrió la puerta de un empujón. La bañera estaba desbordada, y el pequeño mar que se había formado sobre el linóleo empezaba a calar la moqueta.

Alice yacía en la bañera, dormida, la cabeza estaba a punto de sumergirse.

—¡Joder! —Fran la agarró por debajo de los brazos. «Madre mía, el agua está helada.»—. Alice. Alice. ¡Despierta!

Tenía la piel casi azul, los labios reducidos a una línea torcida y lívida.

«No, no, no. ¿Cómo he dejado que ocurra esto?»

Cogió unas toallas, envolvió a Alice con ellas y la sacó del baño en brazos, goteaba. Tras depositarla en la cama, la frotó con suavidad para secarla, mientras le susurraba a su pelo mojado.

—Alice, Alice, despierta.

—Ma... mami.

Por una vez, no la corrigió.

—Estoy aquí, cielo. Estoy aquí. —Alice la abrazó con languidez. Fran notó que su cuerpecito se estremecía. Buena señal, pensó—. Tenemos que conseguir que entres en calor.

La arropó bien con el edredón. Como necesitaba más toallas, regresó al baño. El grifo seguía abierto. Mierda. Se acercó chapoteando a la bañera y lo cerró. Se dispuso a quitar el tapón y de pronto se detuvo. «¿Qué narices...?» El tapón seguía enrollado por la cadena en torno al grifo. ¿Por qué no se vaciaba la bañera?

Metió la mano en el agua helada y palpó el desagüe. En el agujero había algo embutido que lo obstruía. Fran tiró a tientas de aquello hasta que consiguió desencajarlo. El agua comenzó a gorgotear a través del sumidero. Fran sacó el brazo, que tenía la carne de gallina, y estudió el objeto que sostenía en la mano.

Una pequeña caracola de color blanco rosado.

Ella duerme. Una chica pálida en una habitación blanca. Los enfermeros la cuidan bien todos los días. Pero esta mañana reina una actividad más intensa de lo habitual. Hoy es un día especial. Hoy es el día de visitas.

Miriam ayuda a los auxiliares a levantar a la muchacha para cambiar la ropa de cama. Supervisa al personal de limpieza y se asegura de que desaparezca hasta la última mota de polvo de todas las habitaciones, los aparatos, las teclas del piano y la caracola.

Coloca flores frescas en jarrones, le lava y le seca el cabello a la chica, y se lo cepilla hasta que queda brillante. Más tarde, servirá té con pasteles y se sentará a esperar junto a la muchacha.

Estos son los dominios de Miriam. Sí, son enfermeros, y un médico visita de vez en cuando a la chica, pero es Miriam quien se pasa más tiempo aquí, desde hace más de treinta años, desde antes de aquel aciago día. Desde antes de que la madre de la muchacha se convirtiera prácticamente en una ermitaña y la chica acabara así.

Tal vez si aquello no hubiera ocurrido, Miriam no se habría quedado. Habría pasado página, se habría labrado una vida propia. Pero ambas, madre e hija, dependían demasiado de ella. No podía abandonarlas. Temía lo que sucedería si lo hiciera. Así pues, se quedó, y en muchos sentidos esa es ahora su familia, su vida. Ella no está resentida por ello. De hecho, a menudo siente que está aquí por una razón.

Se lleva la mano al bolsillo y saca un papel reblandecido por haber sido doblado demasiadas veces. En él aparece el rostro de una niña. ¿ME HAS VISTO? Con un suspiro, Miriam se vuelve de nuevo hacia la chica. Se inclina hacia delante y le da unas palmadas suaves en su mano inerte.

—Pronto —*musita*—. *Pronto.*

19

Gabe conducía. No podía hacer otra cosa. Tal vez si hubiera sido policía o investigador privado, alguien con un «equipo» y expertos a los que consultar, se habría dedicado a ocupaciones más productivas.

Sin embargo, Gabe no era ni lo uno ni lo otro. Ya ni siquiera sabía qué era. No tenía trabajo ni un hogar, ya no era padre ni esposo. Un conductor sin destino y con los asientos de los pasajeros vacíos.

Pero ahora tenía algo: la foto, el rasguño. Mientras conducía, no dejaba de cavilar sobre ello. Escarbaba en su memoria intentando descubrir lagunas en sus recuerdos. ¿De verdad le había puesto una tirita en la herida aquella mañana? ¿No estaría confundiéndose con una mañana distinta? No. Esa clase de cosas no se olvidaban. Nadie olvidaba la última vez que había visto con vida a su esposa y a su hija.

Y aquella mañana de lunes no había sido una mañana cualquiera. No era normal que él llevara a Izzy al colegio. De hecho, recordaba que había discutido con Jenny por ello.

—Deberías haberme avisado antes. ¿No puedes posponer la reunión?

—No. Es un cliente importante.

—Pero voy a llegar tarde.

—¿Y qué? Será solo una mañana. Y ya que estamos, tal vez incluso podrías salir a tiempo, para variar.

—Joder, Jenny.

—Lo digo en serio, Gabe. El fin de semana te perdiste la fiesta de cumpleaños de Izzy.

—Era solo una fiesta. Tenía que ponerme al día con el trabajo.

—Estuviste a punto de perderte el puto parto.

—Oh, ya estamos otra vez.

—Sí, ya estamos otra vez. Es siempre por trabajo, ¿no? Pero cuando te llamo, nunca estás allí. Siempre estás visitando a un cliente, o en la carretera, o con el móvil apagado. ¿Dónde estabas el lunes, Gabe? En tu oficina no supieron decírmelo.

—Hostia santa. Creía que ya habíamos dejado atrás esas acusaciones.

—No te estoy acusando de nada.

—Entonces ¿qué estás diciendo?

Se produjo una larga pausa. La expresión de Jenny estuvo a punto de arrancarle la verdad. Solo a punto.

—Estoy diciendo que quiero que esta noche llegues a casa a buena hora. Una vez por semana, nada más. Es todo lo que te pido. Una noche en la que cenemos juntos, tú le leas a tu hija un cuento en la cama y finjamos que somos una familia normal y feliz.

Tras destrozarlo con esta pulla, ella se puso la chaqueta, se echó el bolso al hombro y fue a despedirse de Izzy.

Gabe empezó a seguirla, pero a punto estuvo de caer al suelo al tropezar con Schrödinger, que serpenteaba entre sus piernas, reclamando el desayuno a maullidos. Soltando una palabrota, Gabe apartó bruscamente al gato con el pie y cogió su teléfono.

En ese momento, Izzy entró en la cocina, recién levantada, despeinada y con las mejillas coloradas.

—¡Hola, papi!

Con un bostezo, se había agachado para coger al gato...

—¡Aaay!

No cabía la menor duda de que eso es lo que había ocurrido aquella mañana. Gabe recordaba la sangre de un rojo brillante que había brotado de la herida poco profunda. Recordaba que la había consolado sin disimular del todo su impaciencia y había batallado con la pequeña tirita Disney para ponérsela sobre el rasguño. Lo recordaba todo.

Así que ¿dónde estaba el arañazo en esa foto?

Le daba vueltas y más vueltas a la pregunta, forcejeaba y reñía con ella, pero siempre llegaba a la misma conclusión: si no había rasguño, era porque habían hecho la foto más tarde. Después de que la herida se curara. Después del día en que en teoría habían matado a Izzy.

Lo que significaba que... la fotografía no era real. No podía serlo.

Pero entonces, ¿cuál era la explicación? ¿Que todo era un montaje? ¿Que alguien había falsificado la fotografía... para convencerlo de que Izzy había muerto?

Pero ¿por qué? Y si la foto de Izzy era falsa, ¿qué ocurría con la de Jenny?

Notó una opresión en la garganta y una punzada en alguna parte del corazón, o del vacío donde antes lo tenía. Gabe había pensado en eso antes. Muchas veces. En sus largos trayectos por la autopista, tenía muy pocas cosas más en que ocupar la mente, así que repasaba todas las posibles situaciones en las que Izzy podía seguir con vida. Todas las maneras en que podía haberse cometido un error.

Siempre llegaba a la misma conclusión. Una verdad dolorosa y brutal.

Izzy solo podía estar viva si Jenny estaba muerta.

No podía quedar la más mínima duda de que la mujer muerta encontrada en la casa era Jenny. Solo así se explicaba que la policía hubiera dado por sentado que la niña era Izzy. Debía tratarse de una niña de la misma edad, constitución y tono de tez, por supuesto. Pero no era tan impensable que alguien que no conocía a ninguna de las dos las hubiera confundido.

Recordaba la primera representación navideña escolar de Izzy (o, mejor dicho, Jenny nunca había dejado que la olvidara), en la que su hija le había dicho que iba a interpretar a María. Como él llegó tarde, tuvo que sentarse al fondo, varias filas por detrás de Jenny. Pero se pasó toda la función sacando fotos con su iPhone y aplaudiendo cada frase de diálogo pronunciada entre dientes. Después, le comentó a Izzy lo genial que había estado en el papel de María.

Ella se deshizo en llanto.

—¿Qué pasa? —preguntó él.

—¡Yo no era María! ¡Era un pastorcillo!

Jenny la abrazó.

—Hizo de María anoche —cuchicheó, dirigiéndose a Gabe—. Te lo dije. Se van turnando en el papel.

Este recuerdo aún lo atormentaba. Pero el caso era que, si él había sido capaz de confundir a otra niña con su propia hija, con más razón podía pasarle lo mismo a un desconocido. Incluso a la policía, que no tenía ningún motivo para pensar que la niña encontrada en la casa no era Izzy.

«Se trata de su esposa... y de su hija.»

Y, por supuesto, no había que olvidar el problema esencial: a Izzy la había identificado su abuelo. Harry. Un respetado cirujano jubilado. Pero cuanto más reflexionaba sobre ello, más convencido estaba Gabe de que también era un hombre que ocultaba algo, algo que lo corroía por dentro.

Apretó el volante con más fuerza. Harry. El hijo de puta de Harry. Había estado mintiendo desde el principio, haciéndole creer a todo el mundo que Izzy había muerto.

Pero ¿por qué?

Gabe tenía asumido que su relación con los padres de Jenny era, en el mejor de los casos, «tensa». O, por decirlo sin rodeos, Evelyn lo miraba a él como algo que se le había pegado a la suela de sus carísimos Louboutins, y Harry lo toleraba, como un olor vagamente desagradable. Podía aceptar incluso que Harry lo hubiera utilizado y engañado. Seguramente Evelyn se había regodeado con ello.

Pero ¿mentir a la policía y arriesgarse a perder su valiosa reputación, quizá incluso a que lo llevaran a juicio? ¿Pasar por la farsa de un funeral falso, llevar flores cada mes a las cenizas de otra niña?

Dios santo. Tenía que haber una muy buena razón.

¿Y quién era la otra niña? Era el punto con el que tropezaba siempre. Para que Izzy siguiera con vida, era imprescindible que hubiera otra chiquilla en la casa, otro cadáver que identificar e incinerar. Pero si habían matado a otra criatura, ¿por qué narices nadie había denunciado su desaparición?

La policía había hablado con otros padres del colegio de Izzy. Se habían visto obligados, debido a la fiesta de cumpleaños de la niña que se había celebrado el fin de semana. Había habido tanta gente entrando y saliendo de la casa que las posibilidades de que la policía recogiera muestras útiles de ADN eran mínimas. Sin embargo, nadie había dicho: «Por cierto, agente, creo que he perdido a mi hija».

La cabeza estaba a punto de estallarle. Se frotó los ojos. Se oyó un bocinazo tan fuerte que lo sacó de su aletargamiento. Había dejado de controlar la caravana, que había comenzado a desviarse. Enderezó el rumbo de un volantazo, a tiempo de evitar que lo embistiera un camión que circulaba con gran estruendo por el carril interior. «Joder. Respira, Gabe, concéntrate. Piensa.»

Dos niñas, lo bastante parecidas para que confundieran una con otra. Casi intercambiables.

«¡Yo no era María! ¡Era un pastorcillo!»

¿Por qué nadie notificó a la policía que la otra niña había desaparecido?

De pronto lo comprendió. Notó que las neuronas se activaban en su cerebro y ataban cabos. Había estado contemplando el asunto desde una perspectiva equivocada. Había llegado tarde a la escena, se había sentado al fondo y se había puesto a hacer fotos a ciegas, sin prestar atención.

Si había otra niña que podía confundirse con Izzy, Izzy podía confundirse con ella.

«Hizo de María anoche. Se van turnando en el papel.»

¿Y si la otra niña no había desaparecido?

¿Y si Izzy estaba representando su papel?

20

—¿Está bueno?

Alice asintió, metiéndose un McMuffin de huevo en la boca. Estaba muerta de hambre esa mañana, pensó Fran, sintiéndose culpable. «Mala madre —la reprendió su voz interior, que sonaba como la de su madre—. Estás desatendiendo lo más básico: alimentos, bebida, descanso..., ah, y no dejar que se te ahogue en la bañera.» Por el momento, se había andado con pies de plomo al tratar el tema del incidente en la habitación del hotel. Su prioridad había sido asegurarse de que Alice recuperara la temperatura corporal, y de que el ritmo de su respiración y su pulso volvieran a la normalidad. Aunque no había estado mucho rato en el agua helada (y menos mal que había abierto la fría y no la caliente), aquello era una novedad preocupante.

Tomó un sorbo de café.

—Alice, ¿podemos hablar de lo que pasó en el baño?

La chiquilla alzó los ojos desde debajo de la cortina de cabello oscuro. Fran frunció el ceño al fijarse en las raíces. Había que retocarlas un poco. No podían descuidar los pequeños detalles.

—No me acuerdo —dijo Alice.

—¿No te acuerdas de nada? —Fran esperó.

Con un suspiro, Alice bajó la vista a su McMuffin a medias.

—Volví a ver a la chica.

«La chica.» Fran notó que su inquietud aumentaba. ¿Quién era esa chica? ¿Una especie de amiga imaginaria? ¿Un producto de la imaginación de Alice, de su trauma? ¿O era otra cosa?

—¿La chica te pidió que abrieras el agua, que te metieras en la bañera? —preguntó Fran.

—No, solo quería enseñarme una cosa.

Apretando los dientes, Fran se colocó el cabello por detrás de las orejas. «Intenta conservar la calma.»

—¿Qué quería enseñarte?

Alice jugueteó con la mochila que tenía en el regazo. Clic, clic, clac. Clic, clic, clac. El sonido provocaba que a Fran le zumbaran los empastes. Luchó por reprimir el impulso de gritarle que parara de una puta vez.

—Alice, habrías podido ahogarte o morir de hipotermia. ¿Crees que la chica quiere hacerte daño?

Alice la miró con los ojos muy abiertos.

—No, no lo entiendes. No es eso.

Fran dejó su taza y asió a Alice por el brazo. La mochila cayó al suelo con un golpe sordo.

—Entonces, cuéntame. ¿Quién es la chica? ¿Cómo se llama?

Alice se removió en su silla. Fran la agarró con más fuerza. «Con demasiada fuerza», la reconvino su voz interior.

—No lo sé.

—Intenta... recordarlo.

Algo vibró en la mesa, cerca de su codo. Alice se soltó con brusquedad y se frotó las marcas rojas que le habían dejado en el brazo los dedos de Fran.

—Tu teléfono.

Fran se quedó mirándolo. Solo una persona tenía ese número. Y sabía que no debía contactarla a menos que surgiera algo importante, una emergencia. Ella cogió el móvil con rapidez y se quedó mirando el mensaje de texto.

«Él lo sabe.»

21

Dormir de día no le resultaba fácil, a pesar de que llevaba años trabajando de noche. Katie tenía unas persianas que tapaban la luz por completo, tapones para los oídos, un pijama cómodo y almohadas viscoelásticas, pero daba igual. No podía engañar a su reloj interno. Su cerebro sabía que era de día y se negaba a dormir, como un niño pequeño respondón.

Por lo general, un buen libro, un poco de cereales y leche caliente —y, de vez en cuando, un par de pastillas de difenhidramina— la ayudaban a relajarse. Hoy, ni siquiera eso daba resultado. Tenía la mente demasiado inquieta, demasiado distraída.

A pesar de lo que se había dicho a sí misma, no podía dejar de pensar en el hombre delgado. «La Otra Gente.»

¿Por qué estaban escritas en la libreta estas palabras?

Dio vueltas y más vueltas en la cama, aporreó la almohada, se despojó del edredón a patadas, se tapó de nuevo con él y, al final, admitió su derrota. Se levantó haciendo un esfuerzo y bajó las escaleras hasta su diminuta cocina.

Puso la tetera al fuego, sacó un par de galletas integrales de la lata de pastas y abrió un cajón. Revolvió entre menús de comida para llevar, réplicas de llaves, clips y rollos de cinta adhesiva hasta que sacó una postal.

Era una vista de un acantilado sobre una playa, en un día soleado, con el cielo de un azul profundo y las olas coronadas de blanco. Debajo de la fotografía, una leyenda escrita con letras floreadas rezaba: «Saludos desde la bahía de Galmouth».

Habían estado allí durante unas vacaciones en familia, las últimas que habían pasado todos juntos, y se habían alojado en un hostal encalado que llevaba una sesentona excéntrica con una aparatosa peluca roja y un terrier blanco irritable. Habían comido pan con queso y cebollas en vinagre en pubs de pueblo, habían construido castillos de arena torcidos en la playa e incluso se habían sacado una foto en ese mismo acantilado.

Las familias felices no existían, se recordó a sí misma. Rememoró aquel momento en que estaba allí de pie, sujetando la regordeta mano de Lou mientras mamá se bamboleaba sobre sus tacones, con la sonrisa algo desdibujada por los gin-tonics que se había tomado durante el almuerzo, y su hermana mayor, enfurruñada, gimoteaba por lo mucho que odiaba que le hicieran fotos.

Solo su padre estaba contento y relajado de verdad, sus ralos mechones ondeaban en la brisa mientras él las enfocaba con su vieja Kodak e intentaba animarlas a que dijeran todas a la vez «Patata apestosa». Era el único elemento de solidez y estabilidad en sus vidas. La argamasa que los mantenía unidos.

Al menos lo era hasta el día en que le arrebataron la vida, de forma repentina, brutal, violenta.

Y Katie fue quien lo encontró.

Nueve años atrás. Una de esas soleadas mañanas de primavera que te hacen creer que no necesitas chaqueta para salir pero luego una brisa glacial te pone la carne de gallina.

Era domingo, y Katie había ido a casa de sus padres para almorzar con ellos. No lo hacían con frecuencia —mamá no era precisamente la mejor cocinera del mundo, ni siquiera cuando estaba sobria—, pero Katie agradecía que sus padres al menos intentaran reunir a la familia entera cada pocos meses.

De todas las hermanas, Katie era la que mantenía más el contacto, la que siempre cumplía sus promesas de llamar y los visitaba con regularidad. Suponía que cada una de ellas se había ido amoldando a un papel estereotípico. La menor (un poco consentida, siempre protagonizando algún drama), la mayor (la rebelde, la que mantenía una relación más complicada con su madre y se había emancipado en cuanto había podido) y la mediana. La digna de confianza, la anodina. Siempre se podía contar con Katie, la única que llegaba temprano para ayudar a preparar la comida, y siempre llevaba una botella de vino y una planta para el jardín de papá.

Aquella mañana se había olvidado de ambas cosas, e incluso le costaba sonreír. Sam había pillado la varicela, y ella se había pasado la noche en vela, aplicándole loción de calamina y besos. Craig, que nunca cuidaba a Sam cuando se ponía enfermo, había optado por quedarse en casa con él ese día para ahorrarse el mal trago de almorzar con la familia de Katie. En realidad, esto supuso un alivio para ella. Las cosas entre ellos no iban viento en popa, y lo que menos necesitaba era que él la estresara aún más con sus críticas insidiosas.

Estaba nerviosa cuando se apeó del coche y caminó hasta la puerta principal. Sus padres vivían en una casa individual moderna en una urbanización que tenía un aspecto flamante y alegre treinta años antes, cuando la construyeron. Las viviendas, cuadradas e insulsas, parecían diseñadas a partir de un mismo retrato robot, con ladrillo color beis, carpintería de PVC y garaje adosado. Encarnaban el sueño suburbano, o la pesadilla, según el punto de vista de cada cual. Pero sus padres encajaban bien allí, y todos los domingos por la mañana —tal como dictaba la regla no escrita de la vida en una urbanización de las afueras—, papá salía al camino de entrada a lavar y dar cera a su coche hasta que quedaba reluciente.

Pero aquel domingo no. A través de la puerta entreabierta del garaje, Katie vislumbró el capó del automóvil de su padre, pero él no estaba allí sacudiendo la gamuza como siempre. Echó una ojeada a su reloj: las once menos cuarto. Supuso que papá ya había lavado el coche, aunque el camino de entrada estaba seco y no había restos de espuma deslizándose hacia el bordillo.

Algo le daba mala espina. Se acercó a la puerta principal y

tocó el timbre. Oyó el tenue tintineo al otro lado. Esperó. Por lo general, su madre abría de inmediato. Pulsó el botón de nuevo. Seguía sin percibir movimiento alguno en el interior ni sombras tras el vidrio esmerilado. La preocupación empezó a roerle ligeramente la boca del estómago.

Rebuscó la llave en su bolso, la insertó en la cerradura y abrió la puerta.

—¿Mamá? ¿Papá? ¡Soy yo, Katie!

Dentro reinaba un silencio opresivo. Y había algo más. Husmeó el aire. Captó un olor distinto, no la empalagosa fragancia habitual del ambientador que su madre rociaba por todas partes cuando esperaba visitas. Olía a sudor, pensó, y a tabaco, a humo de cigarrillo rancio. Sus padres nunca habían fumado.

Se dirigió a toda prisa hacia el salón. Se le encogió el corazón al verlo. Estaba todo patas arriba: alguien había arrancado los cajones del aparador, tirado los libros de los estantes, destrozado los adornos y abierto de par en par las puertas del patio.

Su madre yacía junto al sofá, todavía en bata. Su cabellera rubia, siempre perfectamente peinada, estaba apelmazada con sangre oscura. También tenía ensangrentado el rostro, que estaba magullado e hinchado.

—Mamá.

Katie corrió hacia ella y cayó de rodillas. Oía respirar a su madre, aunque su respiración era débil y áspera.

«¿Y dónde está papá?»

—Tranquila. Voy a llamar una ambulancia, ¿vale?

Sacó su móvil y volvió a paso veloz al recibidor. Una corriente fresca le rozó sus brazos desnudos. Se dio la vuelta. La puerta que comunicaba la cocina con el garaje estaba entornada. ¿Papá? Se aproximó a ella, aferrando con fuerza el teléfono mientras el corazón le martilleaba el pecho, y entró en aquel espacio fresco y oscuro.

El automóvil se encontraba aparcado de cara a la entrada, como de costumbre, pero la puerta del conductor estaba abierta y las llaves aún estaban en el contacto.

«El ladrón, o los ladrones, han intentado robar el coche, pero algo se lo ha impedido. Algo ha ocasionado que entraran en pánico y huyeran.»

—¡Papá!

Estaba desplomado sobre el maletero, casi como si lo acariciara. La sangre se había escurrido por los costados del vehículo, dejando regueros sobre la pintura plateada. «Se enfadaría mucho si lo viera —comentó con desaprobación una vocecilla en su interior—. Mira que ensuciarle así el coche...»

No alcanzaba a ver el resto del cuerpo. Y es que estaba aplastado entre la carrocería y la pared del garaje. El impacto había sido tan fuerte que el maletero se había combado y la luneta se había hecho pedazos.

El rostro estaba vuelto hacia ella, y los ojos de un azul intenso, con sus arrugas en las comisuras trazadas por el sol, apagados como canicas. Sus rasgos habían quedado paralizados en una expresión de sorpresa. Qué triste que todo hubiera terminado así. Que el fin le hubiera llegado allí, en aquel garaje lóbrego y frío, todavía en pijama, intentando evitar que algún chorizo de poca monta se llevara su coche. Qué triste saber que ya nunca más se levantaría para disfrutar una mañana de domingo. Que las gamuzas y la cera de los domingos se habían acabado para siempre. Katie clavó la mirada en los ojos apagados de su padre y prorrumpió en alaridos...

Su teléfono comenzó a vibrar junto a su hombro, sobresaltándola y ocasionando que derramara té caliente sobre la encimera. «Joder.» Lo cogió. Era un mensaje de Marco, el encargado de la cafetería.

«¿Te apetece hacer un turno extra esta tarde?»

Al parecer, uno de los Ethan o Nathan había vuelto a faltar. Katie no tenía muchas ganas de trabajar por la tarde después de haberse encargado del turno de noche. Se suponía que tenía un par de días libres. Además, eso la obligaría a pedirle a Lou que fuera a recoger a los niños al colegio. Por otro lado, a Sam empezaba a apretarle un poco el uniforme y, de todos modos, ella ya no podría pegar ojo. De hecho, seguramente sería mejor que ocupara la mente en otras cosas.

Así que escribió: «Vale».

«Bien. Hasta luego.»

Katie suspiró. Volvió a contemplar la postal. La había recibido el día del aniversario de la muerte de su padre. Le dio la vuelta. En el dorso, había unas palabras garrapateadas con la letra irregular de su hermana mayor:

Recuerda: Lo hice por papá.
XX.

¿De verdad?, pensó Katie. ¿O lo hiciste por ti misma, Fran?

22

Gabe conoció al Samaritano en un puente de la autopista a las dos de la mañana. Se acordaba de la hora porque acababa de consultar su reloj. No sabía muy bien por qué. Estaba a punto de matarse, y nadie llega tarde a su propio suicidio.

Ya había acariciado la idea antes, y, en los últimos seis meses, con bastante regularidad. Por lo general, a aquellas horas de la madrugada. Era entonces cuando lo asaltaban los pensamientos oscuros. En aquella tierra de nadie que se extendía entre la medianoche y el amanecer. A la hora en que los demonios salían deslizándose y resbalándose de entre las sombras, dejando tras de sí un rastro de membranas mucosas, bilis amarga, angustia hiriente y arrepentimiento.

Lo había frenado pensar en Izzy, en la posibilidad de encontrar el coche. La esperanza, o tal vez una negación tenaz y obstinada, había conseguido ahuyentar a los demonios. Pero ellos también eran tenaces. No se cansaban ni se rendían. Tan solo hundían las garras más y más profundamente en su carne.

Esa noche, en cierto momento del trayecto, la desesperación se había apoderado de él. Hacía casi cuarenta y ocho horas que no dormía, debido a las pesadillas. No podía entregarse al sueño. Pero tampoco podía seguir despierto. Después de tomar una salida de la autopista, había girado por una rotonda y enfilado el viaducto que cruzaba la autopista hasta la parte sur.

En mitad del puente, paró en el bordillo. Se apeó y se acercó a la barandilla. Se quedó allí de pie, con aquel frío cortante, contemplando el tráfico que circulaba a toda velocidad a sus pies, con la vista nublada por las lágrimas. Luces blancas, luces rojas, luces blancas, luces rojas. Al cabo de un rato, aquel desfile se volvió hipnótico.

Pasó una pierna por encima de la barandilla.

Muy en el fondo, sabía que hacer eso era una burrada. Que podía ocasionar otras muertes aparte de la suya. Pero, a decir verdad, esa voz estaba enterrada muy, muy adentro. En realidad, solo pensaba en acabar de una vez con todo: el dolor, los agotadores esfuerzos por mantenerse con vida. Le resultaba demasiado difícil. La vida misma se había convertido en un instrumento de tortura, cada minuto de cada día lo destrozaba un poco más, como los pinchos de una doncella de hierro.

Subió la otra pierna a la barandilla, de modo que quedó sentado sobre el estrecho pretil de metal, agarrándose fuerte con las manos. Solo tenía que soltarse y dejar que la gravedad se encargara del resto. Respirando hondo, cerró los ojos.

—¿Esperas a alguien?

Dio un salto. O, mejor dicho, se sobresaltó, se bamboleó y se sujetó de la barandilla para recuperar el equilibrio.

—¡Joder!

—No era mi intención hacerte saltar —dijo el hombre, riendo por lo bajo—. A menos que eso sea lo que quieres, claro.

Gabe volvió la cabeza. El viento le tiró del pelo con dedos gélidos. Le lloraban los ojos y lo veía todo borroso. Poco a poco, se le aclaró la visión.

Una figura alta y delgada se encontraba de pie detrás de él. Todo en ella era negro: la cazadora, los vaqueros, la gorra. La piel. Solo se apreciaba un finísimo contorno blanco alrededor de los ojos. Gabe no tenía ni idea de dónde había salido. No había oído acercarse a otro vehículo. Se le ocurrió la disparatada idea de que aquel hombre era un ángel que había bajado a visitarlo en el momento de su muerte, o, por el contrario, era un demonio que había acudido para arrastrarlo hasta el infierno.

Soltó una risita temblorosa y demencial que le resbaló por la comisura de los labios.

El hombre seguía ahí parado, contemplándolo tranquilamente, con las manos en los bolsillos. Daba la impresión de que podía pasarse así toda la noche.

—¿Qué te hace gracia, tío?

—Nada. —Gabe sacudió la cabeza—. Nada. Esto va muy en serio, joder.

—Sí, el suicidio es un asunto la hostia de serio.

—No me digas.

—¿Por qué no me lo dices tú?

—Mejor no.

—Se me da bien escuchar.

—Soy un hombre de pocas palabras.

Una risita profunda, gutural.

—Pero las manejas bien.

—Antes era escritor.

—¿Ah, sí? ¿Qué escribías?

—Mentiras, principalmente.

—La sinceridad está sobrevalorada.

—Sobre todo en el mundo de la publicidad.

—¿Trabajabas en publicidad? Qué interesante.

Gabe sonrió.

—Esto no va a funcionar.

—¿El qué?

—Lo de animarme a hablar de mí. Distraerme para que no salte.

—Bueno, tenía que intentarlo, hermano.

—Ya.

—Así que ¿vas a saltar?

—Sí.

—¿Nada de lo que diga te hará cambiar de idea?

—No.

—¿Quieres decir tus últimas palabras?

—¿Que hay que mirar siempre el lado positivo de la vida?

—La vida es una mierda, ¿a que sí?

—No me imaginaba que fueras fan de los Monty Python.

—Oh, soy una caja de sorpresas.

El hombre se sacó las manos de los bolsillos. En una de ellas empuñaba una pistola. Encañonó a Gabe.

—Salta.

—Pero ¿qué coño...?

—Quieres morir, ¿no? Pues venga, salta.

Se le acercó. Gabe se aferró al pretil con más fuerza.

—Espera...

—¿A qué?

—Oye...

Lo tenía tan cerca que percibía su olor a loción cara, pastillas de menta y metal. Metal de pistola, pensó, aterrado. El hombre le apretó el arma contra el costado.

—Si no saltas, te mato.

—¡No!

—¿No?

—No me mates.

El hombre se quedó mirándolo, sin el menor brillo en los ojos. A Gabe el corazón le latía a mil por hora. Se le estaba acumulando el sudor en las palmas de las manos. El viento lo zarandeaba con violencia. No podría seguir sujetándose durante mucho tiempo.

El hombre le tendió la otra mano.

—Baja de ahí.

Después de vacilar unos instantes, Gabe tomó la mano que se le ofrecía y se balanceó para pasar de nuevo por encima de la barandilla. Sus fuerzas se evaporaron y sus piernas cedieron casi de inmediato. Se deslizó hasta quedar sentado en el suelo, con la espalda contra el antepecho. No podía dejar de temblar. Se abrazó el torso y rompió a llorar.

El hombre se sentó a su lado y aguardó a que el llanto cesara.

—Habla —dijo entonces.

Y Gabe se puso a hablar... sobre Izzy y la noche en que se la llevaron. Sobre su angustia, su dolor por haber perdido a Jenny. Sobre cómo se pasaba los días y las noches conduciendo por la autopista, buscando. Sobre su desesperación. Sobre el tormento que padecía, sin un final a la vista. Y luego continuó hablando.

Habló de cosas que nunca le había contado a nadie, ni siquiera a Jenny. Se lo confió todo al desconocido de la pistola.

—Dame tu teléfono —le dijo el hombre cuando terminó de hablar.

Gabe se sacó el móvil y se lo pasó. El hombre tecleó un número.

—Llámame siempre que necesites ayuda. Cuidaré de ti. Y también de tu hijita.

—¿Me crees?

—He visto un montón de cosas raras. A menudo las cosas más raras resultan ser ciertas.

Se puso de pie y le tendió la mano otra vez. Gabe la tomó y dejó que lo ayudara a levantarse.

—Aún no has llegado al final del camino —le aseguró el hombre—. Cuando llegues, lo sabrás.

Dio media vuelta y echó a andar hacia un coche aparcado más adelante, en el puente. Un ángel, pensó Gabe. Sí, claro. Y de pronto se le ocurrió algo.

—¡Espera!

El hombre se detuvo y miró hacia atrás.

—No me has dicho cómo te llamas.

El hombre desplegó una sonrisa que dejó al descubierto unos dientes muy blancos y una pequeña piedra incrustada en uno de ellos.

—Tengo un montón de nombres..., pero algunos me llaman el Samaritano.

—Vale. Mola.

—Sí. Mola.

—¿Y a qué te dedicas? ¿A deambular por los puentes de la autopista salvándole la vida a la gente?

La sonrisa desapareció de golpe. Un escalofrío recorrió a Gabe.

—No siempre consigo salvarlos.

El café era un edificio pequeño, casi un cobertizo, retirado de la carretera y construido en lo que parecía una zona de obras abandonada. Gabe había pasado varias veces por delante de él. La carretera llevaba a un polígono industrial al que acudía de vez en cuando para aprovisionarse.

Siempre había creído que el establecimiento estaba cerrado y tal vez a punto de ser derribado. Ni siquiera tenía nombre, solo la palabra «Café» pintarrajeada en rojo sobre la madera. La pintura había goteado un poco, como si fuera sangre. Había dos coches aparcados delante, uno de ellos sin ruedas.

Incluso había un letrero de «Cerrado» colgado por dentro de la puerta. Sin embargo, cuando Gabe la empujó, después de rodear los escombros y ladrillos rotos que formaban un sendero, la puerta se abrió con un chirrido lastimero.

Reinaba tal penumbra en el interior que sus ojos tardaron unos momentos en acostumbrarse. Las mesas estaban dispuestas en filas a los lados de un espacio cuadrado y reducido. Al fondo, a través de un pasaplatos, se vislumbraba la cocina. La única iluminación procedía de unas luces mortecinas. Solo había otro cliente, sentado a una mesa en un rincón apartado, casi fundido con las sombras.

Gabe se había pasado un rato conduciendo antes de realizar la llamada, dándole vueltas y vueltas a la cabeza, amasando los pensamientos como un panadero. ¿Debía llevar la foto a la policía, o ellos simplemente lo ignorarían y lo consolarían con las frases de rigor antes de echar su declaración a la trituradora? Casi podía oír sus voces serenas y condescendientes.

«¿Está insinuando que su suegro falsificó una fotografía de la morgue?»

«¿No es más probable que esté equivocado? Seguro que el gato arañó a su hija otro día.»

Y luego la voz del Samaritano: «Eso no es una prueba».

No, pensó. La prueba estaba en el cieno viscoso al que había quedado reducido el hombre del maletero. Él tenía todas las respuestas, pero no soltaba prenda, solo gases tóxicos. De modo que solo le quedaban la Biblia y la libreta. «La Otra Gente.» ¿Qué diablos significaba aquello, si es que significaba algo? ¿Había alguna relación entre los pasajes subrayados y las palabras que había descubierto en la libreta, o solo estaba intentando enhebrar agujas en un pajar que se había montado él mismo?

¿A quién podía preguntárselo? A la policía no. De pronto, una idea lo golpeó como un puñetazo en el estómago.

Había una persona que seguramente sabía incluso más que la policía sobre la delincuencia, el lado oscuro de la vida. Si alguien sabía lo que significaban esas tres palabras, era él.

Gabe se le acercó.

—Siempre me invitas a los garitos más exclusivos.

El Samaritano alzó la mirada. En la penumbra, sus ojos semejaban cuencas vacías.

—No te metas con él. Es mi garito.

—¿Eres el dueño?

—Considéralo mi fondo de pensiones.

El Samaritano debió de captar la expresión escéptica de Gabe.

—Es un proyecto en ciernes.

Gabe no pudo evitar preguntarse si no sería más bien una tapadera para lavar dinero, pero sabía que más valía no decir nada. Nunca le hacía preguntas al Samaritano sobre sus negocios o su vida. Tenía la sensación de que las respuestas no le gustarían. Y no había que ser un genio para deducir que un hombre que trabajaba de noche, llevaba pistola, merodeaba por un bosque abandonado y se negaba a revelar su nombre no era precisamente Papá Noel.

Además, el Samaritano era un amigo, a su manera. Tal vez el único amigo con el que contaba Gabe. Además, ¿quién era él para juzgarlo? Todos somos capaces de hacer tanto el bien como el mal. Muy pocos mostramos nuestro rostro auténtico al mundo, por miedo a que el mundo se nos quede mirando y se ponga a gritar.

—En fin, ¿puedo tomar un café?

—Si te lo haces tú, sí. Tienes el hervidor a un lado y el café soluble en el armario de la izquierda. No hay leche.

Gabe se fue detrás de la barra, encendió el hervidor eléctrico, encontró dos tazas mugrosas en el fregadero y puso en ellas el café y el agua caliente. Removió con una cuchara manchada que cogió del escurridor y llevó los cafés a la mesa.

—Veo que estás montando un establecimiento de alto *standing*.

El Samaritano no se molestó en sonreír.

—Querías hablar de La Otra Gente.

Así que quería ir al grano. A veces Gabe se preguntaba si su percepción de aquella amistad era solo cosa suya.

—¿Habías oído ese nombre?

—¿Dónde lo has oído tú?

Gabe hurgó en su bolsa y sacó la libreta. Le mostró al Samaritano la página en la que habían quedado marcadas las palabras.

—Lo vi escrito aquí. No estaba seguro de que significara algo, pero...

—Quémalo.

—¿Qué?

—Llévate esa libreta, quémala y olvídate de que has visto esas palabras.

Gabe clavó los ojos en los del Samaritano. Era la primera vez que lo veía perder ligeramente la compostura. Aunque parecía increíble, estaba casi nervioso. Verlo así resultaba inquietante.

—¿Por qué quieres que la queme?

—Porque no te conviene pringarte con esa mierda, créeme.

—No me importa si me ayuda a encontrar a Izzy.

—¿Estás seguro?

—Lo estoy.

—También estabas seguro de que querías saltar.

—Esto es distinto.

—No tanto.

—Ya te he dicho que siempre he creído que Harry se equivocó en la identificación. Ahora estoy convencido de que mintió deliberadamente. Y sigue mintiendo. Tal vez incluso sepa quién se llevó a Izzy. Pero no tengo pruebas. Si esto tiene algo que ver, si puede ayudarme a entender algo, tengo que saberlo.

Se produjo otra larga pausa. El Samaritano cogió su café y tomó un sorbo. Acto seguido, exhaló un suspiro.

—¿Has oído hablar del internet oscuro?

A Gabe se le erizó el vello. Claro que había oído hablar de él. Todo padre o pariente de desaparecido oía hablar tarde o temprano del internet oscuro, el inmenso mundo subterráneo de la red, todo aquello que escapaba al alcance de los buscadores convencionales, un universo entero oculto bajo el esplendor del internet oficial.

Lo utilizaban muchas personas que simplemente no se fiaban de la red normal, pero también quienes querían operar al margen de la ley. Como ocurre con todos los lugares profundos y oscuros, allí era donde iban a parar la inmundicia y los desechos: la pornografía infantil, las páginas web de pedofilia, incluso las *snuff movies*.

Era el lugar donde todos los padres de niños desaparecidos temían acabar. Al contrario de lo que creía mucha gente, no resultaba difícil acceder a él. Solo hacía falta instalar una cosa llamada «paquete de Tor» (para ocultar la dirección asignada por el proveedor de internet). Sin embargo, una vez dentro, uno tenía que saber exactamente lo que buscaba: enlaces concretos que en ocasiones no eran más que una sucesión aleatoria de letras y números. Era un poco como intentar encontrar una casa sin saber el número o el nombre de la calle, y sin contar con una llave en un barrio repleto de callejones sin salida y puertas reforzadas de acero tras las que nadie sabía qué horrores acechaban.

—Sí —dijo al cabo de un rato—. He oído hablar de él.

—Allí es donde encontrarás a La Otra Gente.

—¿Es una página web?

—Más bien una comunidad donde puedes conectar con personas de ideas afines.

—¿Qué clase de personas de ideas afines?

—Personas que han perdido a algún ser querido.

Gabe arrugó el entrecejo. Esto no era lo que esperaba.

—¿Y por qué está en el internet oscuro?

—Imagínate que la policía encuentra a la persona que mató a tu mujer y secuestró a tu hija. Supón que se va de rositas por un tecnicismo y anda suelto por ahí, a pesar de ser culpable hasta la médula. ¿Qué harías?

—Seguramente querría matarlo.

El Samaritano asintió.

—Pero no lo harías, porque no eres un asesino. Así que te sientes enfadado, impotente, indefenso. Mucha gente se siente así. A lo mejor un tío viola a tu hija, pero la policía dice que fue una relación consentida. A lo mejor un conductor atropella a tu madre, pero al final solo le retiran el carné. A lo mejor tu hijo muere por una negligencia del médico, pero el juez solo le da un tirón de orejas. La vida es injusta. A la gente normal no siempre se le hace justicia.

»Ahora imagínate que alguien te ofrece la oportunidad de arreglar las cosas. Una manera de conseguir que esa gente pague por lo que ha hecho, que sufra como sufres tú. Y todo sin ensuciarte las manos. Sin que nadie pueda relacionarte con los hechos.

Gabe se notó la garganta reseca, así que bebió un sorbo de café.

—¿O sea que es un lugar donde se contrata a justicieros, a asesinos a sueldo?

—En cierto modo. Algunos de los implicados son profesionales, pero rara vez hay dinero por medio. Los pagos se realizan más bien en especie. Es un toma y daca. Pides un favor y debes un favor a cambio.

Gabe reflexionó sobre ello, intentando asimilar el concepto.

—¿Como en *Extraños en un tren*?

—¿Como en qué?

—Una película donde dos desconocidos coinciden por casualidad y acuerdan cometer cada uno el asesinato que le interesa al otro. De ese modo, ambos tendrán una coartada, pues nadie relacionará a un extraño cualquiera con el crimen.

—Algo así. Salvo que en este caso hablamos de cientos de extraños cualesquiera. Cada uno tiene su utilidad y su precio. Así funciona La Otra Gente. Les pides ayuda y te piden que hagas algo a cambio. Puede tratarse de un favor pequeño. Incluso es posible que no te pidan nada de inmediato. Pero tarde o temprano te lo pedirán. Siempre lo hacen. Y más te vale que cumplas con tu parte sin pensarlo dos veces.

Gabe pensó de nuevo en los pasajes bíblicos subrayados.

«Pero si se sigue un daño, lo pagarás: vida por vida, ojo por ojo, diente por diente.»

—¿Qué pasa si no cumples?

La mirada del Samaritano lo atravesó como una bala.

—Entonces lo mejor es que huyas. Lo más lejos y rápido posible.

23

Fran no creía que regresar fuera una solución, pero no tenía elección. Lo había intentado con todas sus fuerzas. Se había esforzado mucho por conseguir que las cosas funcionaran como una seda para las dos. Pero notaba que los bordes se deshilachaban, que las costuras empezaban a romperse.

Había vuelto a tener aquel sueño que creía que la había llevado a sumergirse en las turbias profundidades de su psique, cargada con las cadenas de la negación. Sin embargo, las cadenas no eran resistentes ni lo bastante pesadas. Los pensamientos negros e hinchados —culpabilidad, recriminación, arrepentimiento— volvían a sacarla a flote una y otra vez.

El funeral, la niña del ataúd. Con el vestido que no correspondía. En algunas versiones del sueño, cuando Fran se acercaba, la cría se incorporaba y abría los ojos.

«¿Por qué me abandonaste, mami? ¿Por qué no regresaste? Está oscuro y tengo miedo. ¡Mamiii!»

Entonces la niña extendía los brazos, y Fran daba media vuelta y echaba a correr por entre los fieles, que ya no eran allegados vestidos de negro, sino cuervos negros gigantescos que aleteaban y graznaban a su paso.

«Cruel, cruel. Cruel, cruel.»

«Pero si no lo soy», quería aullar. Ella la había salvado. Si no hubieran huido, ambas estarían muertas ya. Lo había sacrificado todo para salvarla. Y nunca permitiría que se la llevaran.

Por eso, a pesar de que hasta la última de sus terminaciones nerviosas le decía a gritos que era una mala decisión, que había tomado la dirección equivocada, estaba decidida a seguir adelante. No tenía elección.

—Pero ¿no íbamos a ir a Escocia? —preguntó Alice después de que subieran a toda prisa al coche y se dirigieran hacia el sur por la M1.

—Sí, pero esto es importante, Alice. Tengo que hacer algo... para que sigamos a salvo, ¿vale?

Alice había asentido.

—Vale.

Lo que Fran no le había contado era que debía hacerlo sola. Tampoco sobre esto tenía elección. Además, existía la pequeña, pequeñísima posibilidad de que resultara ser una buena maniobra de distracción. Era lo último que esperaban de ella. La última persona a la que esperaban que visitara y la última persona a la que habría querido visitar.

Estaban como a una hora de la estación de servicio. Casi habían vuelto al punto de partida. Su destino se encontraba a solo media hora. Aun así, Fran tenía la sensación de estar retrocediendo en el tiempo. Habían transcurrido nueve años desde que se había marchado. Desde aquella terrible noche que había hecho trizas a su familia. Tal vez siempre había sido frágil, como la mayoría de las familias. Tal vez sea cierto que la sangre tira, pero es una sustancia más bien inútil para mantener unida a la gente.

Su padre había sido la única constante, y, cuando falleció, los demás habían quedado a la deriva, sin ancla, sin nada que impidiera que siguieran alejándose unos de otros empujados por la corriente, o, en el caso de su madre, hundiéndose cada vez más en el fondo de una botella.

La aflicción de Fran se había enconado y avivado. Era como una oscuridad permanente en el borde de la visión. En ocasiones, la sensación era tan intensa que se imaginaba que, si alargaba el brazo, tocaría la nube oscura que la rodeaba, palpitante de angustia, rabia y rencor. Que pillaran al perpetrador no había sido suficiente. No había aliviado el incesante dolor que la atenazaba por dentro.

Y entonces alguien le ofreció una solución.

Poco después, cuando descubrió que estaba embarazada —como consecuencia de un estúpido desliz cometido bajo los efectos del alcohol—, decidió mudarse a otro sitio. Aunque nunca había creído tener instinto maternal, en cuanto se enteró de que una persona diminuta estaba creciendo en su interior, la invadió el anhelo de quererla y protegerla.

No le habló a su familia de sus planes. Simplemente encontró trabajo en otra ciudad y se marchó. Fue el día del funeral de su padre. Iba a empezar de cero, dejar atrás todo lo que había hecho. Al menos, eso se había propuesto. Desde entonces, había habido unas cuantas mudanzas más; había vuelto a empezar de cero varias veces. Por desgracia, el bagaje que arrastraba no se podía dejar en la consigna de ninguna estación. Era más bien como una sombra, resultaba imposible escapar de él.

—¿No deberíamos desviarnos aquí? ¿No decías que esta era la salida?

—¡Hostia!

Alice le lanzó una mirada de desaprobación.

—Perdona. Prohibidas las palabrotas, lo sé.

Puso el intermitente y zigzagueó a través del tráfico hasta la vía de salida. Empezaba a estresarse, a volverse descuidada, y eso que no habían llegado todavía. Una sensación familiar de ansiedad se cernía ya sobre ella. Ni siquiera había pensado qué haría exactamente cuando llegaran, qué diría, cómo se enfrentaría a la situación. No había planeado nada de esto.

Por otro lado, no era posible planearlo todo. No podía planearse que hubiera un año excepcionalmente húmedo seguido por tres años de inviernos secos y niveles de agua cada vez más bajos. O que se construyera una nueva urbanización y se drenaran los terrenos circundantes. Y, desde luego, no podía planearse que él, precisamente él, encontrara el coche. ¿Cómo? ¿Cómo había sabido siquiera dónde buscarlo?

Le echó un vistazo a Alice. Estaba mirando por la ventanilla, con una expresión ausente que Fran conocía bien, mientras jugueteaba con la bolsa que tenía sobre el regazo. Clic, clic, clac. Clic, clic, clac. La caracola del baño había desaparecido, incorporada a la colección de Alice. ¿De dónde salían?, se preguntó de nuevo. ¿Quién era la chica de la playa y qué quería? «El Hombre de Arena viene hacia aquí.» ¿Por qué le sonaba tan siniestra esa puñetera frase?

Un motivo de preocupación más. Y es que, aunque podía proteger a Alice en el mundo de la vigilia, ¿cómo se suponía que debía defenderla de sus sueños, del subconsciente? Allí no podía mantenerla a salvo. Y eso era lo que más la asustaba.

Intentó sacudirse el nerviosismo y concentrarse en la carretera, en el presente. Se acercaban a las afueras del pueblo, la zona en la que se había criado. Conocía bien el lugar, pero había cambiado. Reparó en una señal que advertía de una cámara de control de velocidad. Lo último que necesitaba en ese momento era que la grabara una cámara.

Era una mala idea, se dijo de nuevo. Una idea pésima. Pero no tenía una mejor. Y menos aún una buena.

Pasaron junto al letrero de Barton Marsh, ciudad hermanada con a mí qué coño me importa. Era una pequeña urbanización dormitorio de casas independientes que en otro tiempo habían sido acogedoras. En la época en que «acogedor» quería decir «uniforme y sin gracia». El esplendor se había apagado mucho antes de que ella se marchara de allí. Ahora se había convertido en un insulso nido de pensionistas que se resistían a mudarse a viviendas más pequeñas y que se pasaban el día ocupándose de sus jardines con un grado de perfección imposible, quejándose de los problemas de aparcamiento y dando cera a sus coches todos los domingos. Igual que papá, pensó Fran con una punzada.

La casa destacaba entre las demás. El césped estaba cortado, pero los arriates estaban desprovistos de plantas, y las flores de la cesta que como signo de optimismo permanecía colgada en la puerta no solo estaban muertas, sino prácticamente momificadas. La carpintería de PVC estaba sucia y los visillos habían amarilleado. En el camino de entrada había un pequeño Toyota con el parachoques abollado.

Después de captar todos estos detalles, Fran pasó de largo de la casa y aparcó a la vuelta de la esquina, no muy lejos. Tenía la sensación de que los vecinos eran de esas personas que, como ella, tomaban nota de los coches desconocidos.

—Muy bien —dijo en lo que esperaba que fuera un tono animado—, vamos allá.

Bajó del coche. Alice la miró con curiosidad, pero agarró la bolsa de guijarros y la siguió. Fran echó un vistazo a su alrededor de forma maquinal para comprobar si había algo raro o fuera de lugar. Las otras casas parecían estar en silencio. Se oía ladrar a un perro pequeño en algún sitio y, a lo lejos, el zumbido de un cortacésped. Los sonidos habituales en una urbanización de las afueras. No contribuyeron mucho a aflojarle el nudo que se le había formado en el estómago.

Después de doblar la esquina, enfilaron el camino de entrada del número cuarenta y uno. Cuanto más se acercaban, más fuerte era su impulso de dar media vuelta y marcharse en el coche. Pero tenía una misión que cumplir, una tarea de la que encargarse..., y no podía llevar a Alice consigo. La cría no sabía nada del coche ni del hombre. Ni de lo que le habían obligado a hacer.

Fran tocó el timbre. Mientras esperaban, Alice paseó la vista a su alrededor con cierta curiosidad. Fran pulsó de nuevo el botón. «Vamos, sé que estás ahí dentro. El coche está aquí. Vamos.»

Por fin, oyó unos sonidos procedentes del interior. Unos pasos amortiguados y lentos, una maldición entre dientes. Las cadenas de la puerta traquetearon, y esta se abrió unos centímetros.

Fran contempló a la anciana que la miraba desde el otro lado: la inmaculada melena color miel, el maquillaje aplicado con todo cuidado, la elegancia de la blusa y el pantalón. La obsesión por guardar las apariencias. Todo se había esfumado.

Ante ella había una mujer escuálida y encorvada. Tenía el cabello de color amarillo sucio, con raíces grises muy marcadas. Iba sin maquillar y llevaba un vestido viejo sobre unas mallas arrugadas. Fran percibió un tufillo a vino pasado.

Dios santo. Las cosas estaban mucho peor de lo que esperaba.

La anciana entornó los ojos para verla mejor.

—¿Sí?

Fran tragó en seco.

—Hola, mamá.

Poco a poco, la mujer abrió más y más los ojos a medida que la reconocía.

—¿Francesca? —Desvió la mirada hacia la niña morena y pequeña que estaba junto a Fran. Se llevó una mano temblorosa y surcada de venas al cuello—. ¿A quién tenemos aquí?

Fran notó que se le cerraba la garganta.

—Es Alice. —Tomó a la chiquilla de la mano y le dio un apretón, en una especie de señal muda—. Tu nieta.

Ella duerme. Una chica pálida en una habitación blanca. Miriam está sentada a su lado, en el sillón. El té ha quedado demasiado tiempo en infusión, y los pasteles se han puesto duros.

Al cabo de un momento, toma la mano de la joven. Los fisioterapeutas acuden con regularidad para asegurarse de que las extremidades y las manos conserven la movilidad, y de que los dedos no queden crispados de forma permanente contra las palmas. Aun así, Miriam sigue notando la rigidez de las articulaciones. Bajo las sábanas recién planchadas, se aprecia un cuerpo tan frágil y diminuto como el de una niña.

La joven tiene el rostro sereno y terso como el alabastro. No hay arrugas en la frente que indiquen preocupación ni líneas de expresión en torno a los ojos que revelen felicidad. Hace años que no ríe, ni frunce el entrecejo ni llora. Quizás ya nunca lo vuelva a hacer. Si bien algunos pacientes en estado vegetativo persistente pueden realizar gestos faciales, emitir sonidos y abrir y cerrar los ojos, la chica no. Permanece inmóvil del todo. Atrapada en un cuerpo que apenas ha envejecido.

Miriam cree que lo más humano sería dejarla marchar. Pero no está en su mano tomar esa decisión. No mientras exista la menor posibilidad de que ella siga ahí dentro, en alguna parte. La chica a la que le encantaba cantar, que adoraba los sonidos del mar. La chica de la que nadie se acuerda, excepto ella. La chica a quien nadie visita, excepto él.

Él nunca ha eludido su responsabilidad para con la chica y su madre. Todas las semanas pasa un rato sentado junto a la muchacha. Le habla, le lee en voz alta. A menudo charla con Miriam también. A pesar de todo, ella ha aprendido a disfrutar con aquellas conversaciones. Ninguno de ellos tiene familia ni amigos cercanos. Los dos están atados a la chica, incapaces de abandonarla, de dejarla marchar. Y él nunca se ha saltado una visita. Nunca ha llegado tarde.

Hasta hoy.

Miriam echa una ojeada al reloj. No va a venir, piensa. Por primera vez.

La recorre un escalofrío premonitorio. Ha ocurrido algo.

Se debate en la duda, pues teme pasarse de la raya..., y entonces saca su teléfono.

24

En cierta ocasión, Jenny le comentó a Gabe que su hábito más irritante (y tenía muchos, al parecer) era su incapacidad de seguir consejos, de escuchar la voz de la razón. Su camino estaba salpicado de señales de advertencia y bordeado de alambradas, pero él no se creía que el agua de la piscina era tóxica y estaba infestada de tiburones hasta que se zambullía en ella de cabeza.

Jenny tenía razón en eso, como en casi todo. Si la hubiera tenido delante en aquel momento, Gabe tal vez le habría señalado que su hábito más irritante (y tenía unos cuantos) era estar siempre en lo cierto respecto a él.

Era algo que echaba de menos. Añoraba muchas cosas de Jenny. No de la misma manera en que echaba de menos a Izzy. El dolor era distinto. No era un inmenso agujero negro que arrasaba con toda la luz de su vida, sino más bien una serie de punzadas sordas.

Era una constatación cruda, pero innegable. La realidad brutal era que no podía compararse perder a la esposa o a la pareja con perder a una hija. Él se hubiera ofrecido en sacrificio por Izzy, y sabía que Jenny habría hecho lo mismo. La verdad menos aceptable, que a nadie le gusta admitir, es que, llegado el caso, uno habría sacrificado al otro por su hija. Jenny lo habría empujado delante de un autobús sin dudarlo un momento si con ello le hubiera salvado la vida a Izzy. Y eso estaba bien. Era algo bueno. Así debían ser las cosas.

El problema no era que no se quisieran. En otro tiempo, se

habían amado con locura, sin tregua. Pero el amor apasionado siempre se debilita. Al igual que todas las cosas, el amor tiene que evolucionar. Para sobrevivir, debe arder sin llama, no abrasar. Y aun así hay que cuidarlo para asegurarse de que siga despidiendo calor. Si se descuida durante mucho tiempo, el fuego se extingue por completo, y uno se queda rebuscando entre las cenizas aquella chispa del pasado.

Los dos habían sido descuidados. Los últimos rescoldos estaban a punto de apagarse, y él sabía que ambos estaban echando ramitas con la vana esperanza de que el fuego se reavivara. Como reza el manido tópico, él quería a Jenny, pero ya no estaba enamorado de ella.

Cuando despertaba gritando en plena noche, no era el rostro de Jenny lo que veía, sino el de Izzy. A veces —con frecuencia— se sentía culpable por ello. Aun así, estaba casi seguro de que si Jenny hubiera estado allí, le habría espetado: «Solo faltaría, joder».

También le habría dicho que ni se le ocurriera hacer lo que estaba pensando.

«No te metas en esa mierda. Olvídate de que has oído hablar de ella.»

Pero ya se sabía: las señales de advertencia, las alambradas, los tiburones...

Tras despedirse del Samaritano, subió al coche, regresó a la estación de servicio de Newton Green, se sentó en la cafetería y sacó el ordenador portátil. Esta vez no había el menor rastro de la camarera de cara amable. Seguramente era mejor así. Gabe no quería que se le acercara de pronto por detrás y viera lo que estaba haciendo. Había elegido a propósito una mesa distinta, medio oculta en un rincón apartado. Por fortuna, el establecimiento estaba casi vacío. Los únicos clientes eran una pareja de mediana edad y un joven fornido con la cabeza rapada y una chaqueta policial fosforescente. Un poli de tráfico, pensó Gabe, aunque por lo general iban en parejas, como los calcetines. A lo mejor el otro se había perdido durante el ciclo de lavado.

Centró su atención en el portátil. Ya se había planteado alguna vez descargar el navegador Tor, pero nunca se había atrevido. Tenía la sensación de que sería como abrir la caja de Pandora. Además, no era precisamente un experto en tecnología. El proceso descrito en las instrucciones que se había bajado parecía sencillo. (Si aquello hubiera sido una película, seguramente él habría pulsado unas teclas y al instante habría obtenido acceso a los archivos secretos de la Casa Blanca.) Como estaba en el mundo real, se pasó media hora larga habilitando e inhabilitando funciones en el ordenador antes de tener el navegador instalado y bien configurado.

Miró la pantalla.

«Bienvenido al navegador Tor.»

¿Y ahora qué? Tecleó «La Otra Gente», pero, como cabía esperar, no obtuvo resultados. Se recordó a sí mismo que no se podía navegar sin más por el internet oscuro. Uno tenía que saber exactamente qué buscaba. Y él no lo sabía. Ni siquiera sabía si estaba buscando en el lugar apropiado o solo estaba perdiendo el tiempo.

Casi oía a Jenny farfullar con autosuficiencia: «Te lo advertí».

Frustrado, sacó la libreta y la Biblia. El olor a moho y humedad que desprendían las páginas le obstruía la garganta, y los pasajes subrayados parecían mofarse de él. Se preguntó de nuevo por qué don Pegatinas había marcado esas frases en particular.

De pronto, una idea le impactó en el cerebro con la fuerza de un tráiler.

No se podía navegar sin más por el internet oscuro. A menudo, las direcciones de las páginas web no eran más que una sucesión aleatoria de letras y números.

¿Y cómo se memorizaba una sucesión aleatoria de letras y números? Hacía falta un sistema que resultara ininteligible para cualquiera que topara con él por casualidad. Desplegó su servilleta. Se acercó a la barra y le pidió prestado un bolígrafo al camarero. Después de lanzarle una mirada de extrañeza, el hombre accedió.

Gabe volvió a sentarse. Anotó las cuatro referencias bíblicas en la servilleta.

Éxodo 21:23-25
Levítico 24:19
Deuteronomio 19:19-20
Deuteronomio 32:43

Vale. Podía empezar por lo más obvio: las iniciales de cada uno de los libros. Introdujo en el portátil la dirección: «http://ELDD.onion».

No tuvo suerte.

Volvió a intentarlo, esta vez añadiendo los primeros números: «http://ELDD21241932.onion».

Nada.

Notó que su optimismo empezaba a evaporarse. Había un sinnúmero de combinaciones posibles, y él ni siquiera sabía si su teoría era correcta. A lo mejor a don Pegatinas simplemente le encantaban esas citas. Tal vez no tenían nada que ver con la página web.

Hizo un último intento: «http//E21L24D19D32.onion».

Pulsó «Entrar». Una barra de progreso azul apareció en lo alto de la pantalla. Fue creciendo poco a poco y, cuando llegó al final, se abrió una página.

LA OTRA GENTE

—La hostia.

O, mejor dicho, «La hostia santa». En realidad, no creía que fuera a dar resultado. Contempló la inocente página de inicio: unas sencillas letras blancas sobre fondo negro. Recordaba un poco a una pizarra.

Debajo del nombre de la web, en el interior de una casilla, estaban escritas en una fuente más pequeña las palabras: «Introduzca la contraseña».

Echó un vistazo a los números de versículos. No perdía nada con intentarlo.

«2325172118213243»

BIENVENIDO A LA OTRA GENTE

Sabemos lo que es el dolor, la pérdida, la injusticia.
Compartimos el dolor... con quienes lo merecen.

Debajo de esta breve declaración de principios había tres enlaces:

«Chat», «Petición», «Preguntas frecuentes».

Se quedó mirando las palabras mientras una sensación desagradable le culebreaba por el estómago.

«Preguntas frecuentes.»

Parecía un buen lugar por donde comenzar.

P: ¿Por qué se llaman La Otra Gente?

R: Todos creemos que las tragedias solo le pasan a otra gente. Hasta que nos pasan a nosotros. Somos gente como ustedes. Personas a las que les han pasado cosas terribles. No encontramos consuelo en el perdón ni en el olvido, sino ayudándonos unos a otros a hacer justicia.

P: ¿Qué clase de justicia?

R: Eso depende de cada cual. Pero nuestros valores nos impulsan a administrar un castigo acorde con el delito.

P: ¿Qué pasa si no busco justicia?

R: Puede participar con toda libertad en nuestro foro y hablar con otras personas como usted. Sin embargo, la mayoría llega a nuestra web por invitación. Si nos ha encontrado, es porque ya nos necesita.

P: ¿Se trata de una web para justicieros?

R: En absoluto. Somos gente normal. Sin embargo, hemos descubierto que, al estar conectados, podemos aprovechar las habilidades, conocimientos y contactos de cada uno de nosotros. La Otra Gente pone en común estos recursos para satisfacer las peticiones de todos.

P: ¿Tengo que pagar algo?

R: Aquí el dinero nunca cambia de manos. Nuestros servicios están al alcance de personas de toda condición, no solo de quienes cuentan con medios económicos. Nuestro sistema se basa en el *quid pro quo*. Peticiones y favores.

P: ¿Cómo funciona?

R: Si desea realizar una petición, acceda a la página de Peticiones. Se le pedirá que rellene un formulario para explicar su situación y qué es lo que desea. LOG estudiará su petición en un plazo de veinticuatro horas. Durante ese lapso, puede modificar o cancelar su petición.

Una vez transcurridas veinticuatro horas, si consideramos que su petición es aceptable, recibirá la confirmación de que ha sido activada. A partir de ese momento, no es posible modificarla o cancelarla. No es necesario que vuelva a ponerse en contacto con nosotros. Tenga la seguridad de que, salvo circunstancias excepcionales, satisfacemos todas las peticiones.

Cuando su petición haya sido satisfecha, se le notificará. Desde ese instante, usted deberá un favor que se le podrá reclamar en cualquier momento. Una vez devuelto el favor, quedará libre de todo compromiso para con La Otra Gente.

P: ¿Qué ocurre si no devuelvo el favor?

R: Siempre nos aseguramos de pedirle un favor que usted pueda realizar de buen grado y por propia voluntad. El incumplimiento de un favor pone en peligro la integridad misma de nuestro sitio web. Por eso hemos desarrollado una serie de medidas para garantizar que eso no ocurra.

P: ¿Mi petición puede consistir en que se mate a una persona?

R: Salvo circunstancias excepcionales, satisfacemos todas las peticiones que estimamos aceptables.

Gabe se quedó contemplando la pantalla.

«Satisfacemos todas las peticiones.»

Virgen santa.

Alargó la mano hacia su taza de café y bebió un sorbo. Estaba mareado. A lo mejor el Samaritano tenía razón. No le convenía meterse en esa movida. No quería saber nada del tema.

Por otro lado, don Pegatinas formaba parte de esa movida. Y se había llevado a Izzy. Tenía que haber una relación entre una cosa y otra. La policía creía que su esposa y su hija habían muerto a causa de un atraco que se había torcido. Pero había detalles que no cuadraban. El supuesto ladrón no había robado nada, ni siquiera dinero. No se había identificado a la persona que había llamado a la policía para denunciar que había un intruso en su casa. ¿Y si había algo más detrás de todo aquello? ¿Y si alguien había puesto a su familia en el punto de mira de forma deliberada?

Pero ¿por qué? ¿Y qué tenía que ver Harry con todo aquello? ¿Por qué era tan importante para él convencer a Gabe de que Izzy había muerto? ¿Y quién era la otra niña? Seguía habiendo demasiadas cosas que no tenían sentido.

Suspiró y se frotó los ojos. Un tintineo le avisó de que había recibido un mensaje de texto. Cogió el móvil suponiendo que sería el Samaritano preguntándole cómo iba todo.

No era él. Se trataba de algo mucho peor.

Clavó la vista en el mensaje, mientras su estómago ejecutaba un salto mortal desde el borde de un abrupto precipicio.

«Isabella te ha echado de menos hoy.»

25

Fran observaba desde la puerta de la cocina cómo su madre preparaba el té. Alice estaba encaramada en el sofá del salón. Sobre la mesa de centro había un vaso de naranjada y un plato con pastas. El refresco se había asentado en el fondo del vaso. Fran habría apostado a que las galletas estaban húmedas y rancias. Se había fijado en pequeños detalles, como la suciedad en torno a los bordes de la alfombra, las telarañas en los rincones, el tembleque en las manos de su madre.

—Deberías haber avisado de que veníais —le reprochó la mujer—. No he tenido ocasión de ordenar ni de arreglarme un poco.

Mentira, pensó Fran. No había tenido ocasión de empezar a beber, y ahora su visita retrasaría el momento.

—Perdona, es que estábamos por la zona, así que hemos decidido pasar a verte.

—¿Pasar a verme? —Su madre se volvió, de pronto con una mirada penetrante en los ojos—. Hacía nueve años que no «pasabas a verme». Ni siquiera sabía que tenía una nieta.

A pesar de todo, a pesar de sí misma, Fran sintió una punzada de sombría culpabilidad.

—Lo siento.

—¿Lo sientes? —espetó la mujer, indignada—. Desapareciste sin decir ni mu, y no has llamado ni mandado un solo mensaje en todo este tiempo. Nos borraste de tu vida. Y ahora te presentas de forma imprevista. ¿Qué pasa en realidad, Fran?

—Es complicado.

Su madre frunció los labios. Se oyó un repiqueteo mientras apilaba platos y tazas.

—Si lo que quieres es dinero, no tengo.

Claro que no, pensó Fran, te lo habrás gastado todo en alcohol. Pero se mordió la lengua.

—Hay algo que tengo que hacer —dijo—. Necesito que alguien cuide de Alice, solo durante una o dos horas.

—¿No podías pedírselo a nadie más?

Fran no respondió. ¿Qué sentido habría tenido mentir?

—Sé lo que piensas de mí. Pero ¿no crees que merecía la oportunidad de conocer a mi nieta mayor?

A Fran le entraron ganas de contestar que nunca se había esforzado por conocer a su hija mayor. ¿Y qué ocurría con sus otros nietos? En un par de ocasiones, después de acostar a Alice, Fran había buscado a sus hermanas en las redes sociales. Sabía que Katie tenía ahora dos hijos, y Lou una niña pequeña. Fran estaba segura de que su madre tampoco los veía nunca. Pero no era el momento de iniciar una discusión.

—Lo siento —se limitó a decir de nuevo.

Su madre le dio la espalda y atravesó la cocina. A través de la puerta abierta Fran miró la sala, donde Alice seguía sentada, sujetando con fuerza la bolsa de guijarros sobre el regazo. Contuvo la respiración. Sabía que era una apuesta arriesgada. Si su madre las echaba, tendría que buscar otra solución...

Entonces su madre se volvió, con una sonrisa triste.

—Supongo que hay que aprovechar las oportunidades cuando se presentan, ¿verdad?

Se dirigió al salón arrastrando los pies y se sentó junto a Alice, que dio un ligero respingo.

—¿Te gustan los puzles, Alice? Creo que aún queda alguno en alguna parte.

Alice dirigió de inmediato la vista hacia Fran, que le dedicó una breve inclinación de la cabeza. La niña miró de nuevo a su abuela y sonrió.

—Sí, me gustaría mucho.

A Fran se le ablandó el corazón. Agarró las llaves de su coche.

—Enseguida vuelvo.

El cielo estaba encapotado, grávido de negros nubarrones, y la brisa cortaba como una navaja. Fran puso la calefacción del coche al máximo.

A unos tres kilómetros había un garaje, junto a la carretera. Pasó de largo y unos cincuenta metros más adelante giró por una bocacalle y aparcó. Caminó hasta el garaje, donde compró un bidón de gasolina y, tras emitir una serie de ruidos que venían a decirle «Pero qué tonta soy» al joven que atendía tras el mostrador, regresó al coche. Esperaba que hubiera suficiente gasolina. A continuación, condujo hasta un supermercado Sainsbury's de las afueras, donde compró cerillas y unas camisetas baratas con las que planeaba hacer trapos. Acto seguido, se puso en marcha otra vez. Consultó su reloj. Hacía casi cuarenta minutos que había salido. Notó que el estómago se le encogía.

El hecho de no tener a Alice a la vista le crispaba los nervios. Necesitaba despachar aquel asunto cuanto antes. Debía de faltar solo un cuarto de hora para que llegara a su destino. Con un poco de suerte, cumplir con su cometido no le llevaría más de diez minutos, y entonces podría emprender el regreso. Con un poco de suerte.

Puso el intermitente izquierdo y avanzó despacio por el estrecho carril. Al cabo de unos diez minutos divisó la casa de labranza y luego el área de descanso, a la derecha. Aparcó, abrió el maletero y sacó lo que necesitaba. Oyó el rumor de un coche a lo lejos. Se alejó unos pasos buscando el cobijo del bosque. Un Fiesta azul pasó a toda velocidad. Saltaba a la vista que el conductor no sabía que había cámaras un poco más adelante. La multa le estaría bien empleada. Tras echar una última ojeada a su alrededor, Fran se giró y echó a andar con dificultad por la maleza.

Los árboles estaban mojados y dejaban caer gotas de agua

helada sobre su cabeza mientras caminaba. De vez en cuando, alguna rama colgante le golpeaba el rostro como un látigo. El peso del bidón de gasolina aumentaba con cada paso que daba.

El bosque estaba más cubierto de broza de lo que recordaba. Cuando era niña, paseaba por allí en bicicleta con sus amigos. Mucho más a menudo de lo que sus padres creían. En aquel entonces, antes de que construyeran la urbanización nueva, se podía llegar hasta el lago desde el otro lado. La pandilla pedaleaba a través de los campos por un antiguo camino de herradura, un sendero accidentado y apenas lo bastante ancho para un caballo, o apurando mucho, para un coche.

Sus padres le habían prohibido jugar allí, obviamente. Mamá se quejaba de que se ensuciaría toda la ropa. Papá le decía que un niño se había ahogado en el lago años atrás. Aunque Fran no se lo creía del todo, no cabía duda de que el lago era profundo, lo suficiente para sumergir en él carritos de supermercado... o algo incluso más grande.

Pero ya no.

Cuando salió al pequeño claro, se le cortó la respiración. Cielo santo. El lago se había encogido hasta el tamaño de un charco. Por más planes que se hicieran, siempre habría cosas que no se podían prever. Aunque, a decir verdad, tirar el coche allí nunca había formado parte de un plan. Había sido un acto de desesperación.

Le habría gustado pensar que no era su intención matarlo. Pero no era verdad. En cuanto había empuñado el cuchillo de cocina, había sabido lo que tenía que hacer. Sobrevivir. En otra época no se habría creído capaz de ejercer tal violencia. Sin embargo, en los últimos tres años había hecho muchas cosas de las que no se consideraba capaz. Nadie sabe en realidad dónde están sus límites hasta que se ve empujado a ponerlos a prueba. No sabemos hasta dónde seríamos capaces de llegar por un ser querido. Los actos de crueldad más abyectos nacen del amor más profundo. ¿No era esa una frase célebre? O a lo mejor se la acababa de inventar. Últimamente ya no estaba segura de nada.

Excepto de una cosa: el hombre que había entrado en su casa

aquella noche abrigaba la intención de matarlas, y seguramente tenía sus razones. Buenas razones. Razones con las que podría justificar sus actos. Pero había sido descuidado, y Fran estaba preparada, esperándolo. Lo raro fue que, cuando le clavó el cuchillo, no le dio la sensación de estar cometiendo un acto execrable, extraño, ni siquiera terrible. Le pareció algo necesario. Y luego lo había apuñalado otra vez, y después otra. Para asegurarse.

Una vez muerto el hombre, se había impuesto el sentido práctico. Después de cargarlo en el maletero del viejo coche, ella había levantado a Alice de la cama (gracias a Dios no se había despertado en mitad de la reyerta) y le había anunciado que tenían que marcharse. Habían puesto rumbo hacia el sur, evitando las carreteras importantes en la medida de lo posible, y se habían alojado en un hotel cercano. Ella se había visto obligada a dejar sola a Alice durante un par de horas mientras se encargaba de todo. Era un riesgo muy, muy grande, que no se atrevería a correr de nuevo. Sin embargo, había visto la oportunidad de matar dos pájaros de un tiro: deshacerse del cadáver y del puñetero coche al mismo tiempo. Conocía el lugar ideal para ello. Allí nunca encontrarían ni lo uno ni lo otro. O eso creía.

Contempló el automóvil, con el maletero sobresaliendo de las turbias aguas. Al principio, le había sorprendido que él lo hubiera encontrado. Ahora que estaba allí, esto cobró más sentido. Era inevitable que alguien lo descubriera tarde o temprano. Aun así, las probabilidades de que fuera él quien lo encontrara por casualidad seguían siendo remotas. Poca gente visitaba el lugar o sabía siquiera de su existencia. Sin duda alguien le avisó de que estaba allí. Pero ¿quién?

Ya se preocuparía por eso más tarde. Por el momento, tenía que asegurarse de que nadie más encontrara el coche o, lo que era más importante, lo que había dentro. Tragó saliva. Seguramente no quedaba gran cosa. Recordaba que había desvestido al hombre y había quemado su ropa. Había sido un choque con la realidad repentino y repugnante. Le había costado sacar aquellas extremidades cada vez más rígidas de la sudadera y los vaqueros sucios. Los calzoncillos estaban ligeramente manchados, lo que le había provocado una vergüenza absurda, como si quitarle la ropa fuera una profanación peor que quitarle la vida. Al ver aquella piel pálida y sin vello, cubierta de sangre seca y pegajosa, había estado a punto de vomitar. Tras conseguir dominar el estómago, le registró los bolsillos. No llevaba cartera ni identificación alguna. Había encontrado las llaves de un coche (a pesar de que no había ninguno aparcado cerca de la casa), y las había tirado al lago. Sin embargo, se había precipitado y había entrado en pánico, desesperada por alejarse del cadáver, del lago y de las consecuencias de sus actos.

No había revisado con cuidado el interior del vehículo. Se había limitado a meter cosas en la guantera sin antes comprobar si había algún indicio comprometedor que condujera hasta ella y Alice.

Eso tenía que arreglarlo.

Hizo jirones las camisetas. A continuación, se quitó los vaqueros y se descalzó a toda prisa, agarró la gasolina y los trapos y se adentró caminando en el agua estancada.

Estaba tan fría que se le escapó un jadeo. El cieno viscoso se aplastaba y se deslizaba bajo los dedos de sus pies. Hizo una mueca y apretó los dientes. Tenía que acabar con aquello cuanto antes. Al llegar hasta el coche, intentó abrir la puerta trasera. Se resistía a causa de la presión del agua. Cuando lo consiguió dando un tirón fuerte, lanzó unos trozos de tela sobre el asiento de atrás, que estaba casi seco. Supuso que prendería sin problemas. Empapó en gasolina los trapos y el asiento. ¿Bastaría con eso? No, tenía que asegurarse de que el contenido del maletero ardiera también. Se apartó del automóvil y se dirigió hacia la parte posterior con el agua hasta la cintura. Después de armarse de valor, abrió el maletero unos centímetros.

Entonces oyó un chapoteo a su espalda. Se volvió, un instante demasiado tarde, y un objeto contundente impactó contra su cabeza. Sintió que le estallaba el cráneo, se le doblaron las rodillas mientras el bidón le resbalaba de la mano. Aturdida, se hundió en el agua hasta el pecho. Braceaba débilmente, jadeando y luchando por mantenerse a flote.

Una figura erguida se plantó delante de ella. Acto seguido, le aferró el cuello con las manos y le empujó la cabeza hacia abajo, sumergiéndola en el agua helada. Ella se resistió. Le asió las manos, pero eran demasiado fuertes. Se agitó y se retorció. Pataleó y notó que el talón conectaba de lleno con la entrepierna del hombre. La presión de los dedos en torno a su cuello disminuyó. Consiguió sacar la cabeza del agua y tomar una bocanada de precioso aire.

Él le asestó un puñetazo en la cara, la agarró con más fuerza que antes y la hundió de nuevo. Ella forcejeaba y le arañaba las manos, pero empezaba a quedarse sin fuerzas. Se estaba ahogando. Notaba que sus pulmones estaban a punto de estallar. Se le entreabrieron los labios. Pensamientos contradictorios y desesperados se le agolpaban en el cerebro. «No abras la boca.» «Pero necesito respirar.» «Aguanta.» No podía morir en aquella charca apestosa e inmunda. De ninguna manera. Alice la esperaba, y Fran tenía que regresar porque...

Algo se rompió. Notó un dolor agudo en el cuello. Un mareo repentino. Los pulmones ya no le ardían, porque ya no sentía el cuerpo. Sus extremidades flotaban, inútiles. Ya no podía resistirse ni luchar contra lo inevitable. Se le abrió la boca, laxa. Y lo último que le pasó por la cabeza mientras el agua entraba a raudales fue... «Alice odia los puzles...».

26

Gabe había intentado disuadir a Jenny. Había memorizado casi por completo *El gran libro de nombres de niña*, pero ella se había mantenido en sus trece. «Quiero que se llame Isabella.»

Además, habían llegado a un acuerdo. Si era niña, ella decidiría el nombre. Si era niño, lo elegiría él. A Gabe le había parecido un poco sexista, pero sabía que no convenía discutir con una mujer embarazada.

Cuanto más se esforzaba por convencer a Jenny, más se cerraba ella en banda. Era un rasgo suyo que siempre le había encantado: su tozudez, su renuencia a dar el brazo a torcer solo para complacer o apaciguar a alguien. Sin embargo, en ese tema él habría preferido que ella se hubiera mostrado un poco más flexible.

—La mayoría de las mujeres no optaría por un nombre que no le gustara a su esposo —había señalado.

—La mayoría de las mujeres no están casadas con gilipollas. ¿Qué puto problema tienes con «Isabella», a todo esto?

Él no pudo responder. No podía explicárselo. Desde luego no podía sacarle esa idea de la cabeza, así que intentó persuadirse a sí mismo de que solo era un nombre. Un nombre bonito. Además, sería su Isabella, su bebé. Una persona completamente distinta.

Es cierto que cuando nació, él se olvidó de todo enseguida, salvo de lo bonita y ruidosa que era, lo increíbles y agotadoras que eran sus vidas ahora que esa personita se había adueñado por completo de ellas.

Aun así, decidió llamarla «Izzy».

Y las pesadillas regresaron.

Se dijo que era por el estrés de la paternidad, que era normal, con lo dispersa que tenía la cabeza. Ya se acostumbraría. Las cosas acabarían por calmarse.

Intentaba no escuchar la insistente vocecilla que le decía que ponerle Isabella a su preciosa niña no auguraba nada bueno. Que acarrearía mala suerte.

Se puso de pie tan deprisa que la taza de café se tambaleó y derramó posos fríos sobre el platillo. ¿Cómo había podido olvidar qué día era? «Día de visitas.» ¿Cómo podía no haber oído el tintineo del teléfono para recordárselo? «Mierda, mierda, mierda.» Recogió sus bártulos y los metió de nuevo en la bolsa. Tenía que marcharse ya.

Se dirigió a paso veloz a la autocaravana y sacó las llaves. Frunció el ceño. La puerta lateral estaba abierta, solo una rendija. ¿Se había olvidado de echar el seguro, o la había forzado alguien? La abrió del todo y subió al vehículo.

Había un hombre dentro, tranquilamente sentado en el pequeño sofá cama. Lo más extraño fue que Gabe lo reconoció. Era el policía joven que había visto en la cafetería. El agente de tráfico que iba solo.

La disparidad, lo surrealista de la situación, lo dejó descolocado por unos instantes.

—Perdone, pero ¿qué...?

El hombre se levantó y lo golpeó en la cara. Fue algo tan repentino, tan inesperado, que Gabe ni siquiera tuvo ocasión de alzar el brazo para defenderse. Se dio con la cabeza contra un lado de la autocaravana. Las piernas le flaquearon. Antes de que pudiera enderezarse, el hombre le arreó otro puñetazo, esta vez en la garganta. Gabe jadeó y resolló, intentando respirar, pero la garganta le ardía como si alguien lo hubiera obligado a tragar brasas al rojo vivo.

El hombre cogió la bolsa bandolera de Gabe.

Este intentó gritar «¡No!», pero de su boca solo salió un «¡Nnnurrrggghhh!».

Extendió la mano hacia la bolsa y consiguió agarrar la correa. El hombre le lanzó otro directo. Gabe agachó la cabeza hacia un lado. Sujetó la correa con fuerza mientras el otro tiraba de la bolsa. En medio de aquel tira y afloja, Gabe logró sacar fuerzas de la desesperación.

El hombre tomó impulso con el puño y le propinó un fuerte golpe en el costado, que le provocó un dolor intenso y abrasador. De forma instintiva, Gabe se llevó los brazos al estómago, soltando la bolsa. El hombre la cogió de inmediato, abrió la puerta de un empujón y bajó de un salto. Gabe intentó salir tras él dando traspiés, pero el dolor se lo impidió. Se desplomó en el suelo. A través de la puerta abierta, vio que el hombre se alejaba tan campante.

Trató de agarrarse a la puerta para ponerse de pie, falló y cayó de la caravana sobre el duro asfalto. Soltó un alarido, sujetándose el costado, le dio la impresión de que goteaba una sustancia caliente. El hombre ya no era más que una silueta. No podía dejar que se llevara la bolsa. Dentro estaban su portátil, la Biblia, la libreta, el coletero: todo lo que tenía.

Intentó arrastrarse por el suelo, pero se le agotaban las fuerzas. Se tumbó boca arriba, respirando a grandes bocanadas. El cielo brillaba demasiado. Cerró los ojos. Oía unos gritos apagados. Luego, más cerca, una voz:

—Madre mía. Joder... ¿qué ha pasado?

No podía responder. La oscuridad era como un bálsamo. En ella no habría más dolor.

Pero la voz no lo dejaba en paz.

—Abre los ojos. Mírame. Voy a llamar una ambulancia, pero tienes que estar despierto.

Abrió los ojos. Había un rostro sobre él. Le resultaba conocido. Agradable, pero cansado. La camarera amable.

—Creo... —Apartó la mano de su costado y contempló las gotas rojas que le caían de los dedos—. Creo que me han apuñalado.

27

Alice esperaba. Intentaba que no se notara que estaba esperando, preocupada o asustada. Pero en realidad lo estaba, y mucho.

Fran ya debería estar de vuelta. Había dicho que no tardaría más de una hora, hora y media como máximo. Ya habían pasado más de dos horas. Habían rematado todos los puzles viejos (y, a decir verdad, bastante cutres) de la señora y habían hecho intentos torpes de entablar conversación. Aunque Fran le había indicado lo que debía decir, a Alice le costaba acordarse de las cosas y no meter la pata, como cuando se olvidaba de llamarla «mamá». Eso la irritaba bastante.

Había algo en la señora que también le daba un poco de miedo. Sonreía demasiado. Esto no le gustaba a Alice, y no solo porque tenía los dientes amarillos. Parecía muy nerviosa. Le temblaban las manos cuando intentaba colocar las piezas del puzle. Además, despedía un olor acre y extraño.

Su intranquilidad ponía cada vez más tensa a Alice. La anciana no paraba de preguntarle si quería algo más de beber o de comer, incluso cuando la niña tenía el vaso medio lleno y ya se había comido de mala gana tres galletas rancias. Al final, solo para que se callara, Alice le dijo que vale, que un poco más de refresco estaría bien. Esto pareció poner contenta a la mujer, así que la chiquilla aprovechó la oportunidad.

—¿Puedo ir al baño?

—Oh, ya lo creo. Está arriba, primera puerta a la izquierda.

—Gracias.

Alice agarró su bolsa y subió las escaleras hasta un estrecho rellano. La puerta del baño estaba abierta, pero en realidad ella no necesitaba ir; solo quería librarse de la anciana durante un rato. De todos modos, el baño tenía un aspecto anticuado, decorado en un tono de verde horrible y con unas alfombrillas lanudas pisoteadas y mugrientas en el suelo.

Había tres puertas más. La más cercana estaba entornada. Alice echó una ojeada al interior. Saltaba a la vista que se trataba de la habitación de la señora. Había un montón de muebles oscuros, una cama de matrimonio cubierta con un edredón acolchado. En la mesilla de noche había dos fotografías con marcos plateados elaborados. Alice se debatió en la duda. Por lo general no era una niña cotilla. Sin embargo, estar en aquella casa había despertado su curiosidad.

Caminó sobre la alfombra sin hacer ruido y cogió la primera foto. Cuatro personas posaban en lo alto de un acantilado, bajo el sol. Reconoció a la señora, más joven y contenta, y a Fran, con muchos años menos, cuando apenas era mayor que Alice. En la imagen aparecían también dos niñas pequeñas. Las hermanas de Fran. Alice nunca se había imaginado que tuviera familia. Siempre habían estado las dos solas. En la segunda fotografía salía la señora junto a un hombre con el cabello ralo, una amplia sonrisa y ojos azules con arrugas en las comisuras. A Alice le pareció simpático. Buena persona.

Dejó la fotografía donde estaba. Oía un tintineo de vasos procedente de la cocina. La mesilla de noche tenía dos cajones. Abrió uno de ellos. Contenía un frasco de Vicks, unos pañuelos cuidadosamente doblados y, asomando por debajo, lo que parecían varios recortes de prensa. Alice los sacó. Aunque se le daba bien leer, se le resistía un poco la letra pequeña de los periódicos. Aun así, logró descifrar los titulares:

PROPIETARIO DE UNA CASA,
ASESINADO DURANTE ATRACO FALLIDO.

HORROR EN UNA URBANIZACIÓN DE LAS AFUERAS.

Alice reconoció la casa que mostraban las imágenes, y al hombre que aparecía en la foto de la mesilla. Simpático, pero muerto, pensó.

Se quedó mirando las páginas antes de guardarlas de nuevo en el cajón y cerrarlo. Salió con sigilo de la habitación y comenzó a bajar las escaleras. Se detuvo a medio camino. Oía que la anciana hablaba con alguien en la cocina. Por unos instantes, se animó. Fran había regresado. Echó un vistazo por encima de la barandilla. Pero la señora estaba sola, con un vaso de un líquido rojo en una mano y el teléfono en la otra.

—Sí, está aquí ahora. No, no creo que su madre vaya a volver. Me parece que está metida en algún lío.

Se produjo una pausa.

—Unos ocho años. ¿Pueden venir rápido? Gracias, agente.

La policía. La vieja tonta había llamado a la policía. Alice tenía que marcharse. Cuanto antes. Bajó corriendo las escaleras y se dirigió a toda velocidad hacia la puerta principal. Estaba cerrada con llave. Mierda.

—¡Alice! —gritó alguien a su espalda.

La anciana estaba de pie en la puerta de la cocina. Alice miró a su alrededor, desesperada, hasta que vio la llave sobre la mesa del recibidor. La agarró y la insertó en la cerradura.

—¡Quieta ahí!

—No. Has llamado a la policía.

La mujer se movió más deprisa de lo que Alice esperaba. Consiguió agarrarla del brazo.

—Escúchame...

—¡Suéltame!

Alice se liberó el brazo de un tirón.

—¡Vuelve aquí!

Alice abrió la puerta y salió dando tumbos.

—Tu madre no va a volver —chilló la vieja tras ella—. Te ha abandonado. Espera y lo verás.

Alice no esperó. Las lágrimas la cegaban. No tenía idea de adónde iba, pero hizo lo que le habían enseñado a hacer.

Alice echó a correr.

28

—Siete puntos. Ningún órgano importante afectado. Ha tenido suerte de que fuera solo un rasguño.

Gabe clavó la vista en la joven doctora, delgada, de cabello rojo encendido y un adusto acento del norte. Costaba discernir si hablaba en broma o no.

—Esto... gracias —murmuró.

—Claro que, si su amiga no lo hubiera encontrado, tal vez ahora estaría muerto.

—¿Por un rasguño?

—A su edad, el choque y la pérdida de sangre pueden provocar un fallo cardíaco.

—Vaya, pues gracias... otra vez.

Ella asintió con un movimiento enérgico, satisfecha de que él hubiera cobrado conciencia de la magnitud de su experiencia cercana a la muerte.

—¿Tengo que quedarme en el hospital? —preguntó él.

Ella estudió su historial, claramente preguntándose si la «experiencia cercana a la muerte» requería de verdad que el paciente ocupara una cama esa noche.

—Le recetaré unos antibióticos para que se los tome en casa —dijo antes de alejarse a paso veloz.

Él se recostó sobre las duras almohadas de hospital. En el Servicio Nacional de Salud, los recortes habían afectado tanto a la compasión como a todo lo demás, pensó.

Notaba un dolor punzante en el costado y una tirantez en la

piel debida a los puntos de sutura. Suerte. Había tenido suerte, se recordó. De hecho, la doctora estaba en lo cierto: si la camarera rubia no hubiera bajado de su coche en el momento en que él perdía el equilibrio y caía de la autocaravana, seguramente habría pasado unos minutos vitales ahí tirado, desangrándose. Pero ella lo había visto, le había restañado la herida con su pañuelo y había llamado a urgencias. Después había estado hablándole, intentando mantenerlo consciente hasta que llegó la ambulancia. Le había dicho que se llamaba Katie. Un nombre bonito.

Le debía la vida. De hecho, empezaba a considerarla una especie de ángel de la guarda que se le aparecía en los momentos más apurados. O tal vez era un efecto de los calmantes.

Cerró los ojos y, esta vez, vio de nuevo al hombre, clavándole el cuchillo en el estómago y alejándose tranquilamente con su bolsa. El policía de la cafetería. No podía tratarse de una casualidad. O había un fallo en *Matrix*, o el hombre había estado siguiéndolo, aguardando una oportunidad para actuar. Pero ¿por qué? La voz del Samaritano le resonó en los oídos:

«Olvídate de que has visto esas palabras... No te pringues con esa mierda.»

¿Tendría algo que ver con La Otra Gente? ¿Había topado Gabe con algo importante, algo por lo que valiera la pena que lo agredieran? Dudaba mucho que al poli le interesara su portátil antediluviano, pero ¿y el sitio web? ¿O tal vez iba tras la información contenida en la libreta o en la Biblia, tras los códigos?

Parecía descabellado, pero las últimas cuarenta y ocho horas habían sido para él un descenso vertiginoso por la madriguera del conejo. El coche, Harry, las fotos... No era precisamente lo habitual en su rutina diaria. Y lo peor —aparte de que habían estado a punto de matarlo— era que ya no tenía ninguna de las cosas que había rescatado: el mapa, la libreta, el coletero, la Biblia... Se lo habían quitado todo.

—¿Señor Forman?

Abrió los ojos al oír la voz entrecortada de la doctora. No estaba sola, había una mujer detrás de ella, junto a la cama. Cuarentona, menuda, de cabello rubio muy corto y una expresión de cansancio que parecía decir: «¿De verdad esperas que me trague eso?».

Gabe conocía demasiado bien esa mirada. Se había sentido objeto de ella muchas veces durante la investigación del asesinato de su familia.

Estaba casi seguro de que, de no ser por los puntos y los medicamentos, se le habría caído el estómago a los pies.

—Gabriel. —La inspectora de policía Maddock le dedicó una sonrisa fría—. ¿En qué lío se ha metido usted ahora?

29

Katie limpiaba mesas, recogía tazas vacías, llenaba tazas limpias, sonreía, cobraba y daba el cambio. Al menos, eso hacía su cuerpo. La mente la tenía en otra parte. Aunque vagaba en círculos, volvía una y otra vez a lo mismo: la imagen del hombre delgado en el suelo, con sangre oscura manándole del costado. Los ojos llenos de pánico. *Déjà vu*. Le recordaba demasiado a su padre. Con la diferencia de que el hombre delgado seguía con vida. De momento.

Cuando la gente habla de la muerte, a menudo alude a la paz y la resignación. No era eso lo que había visto en los ojos de su padre. Había visto terror, asombro e incredulidad ante el hecho de que la vida, que siempre damos por sentada, que, llevados por falsas ilusiones, creemos asegurada y permanente, nos pudiera ser arrebatada con tanta facilidad.

Intentamos no pensar en la muerte. Y, cuando lo hacemos, la vemos como algo lejano y abstracto. Nunca imaginamos que nos tenderá una emboscada en nuestro propio garaje una noche de finales de primavera. Del mismo modo, nos convencemos de que nunca nos sobrevendrá una tragedia porque, de algún modo, nos consideramos especiales e inmunes. Lo peor que puede pasar les pasa a los demás.

Restregó con saña una mancha pegajosa en una mesa hasta que se rindió y le puso una carta encima. No dejaba de preguntarse cómo se encontraría el hombre delgado. Gabe. Él le había dicho cómo se llamaba mientras esperaban la ambulancia. Pensó en llamar al hospital, solo para comprobar que estaba bien. Echó un vistazo al reloj. Faltaba solo una hora para que terminara su turno. El ajetreo de la tarde había amainado. Ethan (estaba casi segura de que ese sí era Ethan) estaba ocupado en la barra, charlando con una clienta guapa.

Guardándose el trapo en el bolsillo, se encaminó a paso veloz hacia el vestuario. Una vez dentro, abrió su taquilla y sacó el móvil. Hospitales, se dijo. Suponía que el más cercano era el de Newton. Buscó el número en Google y pulsó «Llamar».

—Hospital General de Newton, ¿diga?

—Sí, hola. Llamaba para preguntar por un paciente ingresado esta tarde. Lo habían apuñalado.

—¿Nombre?

—Gabe.

—¿Apellido?

—Ah. —Ignoraba cómo se apellidaba—. Lo siento, no lo sé.

—Me temo que no podemos facilitar información sobre nuestros pacientes sin contar con más datos.

—Solo quería saber si se encuentra bien.

Unos momentos de silencio.

—Creo que no consta que se haya producido ningún deceso hoy.

—Vale. Bien. Gracias.

Colgó y se mordisqueó el labio. No tenía otra manera de contactarlo. No sabía su apellido ni su número de teléfono. Pero... un momento. Sí que tenía su número. Figuraba en la octavilla de «persona desaparecida» que él le había entregado siglos atrás. ¿ME HAS VISTO? Estaba segura de que aún la tenía en casa, en alguna parte, le dio pena tirarla. Tenía que encontrarla. Bueno, no era imprescindible. Podía dejar estar el tema. El hombre no había muerto. En realidad, era todo cuanto necesitaba saber.

Sin embargo, no lograba librarse de la acuciante inquietud que la embargaba. La preocupación le corroía las paredes del estómago. No creía en presentimientos ni paparruchas por el estilo. La mañana que había llegado a casa de sus padres y encontrado a su padre aplastado no había experimentado corazonada alguna, ni el más leve escalofrío, tampoco había vislumbrado una sola nube en el cielo despejado. Nada. Aun así, ahora no podía sacudirse la sensación de que algo malo estaba a punto de suceder o ya estaba sucediendo. Llevaba la semilla de la intranquilidad plantada en su interior, y sentía cómo crecía y extendía las raíces.

Llamó a su hermana.

—Hola.

—¿Qué tal, Lou? Solo quería saber cómo va todo.

—¿Por qué?

—No sé. Por saberlo.

Lou exhaló un sonoro suspiro.

—Los críos están bien. Están viendo *Scooby Doo*. Estoy preparándoles palitos de pescado con patatas para la cena, como me indicaste.

—Ah, sí. Qué bien. Gracias. Hasta luego.

Cortó la comunicación y acto seguido, presa de la paranoia, telefoneó a su madre. El tono de llamada sonó tantas veces que creyó que saltaría el contestador. A lo mejor estaba acostada, o ya iba trompa. Entonces oyó un leve chasquido.

—¿Dónde estabas? —espetó la voz de su madre—. Te he llamado hace horas.

Frunció el entrecejo.

—¿Mamá? Soy yo, Katie.

—¿Katie?

—¿Quién creías que era?

Se produjo una pausa.

—¿Está ahí? ¿Por eso me llamas?

—¿Quién está aquí? Estoy en el trabajo. ¿Va todo bien?

—No, claro que no. Se cree que puede presentarse después de tantos años... —Su madre se interrumpió—. Espera. Ha llegado la policía. Ya era hora.

—¿La policía? ¿Por qué?

—La he llamado porque ella no regresaba.

—¿Quién, mamá?

—Fran, tu hermana. Tengo que dejarte.

Un chasquido repentino puso fin a la llamada. Katie se quedó mirando el teléfono.

¿Fran? ¿Fran había vuelto? No. Imposible. Además, sin duda su madre sería la última persona a la que acudiría. Nunca se habían llevado bien, ni siquiera antes de que muriera su padre. Después, ninguna de las dos había sentido la necesidad de comportarse con cortesía, ni siquiera fingida. En realidad, no era de extrañar que Fran hubiera querido irse lejos, cortar todos los lazos. Se había marchado para siempre el día del funeral de su padre.

Pero no sin antes contarle a Katie lo que había hecho.

Katie intentó pensar de forma racional. No se podía fiar de lo que decía su madre cuando había bebido. Se ponía paranoica, agresiva. Ya había llamado a la policía varias veces, convencida de que sus vecinos la espiaban, de que algún extraño intentaba entrar en su casa o de que un hombre la observaba. Sus denuncias siempre quedaban en nada. Por otro lado, hoy no parecía tan borracha. Más bien nerviosa, tensa. Además, ¿por qué habría de inventarse una historia sobre Fran?

Katie se guardó el móvil en el bolso. No podía esperar a que acabara su turno. Tenía que saber qué estaba pasando. De inmediato. Se puso la sudadera con capucha, agarró su bolso y salió a toda prisa del vestuario.

La cola empezaba a alargarse. Junto a la chica guapa ahora había un joven apuesto.

—¿Dónde estabas? —la reprendió Ethan.

—Lo siento. Tengo que irme. Emergencia familiar.

—¿Ahora? ¿Vas a dejarme solo?

—Será solo una hora. Te las arreglarás.

—Deberían pagarme un plus por eso.

—Oh, creo que el dinero que mangas del bote de las propinas cuando crees que nadie te mira es un plus más que suficiente.

Tras dedicarle una sonrisa encantadora, Katie salió a toda prisa de la cafetería intentando ignorar la sensación de que ya era demasiado tarde.

30

—Hábleme de la última vez que vio a su hija, señor Forman.

—Ya se lo he dicho... Estaba en un coche viejo y destartalado que iba por la M1 en dirección norte, entre las salidas 19 y 21.

—Ambos sabemos que eso no es posible, señor Forman.

—¿Ah, sí?

—Usted llamó a su casa a las 18.13. Asegura que vio a su hija unos diez minutos antes, y no obstante sabemos que para entonces su esposa y su hija ya habían muerto.

—No —replicó él sacudiendo la cabeza, lo que le había agudizado la persistente jaqueca que padecía desde hacía días, por toda la presión acumulada. ¿Por qué nadie lo escuchaba? Se equivocaban. Se equivocaban de medio a medio.

—Señor Forman, somos conscientes de lo difícil que es esto.

—No, no lo son. Me dicen una y otra vez que mi esposa y mi hija están muertas, pero yo la vi. Mi pequeña está en algún lugar. Ha habido un error.

—No hay ningún error, señor Forman. Y ahora, ¿puede explicarnos dónde estaba el 11 de abril, entre las cuatro y las seis de la tarde?

—Silencio.

—Ese día no fue a trabajar. ¿Dónde estaba? Podemos seguir el rastro de su móvil, así que será mejor que nos lo diga. ¿Dónde estaba cuando asesinaron a su mujer y a su hija?

La inspectora de policía Maddock lo evaluó con la mirada. No era una mujer carente de atractivo, pero había algo en el color anodino de sus ojos, en su cabellera platino y su piel pálida que le conferían un aspecto frío. Como de un ángel de piedra, pensó Gabe. Sin el menor rastro de afabilidad ni calidez. Habría podido tirar de tópico y suponer que esa actitud formaba parte de su trabajo, pero sospechaba que se debía más a su personalidad que a su profesión. Estaba seguro de que incluso saludaba a su madre con un seco apretón de manos.

—En fin —dijo ella—, esperaba que se hubiera montado con su caravana en un ferri y se hubiera ido a algún lugar caluroso y soleado.

—En otras palabras, que me hubiera dado por vencido, ¿no?

—Que hubiera seguido adelante con su vida.

—Es lo que hago. Todos los días.

Ella lo miró de arriba abajo.

—¿Y cómo lo lleva, Gabriel?

Él se removió en su asiento.

—Me habría imaginado que un apuñalamiento sería un delito de poca monta para usted. ¿O es que la han degradado y ya no está en Homicidios?

—No. Pero me gusta tener a algunas personas controladas. Cuando su nombre apareció en la base de datos de la policía, me lo notificaron y decidí pasarme a verle en persona.

—Caray, qué detalle, gracias.

—De nada. —Sacó una libreta—. Bueno, ¿qué fue lo que pasó exactamente?

Él cogió el vaso de agua que tenía junto a la cama y bebió un sorbo. La garganta se le había secado de repente.

—Fui víctima de una agresión.

—¿En su autocaravana?

—Sí.

—Y el agresor huyó con su bolsa, que contenía su ordenador portátil, ¿verdad?

—Así es.

—¿Podría describir al sujeto?

—Veinteañero, bajo, fornido. Vestido con uniforme de policía.

—¿Me está diciendo que un agente de policía lo apuñaló?

—No. Estoy diciendo que llevaba uniforme de policía.

—No es lo más típico en un ratero, ¿no?

—No estoy seguro de que lo fuera.

—¿A qué se refiere?

—Lo vi en el café, antes de la agresión.

La inspectora tomó más notas.

—De acuerdo, puedo interrogar a algunos empleados. Tal vez se acuerden de él.

—¿Y las grabaciones de las cámaras de seguridad?

—Estamos trabajando en ello, pero si fue un robo planeado, es probable que su agresor supiera cómo evitar que las cámaras lo grabaran. —Lo observó con ojos más penetrantes—. ¿Cree que le eligió a usted como objetivo? ¿Por qué?

Gabe le sostuvo la mirada. Por lo que había descubierto. Porque se había acercado demasiado a la verdad. Se había acercado demasiado a Izzy. Y estaba casi convencido de que, si se lo decía a la inspectora Maddock, esta cerraría su libreta de golpe y se marcharía. Por otro lado, ¿qué podía perder?

—He descubierto algo. Una prueba de que Izzy sigue viva.

La libreta permaneció abierta. Por el momento. Sin embargo, él notó que Maddock se esforzaba por reprimir una mueca de exasperación.

—¿Qué prueba?

—El coche.

—¿Ha encontrado el coche? ¿Dónde?

—Lo tiraron a un lago.

—Y ¿por qué no llamó usted a la policía?

—Nunca me creen.

—No es verdad. Le creímos cuando dijo que había un coche. Incluso hablamos con testigos que vieron un vehículo que encajaba en la descripción que nos dio usted y que circulaba de forma temeraria por la M1 aquella tarde.

—¿Y por qué no se ofrecieron para declarar esos conductores?

—A lo mejor estaban borrachos. O a lo mejor no habían pagado los impuestos o el seguro de su coche. Puede haber muchas razones. Pero lo fundamental es que la persona que usted vio en su interior no podía ser Izzy, sino una niña que se le parecía.

—Entonces ¿por qué acabó en el lago?

—Vaya usted a saber. A lo mejor era robado.

Gabe notó que su frustración iba en aumento, como la vez anterior. Una sensación de impotencia se apoderó de él, como si fuera un niño que intentaba convencer a un adulto de que las hadas existían.

—Había cosas en el coche: un coletero idéntico a los de Izzy, una Biblia con unos pasajes extraños subrayados y una libreta. Había algo escrito en ella: «La Otra Gente».

La inspectora lo miró con interés.

—¿La Otra Gente?

—¿Le suena ese nombre?

Ella mantenía fijos en él sus ojos escrutadores.

—Esos objetos... —le dijo en tono pausado—. Estaban en la bolsa que le robaron, ¿verdad?

—Sí.

—Entiendo.

—No, no lo entiende. Por eso me atacaron. Querían destruir las pruebas.

La mujer exhaló un suspiro profundo, acompañado de un ligero olor a pastillas de menta y de un tufo más fuerte a escepticismo.

—¿Qué pasa? —inquirió Gabe, desafiante—. ¿Cree que me lo estoy inventando todo? ¿Que me apuñalé a mí mismo?

Ella no respondió y, de pronto, a él no le cupo la menor duda de que eso era justo lo que estaba pensando.

Se dejó caer de nuevo sobre las almohadas.

—Hostia puta.

—De acuerdo —dijo ella—. Indíqueme dónde está el coche y como mínimo me encargaré de que lo saquen del lago.

Gabe se debatió en la duda. Si le revelaba la ubicación del

coche, encontrarían el cuerpo y le preguntarían por qué no había mencionado el pequeño detalle del cadáver en descomposición.

—No me acuerdo.

—¿No se acuerda?

—Del lugar exacto, no.

—¿Encuentra milagrosamente el coche que lleva buscando tres años y no recuerda el lugar exacto?

No contestó. Esta vez, la libreta sí que se cerró de golpe. Maddock sacudió la cabeza.

—Descanse un poco, señor Forman. Hemos terminado por hoy.

No. Estaba a punto. A punto de conseguir que ella le creyera. Pero no tenía nada más, salvo... las fotografías. Las había guardado en la cartera, no en la bolsa del portátil. Aún le quedaban las fotos.

—¡Espere! —Su chaqueta estaba colgada del respaldo de una de las sillas de plástico. Gabe bajó las piernas de la cama y, cuando extendió el brazo para cogerla, torció el gesto por la repentina y ardiente oleada de dolor que sintió en el costado—. Hay algo más. Tengo esto.

Tras rebuscar en su cartera, extrajo las fotos y se las tendió a Maddock con tal brusquedad que ella retrocedió ligeramente.

—¿De dónde las ha sacado?

Él vaciló antes de responder. Aunque estaba casi seguro de que Harry era un embustero hijo de puta, no quería entregarlo a la policía. Todavía no.

—No puedo decírselo.

Ella apretó los labios.

—Al parecer, hay un montón de cosas que no puede decirme.

—Oiga..., alguien me mandó las fotos. Creo que esa persona intentaba convencerme de que Jenny e Izzy estaban muertas, pero le salió el tiro por la culata. Por el arañazo.

Ella estudió la fotografía con los ojos entornados.

—No veo ningún arañazo.

—Exacto. Esa mañana, nuestro gato arañó a Izzy. Y, sin embargo, no se aprecia ningún arañazo en esta foto.

—El arañazo del gato debió de producirse otro día. Está usted confundido.

—No, en absoluto. Solo estoy harto de que me acusen de mentiroso.

—Nadie le está acusando de mentiroso. Aunque le parezca increíble, no soy su enemiga.

—Usted creía que yo era un asesino.

—En realidad, nunca lo creí. No encajaba. La idea de que usted fue a su casa en coche, asesinó a su esposa y a su hija, se lavó, enfiló de nuevo la autopista y llamó desde la estación de servicio, eludiendo todas las cámaras de tráfico como por arte de magia... No tenía sentido. Y luego estaba la llamada anónima.

Gabe también había pensado en esa llamada que denunciaba que alguien había entrado por la fuerza en su casa, justo antes de los asesinatos. No la había realizado un vecino. La policía había concluido que el autor debía de ser un transeúnte preocupado. Pero ¿por qué no había revelado su identidad?

—Y yo que creía que era por mi cara de ciudadano honrado —comentó.

—Nunca hay que fiarse de quien parece honrado. —Tras una pausa, añadió—: Claro que, si nos hubiera dicho desde el principio dónde estaba en realidad, nos habría facilitado mucho la tarea.

—¿Para que me juzgara por eso también?

—Un tribunal lo juzgó y dictó sentencia.

—Por favor —le rogó él—. ¿No podría investigar lo de las fotografías, consultar al forense o lo que sea? A ver, Harry fue la única persona que identificó los cuerpos. Es su palabra contra la mía.

—Entonces ¿cree usted que mintió?

—Puede. O puede que... se equivocara.

—Está insinuando que su suegro realizó una identificación errónea de los cuerpos de su esposa y de su hija.

—No, solo del de Izzy.

—¿Tiene idea de lo delirante que parece eso?

—Sí, totalmente.

Maddock cogió las fotos de nuevo. Examinó con más detenimiento la de Izzy mientras Gabe aguardaba con el corazón latiéndole a toda velocidad. Al cabo de un rato, la inspectora se volvió hacia él.

—De acuerdo. Pediré a alguien que eche un vistazo a las fotos. Pero antes..., ¿dónde está el coche?

—Pues...

—No me venga con chorradas.

Gabe caviló sobre lo que debía responder. Podía mentirle, decirle que había topado con el coche por casualidad. Asegurarle que no había mirado lo que había dentro del maletero.

—En Barton Marsh, cerca de la salida 14. Justo pasada una granja hay un área de descanso. Siga a pie por la vereda y llegará hasta allí.

Ella anotó las indicaciones.

—Supongo que no va a contarme cómo lo encontró, ¿verdad?

—No.

—No pasa nada. —Se guardó la libreta en el bolsillo y se dispuso a hacer lo mismo con las fotografías.

—Espere.

—¿Qué pasa?

Gabe titubeó por unos instantes.

—Las fotos... son todo lo que tengo. La única prueba.

—¿Y cree que yo soy uno de esos policías que traspapelan pruebas?

—No, pero...

El «pero» quedó flotando en el aire, acusador.

—Hay veces en la vida en que uno tiene que confiar en alguien.

Tras debatirse en la duda, Gabe asintió.

Maddock se metió las fotos en el bolsillo.

—Gracias. Y ahora, si yo le hago este favor, ¿puede usted hacer algo por mí?

—¿Qué?

—Plantéese lo que le he dicho antes. Siestas. Cócteles margarita al anochecer.

—Lo pensaré.

—Me alegro. Todo el mundo merece una segunda oportunidad.

—Hasta yo.

—Sobre todo usted.

31

Había un coche de policía aparcado delante de la casa de su madre.

Katie paró detrás, tiró del freno de mano y se apeó. Sentía como si su corazón estuviera disputándoles espacio a los pulmones. No podía evitarlo. Ver un coche patrulla estacionado frente a su casa le traía demasiados recuerdos.

A pesar del carácter difícil de su madre, y de lo complicada que era su relación, Katie no dejaba de preocuparse por ella ni de tenerle cariño. No nos percatamos del peso que tiene la presencia de los progenitores en nuestra vida hasta que los perdemos. Tras la muerte de su padre, ella se había sorprendido muchas veces teléfono en mano, a punto de llamarlo, y había tenido que recordarse a sí misma que él ya no podía contestar con un alegre «Hola, cariño». No se trataba de una ausencia temporal. Se había marchado para siempre. Cada vez que cobraba conciencia de ello era como si le propinaran un croché en la mandíbula.

«No es lo mismo», se dijo mientras avanzaba por el camino de entrada. No era lo mismo. Aun así, la intranquilidad que la había invadido en la cafetería se había multiplicado por diez. Tocó el timbre. Unos segundos después, la puerta se abrió.

Su madre se encontraba de pie ante ella. Estaba delgada, ojerosa y más avejentada que nunca. Observó a Katie con suspicacia.

—¿Qué haces aquí? ¿Te ha llamado? ¿La has visto?

—Tranquilízate, mamá. Estaba preocupada por ti, así que he salido del trabajo antes de tiempo y he venido directa.

Su madre la fulminó con la mirada antes de dar media vuelta con brusquedad.

—Será mejor que entres —dijo enfilando el vestíbulo.

Luchando contra la irritación que amenazaba con sumarse a la tensión que la dominaba, Katie la siguió hasta la pequeña cocina de color beis. Un policía joven de rostro rubicundo y cabello rubio rojizo estaba sentado a la mesa, visiblemente incómodo, con una taza de té delante. Frente a la otra silla había una botella de tinto y una copa llena hasta arriba.

«Solo para aplacar un poco los nervios», con toda probabilidad se habría justificado su madre ante él. Katie ya había oído esta excusa antes. Las había oído todas.

—Esta es Katie, otra de mis hijas —señaló su madre mientras se dejaba caer en la silla y tomaba un sorbo de vino. El policía se puso de pie y le tendió la mano.

—Agente Manford.

Katie se la estrechó.

—¿Podría explicarme qué ocurre?

—Estábamos intentando llegar al fondo del asunto.

A Katie le entraron ganas de replicar que el único fondo al que intentaba llegar su madre era el de la puñetera botella de vino, pero se mordió la lengua.

—¿Le ha llamado mi madre?

—Sí, la señora Wilson quiere denunciar la desaparición de una persona.

Katie arrugó el entrecejo.

—¿Quién ha desaparecido?

—Su hermana Francesca...

—Mi hermana se mudó a otro sitio hace años.

—Ha estado aquí hoy —terció su madre.

Katie clavó la vista en ella.

—¿Lo dices en serio?

—Claro que lo digo en serio. Se ha presentado sin avisar y se ha largado de nuevo.

Katie intentó digerir esta información. Fran había regresado. Después de tanto tiempo.

—¿Estás segura de que era Fran?

—Conozco a mi hija.

—Pero ¿dices que se ha vuelto a marchar?

—Sí.

—Bueno, aun así, no creo que puedas denunciar su desaparición si se ha ido por su propia voluntad...

—No quiero denunciar su desaparición. Por mí como si no regresa nunca. Solo causaba problemas. Tú no te acuerdas, porque eras demasiado pequeña...

—Mamá —la interrumpió Katie—, si no querías denunciar la desaparición de Fran, ¿por qué has llamado a la policía?

—Por la niña.

—¿Qué niña?

—Alice. Acababa de dejármela.

—¿Quién es Alice?

—La hija de Fran. Mi nieta mayor.

«¿Su nieta?» Katie abrió la boca y la cerró de nuevo. Estaba a punto de decir que Fran no tenía ninguna hija, pero ¿qué sabía ella? Hacía casi una década que no veía a su hermana. Tal vez contaba ya con una numerosa prole, un montón de sobrinitos a los que Katie nunca había visto.

—Bueno, ¿y dónde está la niña ahora?

—Ha desaparecido. Es lo que intentaba decirte. Se ha escapado. Está por ahí, sola... —El semblante de la mujer se suavizó y, por un fugaz instante, Katie casi vislumbró en ella a la madre que era antes—. Tenemos que encontrarla antes de que le pase algo espantoso.

32

Anochecía, el cielo estaba cargado de nubes densas cuando Gabe—con paso vacilante, dolorido y mareado— salió del hospital. Tenía el bolsillo henchido de analgésicos y un folleto de «Cuidados personales» que explicaba cómo debía proceder si la herida se inflamaba, empezaba a sangrar o a manar un pus amarillento. Curiosamente, la recomendación no era «Siga con sus cosas como si nada».

Había pedido un taxi para que lo llevara de vuelta a la estación de servicio, donde había dejado la autocaravana. Un mensaje de texto le informó de que el taxi estaba en camino. Gabe se quedó esperándolo a la entrada del hospital, de pie, tiritando y fijándose en todos los coches que pasaban.

Había un puñado de fumadores apiñados, todos en bata y zapatillas, uno de ellos sujetaba el soporte de un gotero. Aunque habría quien mirara con desdén a aquellos pacientes dispuestos a pasar frío solo para inhalar su dosis de nicotina, Gabe los comprendía.

Todos tenemos nuestras adicciones, cosas que valoramos más que la vida misma, aunque sabemos que con toda probabilidad acabarán por matarnos. En cierto modo, nos simplifica la existencia saber de qué vamos a palmar. Así la parca no nos pilla por sorpresa. Como decía Bill Hicks, «El problema sois los que os morís de nada».

Sonó un bocinazo. Gabe alzó la vista. Un Toyota blanco con un adhesivo de «Taxis Ace» mal pegado al costado se había detenido en la parada. Gabe se acercó arrastrando los pies. El conductor era un asiático calvo con una perilla pequeña.

—¿Para Gabriel? —preguntó Gabe.

—Sí.

Subió al vehículo con un leve gesto de dolor.

—A la estación de servicio de Newton Green, ¿verdad?

—Sí, gracias.

Se acomodó en el asiento y buscó a tientas el cinturón.

—¿Ha tenido un accidente?

—¿Perdone?

—Muchas de las personas que recogemos aquí son víctimas de accidentes en la autopista. Es el hospital más cercano, ¿no?

—Supongo.

—¿Qué ha pasado?

—Solo una colisión múltiple de nada.

—¿Ah, sí? El otro día me vi envuelto en una, un abuelete sufrió un ataque al corazón al volante...

Gabe se reclinó y desconectó de la conversación. Estaba cansado y aterido; se sentía como un montón de huesos quebradizos envuelto en un exiguo pellejo, como si fuera a quedar reducido a polvo en cuanto pasaran por el primer bache. No dejaba de preguntarse si había hecho lo correcto al hablarle a Maddock del coche y mostrarle las fotografías. Le preocupaba que el Samaritano se molestara. Por otro lado, la cosa no iba con él. Bostezó. Le dolió. La autopista era un desfile borroso de sombras y luces.

—¿Dónde lo dejo, amigo?

El taxi entró en el aparcamiento de la estación de servicio. Gabe debía de haberse quedado dormido unos minutos. El taxista no se había percatado de ello, o no le importaba. Gabe parpadeó.

—Esto... ¿podría seguir hasta el final y parar junto a la caravana Volkswagen?

—Vale.

El vehículo avanzó con lentitud hasta donde seguía aparcada la autocaravana. A Gabe le había entrado un pánico momentáneo. ¿Dónde había dejado las llaves? Se palpó los bolsillos hasta que las encontró en el de la derecha de la chaqueta, donde no las guardaba nunca.

—Gracias. ¿Cuánto es?

—Dieciocho con cuarenta.

Tras experimentar otro breve momento de alarma por la cartera, la encontró en el otro bolsillo, donde solía meter las llaves.

Sacó un arrugado billete de veinte libras y se lo alargó al taxista.

—Cóbrese veinte.

Seguramente no estaba en condiciones de permitirse tanta generosidad, pero estaba tan cansado que le daba igual.

—Hasta otra, colega.

Gabe bajó del coche apretándose el costado con las manos. Echó un vistazo a su alrededor, nervioso. Mientras el taxi se alejaba, parte de él deseaba gritarle al conductor que diera media vuelta. Que no lo dejara ahí solo. Sabía que era una tontería. Había actividad en el aparcamiento. Los vehículos iban y venían. La gente entraba y salía de la bien iluminada estación de servicio. Una mujer delgada se paseaba con un labrador grande y marrón por una estrecha franja de césped, canturreando: «Caca y pis. Vamos, Bourbon. Haz caca y pis».

Lo normal en una estación de servicio. Sin embargo, ya nada le parecía normal. Todo era oscuro, anguloso, más sospechoso. Nunca había pensado en los riesgos que podía entrañar dormir en la caravana. Había oído historias de personas que habían sido víctimas de atracos, pero siempre había creído que, al ser un varón de metro noventa, estaba a salvo. Ahora, la tirantez de los puntos en el vientre le recordó que él también estaba expuesto al peligro.

—¡Muy bien, Bourbon, buena chica!

La perra estaba cagando. La mujer hablaba en un tono de felicidad desbordante. Además, él dudaba que fuera a atacarlo con una bolsa cargada de cacas. Solo necesitaba dormir un poco. Estaba cansado y agitado. Además, no había sufrido un atraco común y corriente, recordó. El hombre ya había conseguido lo que quería. Gabe no creía que fuera a volver.

Abrió la puerta de la autocaravana, subió al interior y se disponía a seguir el ejemplo de la perra cuando oyó una voz:

—Tío, tendrías que cambiar las cerraduras.

El Samaritano tomó un trago del café amargo que Gabe había calentado en la diminuta cocina.

—¿Cómo has entrado?

—Ya te lo he dicho... Necesitas cerraduras mejores.

—Me has pegado un susto de muerte, cabrón.

El Samaritano se encogió de hombros.

De pronto, a Gabe lo asaltó otra duda.

—¿Cómo has sabido dónde encontrarme?

—Tengo mis métodos.

«No me digas», pensó Gabe.

—Me enteré de que habían apuñalado a algún idiota en la estación de servicio de Newton Green. Un varón blanco de cuarenta y pocos años.

—Así que diste por sentado que era yo, ¿no?

—Era inevitable que alguien intentara matarte algún día. ¿Y bien? ¿Qué pasó?

Gabe se lo contó.

—Creo que quería las cosas que encontramos en el coche.

El Samaritano escuchó, con las largas piernas cruzadas y el semblante impasible. Cuando Gabe terminó, permaneció un buen rato callado.

—Está bien —dijo al cabo—. Esto es lo que vamos a hacer.

—¿«Vamos»?

—¿Quieres que te ayude o no?

Gabe tenía a menudo la sensación de que al aceptar ayuda del Samaritano estaba cerrando un montón de pequeños tratos con el diablo. Pero ¿qué alternativa le quedaba?

—Vale —suspiró.

—Tienes que dejar la autocaravana aquí y registrarte en un hotel.

—¿Por qué?

—Porque si te quedas aquí, serás presa fácil.

—Pero si el hombre ya tiene lo que quería.

—Y tú le viste bien la cara.

—¿Crees que volverá?

El Samaritano posó en él una mirada insondable.

—Es lo que haría yo.

—Ya.

—Puedes llevarte mi coche.

—¿Estás seguro?

—Será solo algo temporal. Procura no llamar la atención y espera noticias mías.

—¿Y tú?

—Me quedaré en tu caravana. Si tu hombre vuelve a aparecer por aquí, lo estaré esperando y tendré una pequeña charla con él. ¿Entendido?

Gabe asintió despacio.

—De acuerdo.

—No te preocupes. No volverá a molestarte.

El Samaritano se recostó en el asiento desplegando una gran sonrisa. La extraña y reluciente piedra que tenía incrustada en el diente centelleó. Gabe intentó contener un escalofrío.

Había llegado a la conclusión de que más valía no hacer cábalas sobre qué se ocultaba detrás de esa sonrisa, del mismo modo que intentaba no conjeturar quién era en realidad ese hombre, por qué le ofrecía su ayuda o qué querría pedirle a cambio algún día.

«Algunos me llaman el Samaritano.»

En ocasiones, Gabe se preguntaba cómo lo llamaban los demás.

33

Alice estaba sentada en un columpio en un parque infantil venido a menos, meciéndose con lentitud. Atardecía. Los padres de los niños más pequeños ya se los habían llevado a casa para prepararles la cena, bañarlos y acostarlos. Quedaba un grupo de adolescentes que se impulsaban unos a otros con demasiada fuerza en la minúscula plataforma giratoria.

Alice se columpiaba en silencio con la cabeza gacha. Una niña en un parque infantil pasaba bastante desapercibida, y además ella parecía lo bastante mayor para volver sola a casa. Era lo que Fran le había enseñado: a ocultarse de la vista de todos, en un parque infantil, en un jardín o en los alrededores de un colegio. Cerca de otras familias y padres. En un lugar donde fuera normal ver niños rodeados de otros niños. Si alguien le preguntaba dónde estaba su madre, ella debía señalar a alguien a lo lejos o responder que estaba a punto de llegar. Debía armarse de paciencia y aguardar su llamada.

«Espera a que te llame.»

Era otra de las cosas que Fran le decía siempre. «Si algo sale mal, si no respondo a tu mensaje de texto, espera a que te llame. No me llames tú. Es demasiado arriesgado.»

Lo había intentado. Había esperado y esperado. El móvil permanecía mudo y oscuro sobre su regazo. Entonces se había saltado la regla. Necesitaba oír la voz de Fran. Pero le contestó una voz automatizada que le informó de que el teléfono al que había llamado no se encontraba disponible.

Se mecía adelante y atrás sin parar. El columpio chirriaba como un animal herido. Aún queda tiempo, se dijo. Aún queda tiempo. Lo repetía para sus adentros incluso mientras una ligera llovizna empezaba a caer del cielo como salivazos y los dedos se le entumecían por el frío. Aún quedaba tiempo. Solo tenía que esperar.

Porque no quería pensar en lo que pasaría cuando la espera terminara, en lo que ocurriría si ella se detenía, en lo que esto significaría. No quería pensar en lo último que Fran le había dicho.

«Si no te llamo es porque me ha pasado algo malo. A lo mejor me han hecho daño, o me he muerto. Así que no me llames a mí. Llama a este número. Y sigue el plan que hicimos juntas. ¿De acuerdo?»

Alice recordó que había hecho un gesto afirmativo, creyendo que estaba mostrándose conforme con algo que nunca sucedería. A pesar de lo que ya había sucedido, de aquello tan malo que se suponía que no debían mencionar nunca, aquello tan malo que Alice fingía no recordar. Pero en ocasiones lo recordaba, al menos en parte. Se acordaba del hombre. De la sangre. Y de su madre..., su madre de verdad.

Se había sentido a salvo con Fran. En cierto modo, la quería. No tenía a nadie más. Pero ahora Fran no estaba, y Alice estaba más asustada que nunca.

Se quedó mirando el móvil. Un poquito más, se dijo. Solo un poquito más.

34

Katie detestaba llegar tarde a buscar a sus hijos. Les había prometido una y otra vez que nunca les fallaría, que siempre estaría a su lado.

Incluso antes de que la afición de su madre por el alcohol degenerara en dependencia, había habido muchas ocasiones en que la mujer se había presentado a las puertas del colegio con la mirada vidriosa, poniendo como excusa el tráfico o una reunión. Katie nunca había olvidado aquel hormigueo de intranquilidad en la boca del estómago, la vergüenza de saber que Lou y ella eran las últimas alumnas que quedaban allí esperando, mirando con envidia cómo sus compañeros se iban a casa dando saltitos de la mano de sus mamás, en cuyos coches seguramente no se oía un tintineo de botellas en el maletero cada vez que doblaban una esquina.

Tal vez Katie no había conseguido gran cosa en la vida, pero si de una cosa estaba orgullosa era de ser buena madre. Sí, había cometido errores, como todos los padres. Pero siempre ponía a sus hijos por delante de todo. Siempre se esforzaba al máximo por brindarles una infancia feliz y, sobre todo, segura. Por evitar que la historia se repitiera.

Pero ahora su madre volvía a las andadas, a complicarle la existencia, a poner patas arriba la vida de sus hijos. Llamó al timbre de Lou y esperó. Del interior le llegaba el jaleo habitual: Mia llorando, Sam gritando «¡Ha llegado mamá!», Gracie cantando alguna canción del canal infantil de la BBC.

La puerta se abrió de golpe.

—No me imaginaba que tardarías tanto —protestó Lou mientras dejaba entrar a su hermana.

—Lo siento —se disculpó Katie—. He tenido que ocuparme de un imprevisto.

—¿Mamá?

Katie titubeó por unos instantes.

—En realidad, Fran.

Lou la miró fijamente.

—¿Fran?

Katie le contó lo más rápidamente posible lo ocurrido en casa de su madre.

Lou arqueó aún más las cejas.

—¿Fran tiene una hija?

—Bueno, según mamá.

—No puedo creer que no nos lo dijera. Para empezar, nunca he entendido por qué se largó. O sea, todos queríamos a papá. No es que ella lo quisiera más.

—Sus motivos tendría.

—Tal vez.

Katie se frotó las sienes. Notaba un incipiente dolor de cabeza.

—Espero que ella aparezca y que la policía encuentre a la cría. —«Si es que la cría existe», pensó—. En fin, voy a llevar a Sam y Gracie a casa.

Entraron en el salón, que formaba un solo ambiente con la cocina. Sam estaba absorto en su iPad mientras Gracie y Mia veían *Gigglebiz* en la tele.

—Hola a todos —gorjeó Katie en el tono más alegre de que fue capaz—. Es hora de despedirse de la tita Lou.

—Voy a buscar sus cosas. —Lou salió a paso veloz al recibidor.

«Pues sí que se ha vuelto organizada de golpe», pensó Katie. Además, había advertido que se había peinado e incluso maquillado un poco. Se preguntó por qué. Entonces reparó en la chaqueta colgada del respaldo de una silla de la cocina.

Lou reapareció con las bolsas y abrigos de Sam y Gracie.

—¿Dónde está? —inquirió Katie.

—Perdona, ¿quién? —Lou mentía fatal. Cuando siguió la dirección de la mirada de Katie, encorvó la espalda y su rostro recuperó su habitual expresión enfurruñada—. Hoy no me tocaba recoger a tus hijos. Ya tenía planes. No podía cancelarlos sin más. Te he hecho un favor.

Katie abrió la boca para replicar, pero sabía que esta vez llevaba las de perder.

—Deberías habérmelo dicho —señaló—. Habría preferido saberlo.

—¿Saber qué?

Las dos se volvieron. Steve estaba en el vano de la puerta, con el torso descubierto y la piel reluciente después de la ducha. Bajo y musculoso, tenía la cabeza rapada y un brazo cubierto de tatuajes. Como siempre, su actitud resultaba agradable en un nivel superficial, pero había algo en él que a Katie no le gustaba. O tal vez era que conocía la clase de inútiles con los que solía ligar Lou y por lo tanto se esperaba lo peor de él.

—Hola, Steve —saludó en un tono neutro.

—¿Qué tal, Katie? —sonrió, y a Katie no le cupo duda de que el tipo estaba recreándose con la incomodidad que provocaba en ella su semidesnudez. Le tendió una camisa a Lou—. ¿Podrías poner esto a lavar junto con la chaqueta, como una buena chica?

—Claro.

Lou cogió la camisa y descolgó la chaqueta de la silla. Una chaqueta policial reflectante.

—¿Acabas de salir del trabajo? —preguntó Katie.

—Sí. He estado haciendo horas extra. Pero ahora tengo un par de días libres. —Sin despegar la vista de ella, alargó el brazo para acariciarle el trasero a Lou—. Y pienso aprovecharlos como Dios manda.

Katie esbozó una sonrisa tensa.

—Qué bonito. Bueno, me voy a ir ya. Vamos, Sam, Gracie. Tenemos que irnos a casa. Se hace tarde.

Los metió en el coche a toda prisa, distrayéndoles con preguntas sobre cómo les había ido el día, sus amigos, las clases y lo que habían almorzado. Las respuestas no eran muy variadas: «Bien», «Regular», «No me acuerdo», «Se me ha olvidado», «¿Podemos ver la tele cuando lleguemos a casa?», «Tengo hambre, ¿llevas chuches?».

Solo cuando se encontraban en mitad de la calle principal Gracie le preguntó:

—¿Por qué has llegado tarde, mamá?

Katie le sonrió por el retrovisor.

—Había mucho tráfico, cielo.

Una vez en casa, los instaló a los dos en el salón y fue a prepararles un tentempié antes de que se acostaran. Mientras servía leche y colocaba galletas en un plato, pensó de nuevo en lo que le había dicho su madre.

«Ha estado aquí hoy.»

Vale, la mujer tenía tendencia a inventarse dramas, a dejarse llevar por el histrionismo, movida por el alcohol y la paranoia. Pero había algo en el episodio de aquella tarde que inquietaba a Katie. Su madre parecía muy convencida. Y, no obstante, lo que afirmaba era tan inverosímil... ¿Por qué habría de regresar Fran después de tantos años? ¿De verdad tenía una hija? Resultaba evidente que el joven agente de policía que había acudido a su llamada se lo había creído.

—Difundiré una alerta —había asegurado él mientras ella lo acompañaba a la puerta—. A ver si se han recibido avisos de personas que hayan visto a una niña vagando sola por la calle. Más vale prevenir que curar, ¿no?

«Más vale prevenir que curar.» Katie captó la indirecta: «Creo que tu madre está como una regadera, pero preguntaré un poco por ahí para aliviar la conciencia».

Ella había asentido con la cabeza.

—Entiendo. Gracias.

—¿Nos avisará si tiene noticias de su hermana?

—Por supuesto.

Ella lo había seguido con la mirada mientras subía a su vehículo y se marchaba. Oyó el tintineo de la botella de vino procedente de la cocina.

En realidad, comprendía al policía. A una parte de ella le habría gustado considerar que todo era un mero producto de la alcoholizada imaginación de su madre. Pero, por algún motivo, no podía. Y esto le planteaba algunas dudas:

Si Fran había regresado, ¿por qué había ido a ver a su madre? Nunca habían estado muy unidas. Y si tenía una hija, ¿por qué narices la había dejado y había desaparecido? ¿Y dónde estaba la niña?

Tras disponer el tentempié sobre la bandeja, regresó al salón. Gracie estaba concentrada en *Peppa Pig*, y Sam, tumbado en el sofá, veía *Spider-Man* en su iPad. Ella los contempló unos instantes desde la puerta, relajada al verlos contentos y a salvo en su nido.

Su móvil empezó a sonar. Katie retrocedió, depositó la bandeja de nuevo sobre la mesa de la cocina y contestó.

—¿Diga?

Por toda respuesta, oyó una respiración.

—¿Sí?

—¿Eres Katie? —Era la voz de una niña, titubeante, nerviosa.

—Sí. ¿Quién habla?

Se produjo otra pausa.

—Me llamo Alice. Fran me dijo que te llamara si alguna vez estaba en apuros.

«Alice.»

—¿Dónde está Fran? —preguntó Katie.

—No lo sé. Por favor, ¿puedes ayudarme?

Katie, indecisa, miró a Sam y a Gracie. Calentitos y seguros en su confortable hogar. No podía dejarlos solos, sin más. Entonces pensó: ¿y si ellos estuvieran perdidos, solos y asustados en la oscuridad? Ella querría que alguien les echara una mano.

«Tenemos que encontrarla antes de que le pase algo espantoso.»

—Vale. Dime dónde estás.

35

El pasillo de un hotel. Gabe avanzaba tambaleándose, mirando
las puertas numeradas. El sitio le resultaba tan extraño y poco
familiar como una nave extraterrestre. Echó un vistazo a la tarjeta que tenía en la mano: 421. Leía las indicaciones en las paredes con los ojos entornados. Tras girar a la derecha, luego a la
izquierda y, por último, otra vez a la izquierda, se encontró frente a una puerta con ese número.

Por un momento, no supo qué hacer con el trozo de plástico
que sujetaba. De pronto lo recordó. Deslizó la tarjeta por la ranura situada junto a la manilla de la puerta. Se oyó un zumbido.
Gabe abrió la puerta y entró.

Buscó un interruptor a tientas, lo encontró y lo pulsó. No
ocurrió nada. Lo intentó de nuevo, desconcertado. Entonces le
vino a la mente: la tarjeta. Tenía que introducirla en otra ranura,
junto a la puerta. En cuanto la metió, la habitación se inundó de
luz.

Miró a su alrededor. A la mayoría de la gente el cuarto le
habría parecido pequeño, sencillo. A Gabe se le antojó inmenso. Hacía mucho tiempo que no dormía en una habitación decente, con una cama de matrimonio, una mesa y un baño. El
contraste le impactó como un mazazo. Llevaba tanto tiempo
existiendo en su pequeña autocaravana que ya no se acordaba
de lo que era vivir como una persona normal. El espacio le parecía desmedido. Y el precio también. Gabe contaba con unos
ahorros derivados de la venta de la casa, y sus gastos eran míni-

mos. Aun así, no podía permitirse dormir allí más de un par de noches.

Tiró la bolsa sobre la cama y sacó los calmantes. Acto seguido, se dirigió al baño y llenó de agua un vaso de plástico para engullir las pastillas. Evitó mirar su reflejo. Nunca le habían gustado los espejos, y además sabía lo que vería en él: un hombre delgado y pálido con cabello entrecano y demasiadas arrugas para su edad. Un rostro surcado por las esperanzas perdidas y el arrepentimiento.

Hablamos de la vida como si fuera un elixir mágico, pensó. Y, sin embargo, la vida no es más que nuestro lento avance por el corredor de la muerte. Por más desvíos que tomemos, todos acabamos confluyendo en la misma dirección. La única diferencia está en la duración del viaje. Se llevó la mano a la herida del costado. Esa noche había estado a punto de pasarse al carril rápido.

Salió a la habitación y cerró la puerta del baño. Se sentó en la cama, de pronto sin saber qué hacer. Hojeó la carpeta en la que se enumeraban los servicios del hotel. Televisión, wifi gratuito, bar-restaurante y algo pegajoso entre las últimas páginas. Se apresuró a dejarla donde estaba.

Después de varios intentos, consiguió sintonizar algunos canales borrosos en el televisor. Se dio por vencido y comenzó a pasearse por el cuarto. Echó una ojeada al interior del armario, había varias perchas sujetas a la barra y algunas almohadas extra. Abrió los cajones del mueble situado junto a la cama. Estaban vacíos, salvo por una pequeña Biblia. Se quedó mirándola, pensando en el otro ejemplar, en los pasajes subrayados. «Ojo por ojo.» «La Otra Gente.» Cerró el cajón de golpe.

Debería estar agotado. Y una cama de matrimonio constituía un lujo excepcional para él. Pero ya había dejado atrás el agotamiento. Se sentía alerta, tenso.

Repasó en su mente los servicios del hotel. Bar-restaurante. Seguramente no le convenía beber después de haber perdido tanta sangre y encima habiendo tomado analgésicos. Pero estaba en un hotel desconocido, sin un propósito, sin comida y sin nada mejor que hacer.

Tras coger la tarjeta llave y el teléfono, bajó con paso cansino al bar del hotel.

Pidió una copa de vino tinto y se la llevó a una mesa en un rincón tranquilo. De unos altavoces colgados por encima de él emergía la voz de Neil Diamond, canturreando sobre «Sweet Caroline». Esto después de que Phil Collins opinara que ella era «una amante fácil» y de que Lionel Richie saludara con un «Hola». Gabe estaba seguro de que en algún momento Robbie Williams declararía su amor por los «ángeles», lo que resultaría algo irónico al tratarse de una lista de canciones claramente concebida en el infierno. Música de bar, pensó Gabe, dirigida a personas demasiado borrachas para huir.

Tomó un sorbo de vino. Le supo un poco ácido. No estaba seguro de si se debía a la calidad de la botella o solo al hecho de que hacía mucho que no bebía vino. Jenny y él solían descorchar una botella —o a veces dos— por la noche. Sentados a la barra de la cocina, charlaban sobre cómo les había ido el día, copa en mano. Al menos, eso habían hecho durante un tiempo. Más tarde, él había empezado a beber solo mientras comía su cena recalentada, cuando Izzy estaba ya en la cama y Jenny se había retirado al pequeño estudio con un libro.

A pesar de todo, habría deseado que Jenny estuviera allí. La idea se había colado en su mente como un gato callejero y, una vez instalada, se negaba a marcharse. Recordaba la sensación de sus brazos en torno a él, el aroma a cítricos que despedía su cabello, su cálido aliento en la cara cuando le aseguraba que todo saldría bien.

Hacía mucho tiempo que nadie consolaba a Gabe. Que nadie lo tocaba. Intentaba no pensar demasiado en ello. Aun así, a veces la tristeza se adueñaba de él. Añoraba formar parte de una pareja, yacer junto a un cuerpo femenino por las noches, compartir sonrisas, besos, bromas secretas. Lo añoraba a pesar de que, durante mucho tiempo, la comunicación entre Jenny y él había consistido sobre todo en silencios glaciales. Incluso eso lo echaba de menos.

Para gozar de una vida plena no es imprescindible contar con otra persona. Pero la vida, como un puzle al que le faltan piezas, resulta difícil de completar sin ayuda. Y en ese punto finalizaron los filosofismos etílicos de la noche. Empezó a sonarle el móvil.

—¿Diga?

—¿Gabriel?

Era una voz de mujer. Solo una persona lo llamaba Gabriel.

—¿Inspectora Maddock?

—¿Puede hablar? ¿Le pillo en mal momento?

—Sí. Es decir, no, puedo hablar.

—¿Dónde está?

—En un hotel.

—¿No duerme en la caravana?

—Esta noche no.

—Entiendo. ¿En qué hotel?

—Em... en el Holiday Inn, cerca de la salida 18. Estoy en el bar.

—De acuerdo. En media hora estoy allí.

—¿Por qué? La verdad es que no esperaba volver a hablar con usted tan pronto.

—Se ha producido una novedad.

—¿Qué clase de novedad?

—Se lo contaré en persona.

—¿No puede contármelo por teléfono?

—No. —Tras una pausa, añadió—: Tengo que enseñarle algo.

36

Katie aparcó cerca del parque. Se sentía nerviosa y culpable. Nunca había dejado solos en casa a Sam y Gracie. Joder, podrían denunciarla a la policía. Había cerrado la puerta con llave, pero le había dejado una copia a Sam. En su tono más serio, le había indicado que no le abriera la puerta a nadie que no fuera ella. Le había asegurado que tardaría media hora en volver, como mucho.

Él había puesto cara de exasperación.

—No soy idiota.

—Lo sé. Eres muy maduro y por eso confío en ti.

—¿Adónde vas, mamá? —había preguntado Gracie desde la puerta del salón.

—Voy a ayudar a una niñita que está en apuros.

—¿Por qué?

—Es vuestra prima, está perdida y tengo que traerla a casa.

—¿Tenemos otra prima? ¿Cómo se llama?

—Alice. Bueno, cuando vuelva prepararé chocolate caliente para todos, ¿vale?

—¡Bien! ¡Chocolate!

El parque estaba a solo diez minutos en coche. Katie lo conocía bien. Había jugado allí de pequeña e incluso había llevado a Sam y Gracie en un par de ocasiones. Sin embargo, esa tarde le pareció más pequeño y deteriorado de como lo recordaba. La calle era estrecha y oscura, había varias farolas rotas.

Aun así, la chiquilla había sido muy astuta. El colegio estaba cerca y los padres llevaban a menudo a los críos al parque de camino a casa para que quemaran un poco de energía. A las siete y media, por supuesto, todos los demás niños se habían marchado a sus cálidos y acogedores hogares, con familias que los querían. O al menos eso quería creer Katie. Tal vez no era verdad. Tal vez algunos se habían marchado a hogares en los que sus padres discutían y se tiraban los trastos a la cabeza, o donde papá estaba muy ocupado y mamá pasaba de todo, así que los niños tenían que valerse por sí mismos. Era fácil imaginar que los demás vivían en un cuento de hadas, pero lo cierto era que las relucientes puertas principales, las cestas de flores y el césped recién cortado no mostraban toda la realidad.

Echó el seguro al coche y miró a su alrededor. No había ni un alma; hasta las pequeñas casas de una sola planta que flanqueaban la calle parecían silenciosas y vacías, salvo por las finas franjas de luz que se vislumbraban entre las cortinas cerradas. Ella se estremeció.

«¿Qué haces aquí, Katie? Deberías estar en casa, con tus hijos, y dejar que la policía se encargue de esto.»

Se subió la cremallera de la chaqueta y ahuyentó estos pensamientos. Aunque no sabía qué estaba ocurriendo, sabía que había una niña con problemas, y si algún día uno de sus hijos estaba solo y asustado, esperaba que alguien acudiera en su auxilio. Su padre siempre les decía: «Si no vosotras, ¿quién?».

Llegó al parque y enfiló un sendero que discurría junto a un pequeño estanque. La zona de juegos estaba a su izquierda. Sacó el móvil y buscó el número de la última llamada entrante. Pulsó «Llamar». Otro teléfono empezó a sonar a lo lejos. Esperó hasta que una figura diminuta emergió de entre las sombras de debajo de la torre de escalada.

—¿Alice?

La cría se detuvo a unos metros, insegura. De complexión menuda, iba vestida con vaqueros, botas Ugg y una sudadera oscura con capucha. En una mano llevaba una pequeña mochila rosa adornada con flores moradas. A Katie se le encogió el corazón. Se la veía tan pequeña, tan vulnerable...

—¿Eres Katie?

Ella asintió.

—Sí, soy tu... —titubeó. Se le antojaba extraño emplear la palabra «tía» cuando acababan de conocerse—. Soy la hermana de tu madre.

La niña bajó la vista, sumiendo su rostro de nuevo en sombras.

—Fra... mamá me dijo que si algún día pasaba algo te llamara. Que tú sabrías qué hacer.

—¿Dónde está tu madre, Alice?

—No... no lo sé.

—¿Se ha metido en algún lío?

Alice asintió y se sobresaltó al oír un susurro en los arbustos que tenía a la derecha. Katie también pegó un brinco y escrutó la penumbra con los ojos entornados. El nerviosismo de la chiquilla era contagioso. Seguramente solo se trataba de un pájaro o del viento. Aun así, Katie cayó en la cuenta de que prefería no pasar mucho rato allí, en aquel parque desierto.

—Vamos —dijo—. Se hace tarde.

Alice salió despacio de la zona de juegos, sujetando la mochila a manera de escudo, con los estrechos hombros encorvados. Se paró a pocos pasos de Katie. Cuando los niños tenían miedo, pensó esta, se encogían como erizos, bien arrebujados, con las púas hacia fuera. Pero en algún momento tenían que rendirse, sobre todo cuando estaban cansados y hambrientos.

—¿Has comido algo? —preguntó Katie.

Alice sacudió la cabeza.

—¿Te gustan las tostadas con queso fundido?

Un tímido gesto de asentimiento.

—A mis hijos también.

—¿Tienes hijos?

—Sí. Sam tiene diez años, Gracie cinco. Les gustan las tostadas con queso y salsa HP. ¿Y a ti?

—Me gusta el queso..., pero la salsa HP no.

—Bueno, pues con queso solo.

Katie notó que las púas se retraían poco a poco, que los hombros de Alice se relajaban. Katie le tendió la mano. Tras vacilar por un instante, Alice la cogió.

—Vamos a casa.

La cría permaneció callada durante el trayecto, con la bolsa sobre el regazo. Había repiqueteado de un modo extraño cuando se había sentado, como si contuviera piedras o algo parecido. Aunque a Katie le picó la curiosidad, decidió no tocar el tema. Las preguntas podían esperar. Por el momento, la niña necesitaba comida, descanso y una cama calentita.

Al enfilar la calle donde vivía, volvió a mirar de reojo a Alice. Se había quitado la capucha, descubriendo del todo el rostro pálido y de huesos finos. La larga cabellera negra le colgaba lisa a ambos lados, pero Katie no pudo evitar fijarse en que las raíces eran más claras, casi rubias. ¿Iba teñida? ¿Por qué querría alguien teñirle el pelo a una niña?

Como si se sintiera observada, Alice se volvió hacia ella.

—¿Qué pasa?

—Nada —respondió Katie en tono alegre—. Ya hemos llegado.

—¿Esta es tu casa?

—Sí —dijo Katie, de pronto consciente del aspecto tan minúsculo y cursi que ofrecía su casa adosada, con su cesta de flores y sus macetas de plantas baratas.

—Es bonita —comentó Alice—. Una casa de verdad.

El anhelo en su voz le estrujó de nuevo el corazón a Katie. ¿Qué diablos se le había pasado por la cabeza a su hermana? ¿En qué se había metido? A decir verdad, Katie no había estado muy unida a Fran, ni siquiera antes de que esta se marchara. Eran muy distintas. Fran siempre había sido excitable, impulsiva, respondona. En buena medida como mamá, de hecho. Pero a Katie le parecía inconcebible que hubiera abandonado a su hija sin una muy buena razón, a menos que... le hubiera pasado algo terrible.

—Muy bien. —Puso el freno de mano—. Vamos a darte algo

de comer. —Recorrieron el breve sendero que conducía a la puerta principal. Katie introdujo la llave y abrió—. ¡Hemos vuelto! —gritó, guiando a Alice a la cocina.

Sam y Gracie salieron del salón brincando, movidos por una curiosidad que había vencido a la televisión y al iPad.

—Estos son Sam y Gracie —los presentó Katie—. Y ella es Alice, vuestra prima.

—No sabíamos que teníamos otra prima —declaró Sam.

—La madre de Alice vive muy lejos —explicó Katie.

—¿En Australia? —preguntó Gracie—. Jonas se mudó con su familia a Australia, y eso queda muy lejos.

Katie le dedicó una sonrisa a Alice.

—Jonas era un chico de la clase de Gracie el año pasado —aclaró.

—En Australia hay arañas grandes como platos llanos —dijo Sam—, pero no hacen nada. Las que te matan son las pequeñas.

—Saaam... —lo reprendió Katie, pero Alice sonrió.

—La araña de espalda roja —dijo ella—. Viven debajo del asiento del váter.

—Puaj —opinó Gracie.

Con una mueca de satisfacción, Sam miró a la recién llegada con renovado respeto.

—¿Te gusta Spider-Man?

Alice se encogió de hombros.

—Prefiero a Wonder Woman.

—A mí me gusta Peppa Pig —les informó Gracie.

—Peppa Pig es para chicas —anunció Sam con altanería—. Spider-Man es para chicos.

—A los chicos les puede gustar lo mismo que a las chicas —aseveró Alice.

Sam reflexionó sobre esto.

—Supongo. ¿Quieres que te enseñe mi juego de Spider-Man?

—Vale.

—Buena idea —dijo Katie—. ¿Por qué no os vais todos a la otra habitación mientras yo le preparo algo de cenar a Alice?

Hace rato que debería estar en la cama y aún no ha comido nada. Alice, puedes dejar la sudadera y la bolsa en el recibidor...

—No..., gracias.

—¿Perdona?

—Me... me gustaría quedarme con la bolsa —dijo Alice, sujetando la mochila contra su pecho.

—¿Qué hay dentro? —inquirió Gracie.

—Solo... piedrecitas. Las colecciono.

—Yo colecciono cartas de Lego —afirmó Sam.

—Bueeeno... —dijo Katie despacio. Saltaba a la vista que la mochila floreada era una especie de elemento reconfortante para la niña—. No pasa nada. Deja solo la sudadera. Sam, ¿puedes acompañar a Alice?

El chico guio a Alice al recibidor, con Gracie dando saltitos detrás. Katie sacó pan de molde y queso intentando ignorar la sensación de inquietud en el estómago, la sensación que le decía que había algo muy, muy perturbador en todo aquello. Alice estaba asustada e intranquila, pero mucho menos de lo que debería estarlo. Ni siquiera parecía sorprendida por la repentina desaparición de su madre.

«Me dijo que si pasaba algo te llamara.»

¿Por qué? ¿Qué esperaba Fran que pasara? ¿Por qué le había teñido el cabello a la niña? Y había algo más: Alice había dicho «Fran» en vez de «mamá» por teléfono, y también en el parque, antes de corregirse.

Katie dirigió la mirada hacia el salón, donde se oían los balbuceos de entusiasmo de Gracie. Los niños eran mucho más tolerantes, pensó. Aceptaban mucho mejor los cambios y a las personas que acababan de conocer. Por eso eran tan vulnerables. Alice también era una niña, claro, pero había algo en ella que ponía nerviosa a Katie, que le infundía la sospecha de que su presencia allí suponía un riesgo para todos.

Esperaba haber tomado la decisión correcta esa noche.

Esperaba no haber invitado a un cuco a su nido.

37

Maddock entró en el bar con una bolsa al hombro y los ojos fijos en su teléfono. No alzó la vista cuando se sentó en la mesa de Gabe. Mientras este esperaba a que terminara, le vinieron a la memoria las estrategias de control de los interrogatorios policiales. El objetivo: provocarle un sudor frío, incitarlo a preguntarse qué pruebas tendrían contra él, a pensar que, aunque él sabía que era inocente, tal vez ellos podían encontrar algún indicio que lo incriminara.

Al cabo de unos segundos, Maddock colgó la bolsa del respaldo de la silla, dejó el móvil y lo miró a los ojos desde el otro lado de la mesa. No sonrió. Por otra parte, nunca sonreía.

—Gracias por reunirse conmigo.

Como si tuviera elección.

—No hay de qué.

—Se le ve hecho una mierda.

—Es lo que tiene que te apuñalen.

—Ya.

—¿A qué ha venido, aparte de para compadecerse de mí?

—No se trata de una visita oficial en sentido estricto.

—Ah.

—Así que, para empezar, se lo preguntaré de nuevo, extraoficialmente: ¿de dónde sacó esas fotografías?

Gabe fijó la vista en ella.

—¿Por qué? ¿Ha averiguado algo?

Se reclinó en su asiento y cruzó los brazos. Notaba punzadas en el costado.

Ella lo miró a los ojos.

—Oiga, ¿sabe de qué clase de cosas me ocupo en una jornada de trabajo cualquiera? De chavales que han apuñalado a otros chavales por llevar las zapatillas equivocadas en la calle equivocada. De víctimas de violencia doméstica a las que hemos visitado varias veces y que no presentan cargos hasta que ya es demasiado tarde porque nos encontramos ante un homicidio. De drogatas, alcohólicos y personas con trastornos mentales que deberían estar recibiendo un tratamiento adecuado en una institución, en vez de vagar por las calles abandonados a su suerte hasta que se olvidan de tomar la medicación, le cortan la cabellera a alguien a machetazos y acaban en un calabozo.

—Suena divertido.

—Lo paso pipa. Pero de vez en cuando surge un caso que me recuerda por qué decidí ingresar en el cuerpo de policía. Un caso que me engancha de verdad, que me ronda la cabeza a todas horas, que me mantiene despierta por las noches.

—Como el mío.

—Tenía muchas ganas de encontrar al culpable. Algo no me cuadraba desde el principio. Nunca creí que se tratara de un atraco.

—Y por eso pensaba que yo estaba implicado.

—En nueve de cada diez casos, el culpable es un conocido de la víctima. Pero esa llamada anónima siempre me dio mala espina. Me hacía pensar en la posible existencia de un cómplice. Tal vez alguien que se rajó en el último momento.

Gabe luchó contra la sensación familiar de rabia apretando los dientes para no decir algo de lo que pudiera arrepentirse.

—¿Adónde quiere llegar con todo esto?

—Verá: tengo un amigo que trabaja en el servicio forense. Su oficina me venía de paso camino a casa, así que le pedí que me mostrara los expedientes de su mujer y su hija, incluidas las fotografías de las autopsias.

Hurgó en la bolsa y sacó una gruesa carpeta de plástico. Tras depositarla sobre la mesa, posó la mano sobre ella.

—Antes de seguir adelante, quisiera hacerle algunas preguntas más a título extraoficial.

—Adelante.

—¿Cuántas fotos de su hija diría usted que tenía en casa?

—Una docena, quizá, pero las de las paredes eran más antiguas. Queríamos colgar unas más nuevas..., cambian tan deprisa, pero... —Se le apagó la voz. Pero nunca habían encontrado el momento porque no les parecía algo urgente o importante.

—¿Tiene fotografías más recientes de Izzy?

—Sí, en mi teléfono.

—¿Puedo ver la última?

Gabe sacó su móvil y abrió la foto. El corazón se le desgarraba un poco cada vez que la veía. Era una imagen de Izzy en el parque del barrio. Chupaba un polo mientras sonreía a la cámara, con los ojos ligeramente entornados.

No salían muy a menudo los dos solos. Pero Jenny había pillado un resfriado muy fuerte, de modo que él se ofreció para llevar a Izzy al parque, así la dejaría descansar. Era un día demasiado caluroso para la época del año, el cielo era azul y hacía un sol esplendoroso. Izzy estaba eufórica y parlanchina. «Papi, colúmpiame.» «Papi, mira cómo bajo por el tobogán.» «Papi, mira lo alto que salto en la cama elástica.»

Después, dieron de comer a los patos y se sentaron delante del pequeño café para que Izzy se comiera el polo de naranja que le dejó manchurrones en el vestido rosa. Fue una pequeña dosis de perfección, unas horas preciosas durante las que todos los astros de su universo se habían alineado, y él cayó en la cuenta de que era feliz.

Y después se terminó. Él le prometió a Izzy que volverían a hacerlo. Y, por supuesto, eso no había sucedido. Porque otras cosas, asuntos menores, sin importancia, se habían interpuesto en sus planes.

—¿De cuándo es esta foto? —preguntó Maddock.

—Pues... tiene una fecha. —Se la mostró en el teléfono.

Ella la miró, achicando los ojos.

—Así que le tomaron la última foto bastantes meses antes del crimen.

—Sí. Jenny estaba ocupada. Los dos lo estábamos. —Frunció el ceño. ¿En qué momento habían dejado de documentar cada instante de la vida de Izzy? ¿Cuándo se habían convertido en una familia tan fragmentada?

—¿La fotografía que se publicó en prensa era un retrato escolar?

—Sí, del año anterior.

Los dedos de Maddock tamborilearon sobre la mesa.

—Su suegro realizó la identificación formal. ¿Quién lo decidió así?

—Nadie, en realidad. Se suponía que iba a encargarme yo, pero no me encontraba bien y me desmayé...

—¿O sea que nunca llegó a ver a su hija después de su muerte?

—No.

La inspectora se mordisqueó el labio y de inmediato resultó evidente que había tomado una decisión.

—Vale. Estas son las fotos que usted me facilitó. —Abrió la carpeta de plástico y dispuso las fotografías de Jenny e Izzy sobre la mesa, una al lado de la otra. Dejó que él las contemplara por unos momentos—. Y esta... —Extrajo otra foto de la carpeta y la colocó junto a la de Jenny— es la imagen de su esposa que me ha proporcionado mi amigo del servicio forense.

Gabe se quedó mirando la fotografía. Era idéntica a la que le había dado Harry. No se le cayó el alma al suelo. Ya se lo esperaba. A veces, uno sabía la verdad sin más. Jenny estaba muerta. Él sentía el vacío que había dejado.

Asintió.

—De acuerdo. Es la misma foto.

Maddock escarbó de nuevo en la carpeta.

—Esta es la segunda foto que he conseguido en el servicio forense.

Gabe notó que se ponía tenso. Había llegado el momento decisivo.

—Esta es la niña que encontraron muerta en su casa. La niña que su suegro identificó como su hija.

Puso la fotografía en la mesa, junto a la de Izzy.

Gabe sintió que su mundo se expandía, se contraía y se hacía añicos a la vez. La niña tenía el rostro pálido y de huesos finos, y el cabello rubio peinado hacia atrás de modo que dejaba al des-

cubierto una frente amplia. Se parecía mucho, incluso le resultaba familiar, pero...

—No es Izzy.

—No. También he estado echándole una ojeada al informe
del forense. —Suspirando, le enseñó una fotografía del documento en su teléfono móvil. Había una frase encerrada en un círculo
rojo.

«Le falta incisivo de leche. Parece indicar traumatismo.»

Gabe clavó los ojos en la inspectora.

—¿Traumatismo?

—Le hicieron saltar el diente de un golpe. Lo encontraron
en la escena del crimen.

La relevancia de esto se hizo evidente.

—A Izzy ya se le había caído el diente de leche delantero. Ya
se lo dije, en mi declaración.

Ella asintió.

—Entiendo que se produjera una confusión, pero, aun así,
alguien debería haberse dado cuenta. —Hizo una pausa—. Yo
misma debería haberme dado cuenta, joder.

A Gabe se le dibujó una sonrisa en el rostro. No pudo evitarlo. Tenía ganas de reír, de llorar, de ponerse a dar saltos. Lo
había sabido durante todo ese tiempo, pero en realidad no lo
sabía, no había podido demostrarlo. Y ahora, ahí estaba la prueba, delante de sus ojos.

—Lo siento —empezó a decir—. Sé que esto no está bien.
Ha muerto otra niña, pero...

—Lo entiendo. No es su niña. No se disculpe. Soy yo quien
debería disculparse con usted. Tenía razón: su hija no murió
aquella noche. Es posible que siga con vida. —Se inclinó hacia
delante—. Por eso, si dispone de información que pueda ayu-
darnos a localizarla, necesito que la comparta conmigo.

Gabe se quedó pensativo. No le debía nada a Harry, pero a
la mierda: Harry sí que le debía una explicación. Quería mirarlo
a los ojos y llamarlo embustero.

—No, la verdad es que no.

—Está bien —dijo ella en un tono que daba a entender que

no le creía—. Hay algo más que debe saber: hemos encontrado el coche.

Él aguardó a que continuara, intentando disimular el sentimiento de culpa.

—Ya.

—Había un cadáver... en el maletero. Llevaba allí bastante tiempo.

Él se esforzó al máximo por mostrarse horrorizado.

—Madre mía.

—Sí. Y eso no es todo.

—¿Ah, no?

—Hemos encontrado otra víctima cerca de allí. Una mujer.

Esta vez, su expresión de asombro era auténtica.

—¿Una mujer?

—Aún no sabemos quién es. Ni siquiera estamos seguros de que vaya a despertar.

—¿Está viva?

Ella le dirigió una mirada extraña.

—Por decirlo de alguna manera.

La mente de Gabe intentó procesar este nuevo dato. Una mujer. Pero ¿quién era?

—Gabriel, ¿sabía alguien más lo del coche?

«El Samaritano. Trabajo nocturno.»

Sacudió la cabeza.

—Creo que no.

—Pero no está seguro.

—No.

—Y no echó una ojeada al maletero cuando encontró el coche.

—No.

—Bien. Cíñase a esa historia.

—¿Historia? ¿Cree que yo tengo algo que ver con eso?

—No, no lo creo. Pero prepárese para responder a un montón de preguntas. Volverá a convertirse en el centro de las miradas, ¿queda claro?

—Sí.

—Y consiga un buen abogado.

38

Sorprendentemente, los niños se fueron a la cama casi sin protestar, incluido Sam, a quien le gustaba alargar el numerito de la hora de dormir más allá de cualquier límite razonable. Debían de estar cansados por haber pasado despiertos una hora más de lo habitual y por las emociones inesperadas de la noche. A decir verdad, parecía que Alice estuviera a punto de caer de bruces sobre su tostada con queso. Bostezaba después de cada bocado, y le habían salido unas medialunas oscuras bajo los ojos azules. Katie se preguntó cuándo habría dormido o comido bien por última vez.

Le había prestado un pijama viejo de Sam y después de un buen rato había conseguido encontrar la cama hinchable en el armario de debajo de la escalera, sepultada bajo varias cajas de cachivaches diversos. La había colocado en la habitación de Gracie, que se había mostrado encantada de celebrar su primera fiesta de pijamas.

Cuarenta minutos después, cuando Katie fue a echarles un vistazo, los tres dormían: Gracie medio enroscada de costado y estrechando a Peppa Pig con un brazo; Sam en su típica pose de estrella de mar, despatarrado sobre la cama, arropado en un manto de abandono y seguridad.

Alice era la única que no parecía relajada, ni siquiera durante el sueño. Tenía las rodillas apretadas contra el pecho y no estaba abrazada a un muñeco de peluche, sino a la extraña y repiqueteante mochila, como si fuera un escudo que la protegía de monstruos invisibles.

Tras observarla por unos instantes, Katie cerró la puerta de la habitación y bajó a la cocina sin hacer ruido. Pensaba prepararse un té, pero cambió de idea y se acercó al frigorífico, de donde sacó una botella de vino blanco llena hasta tres cuartos.

Katie no era una bebedora asidua. En primer lugar, su horario de trabajo no se lo permitía, a menos que se habituara a beber por las mañanas. Pero, además, cuando alguien tiene un alcohólico en la familia, el atractivo de una copa de vino frío disminuye, pues se mezcla con recuerdos de voces destempladas, piezas de vajilla rotas, lágrimas y gritos.

Aun así, en aquel momento sentía que necesitaba algo para calmar los nervios que le revolvían el estómago. Se llenó una copa grande, tomó un sorbo y crispó un poco el gesto por lo fuerte que estaba. A continuación, se sentó frente a la barra de la cocina y cogió su teléfono.

No había querido presionar a Alice para que le contara qué había ocurrido ni dónde estaba Fran. Saltaba a la vista que la pobre cría estaba agotada y traumatizada. Sin embargo, sí le había pedido que le diera el número de su madre. Alice había accedido a regañadientes. Aunque era diferente del que Katie tenía memorizado en el móvil, el resultado fue el mismo. Cada vez que llamaba, saltaba un mensaje automático: «El número que ha marcado no está disponible».

«¿Qué pasa, Fran?» «¿Por qué no has vuelto?» «¿Dónde te has metido?»

Cualquiera que fuera la razón, debía de estar desesperada para dejar a Alice con su madre. ¿Por qué no había acudido a Katie? En realidad, ella sabía la respuesta: porque habría intentado disuadirla de lo que se proponía, fuese lo que fuese. Le habría insistido en que se dirigiera a la policía.

Ese era su papel, el de hermana buena y formal, en la que todos confiaban. Fran nunca le habría pedido ayuda. Pero habría podido contar con ella en caso de emergencia. Como último recurso. La buena y cumplidora de Katie, la que siempre sacaba las castañas del fuego, aunque se abrasara los dedos.

Apoyó la cabeza en las manos. Estaba rendida, agobiada por

el peso de la responsabilidad, de los acontecimientos del día. A la mañana siguiente convencería a Alice de que tenían que ir a la policía. Por otro lado, ¿qué implicaría eso para la cría? Asistentes sociales. Centros de protección de menores. ¿De verdad quería dejarla en manos del sistema público de protección? No era más que una niña. Una chiquilla confundida y desamparada. Katie era su tía. Como familiar suya, tenía la obligación de velar por ella. Eso era lo que hacían las madres. «Dios, vaya marrón.»

Se levantó y tiró lo que quedaba del vino al fregadero. No la ayudaba. «Nunca ayuda», pensó. Salió al vestíbulo con paso cansino y estuvo a punto de salir volando cuando tropezó con algo que estaba a un lado de las escaleras.

—Joder.

Era una de las cajas del armario. Seguramente la había dejado allí después de sacar la cama hinchable. Se frotó el dedo del pie. Pensó que debía ordenar esas cajas. La casa era demasiado pequeña y tenían demasiados trastos viejos: fotografías, postales y folletos del año del catapum. Pero a Katie le costaba tirar sus pertenencias. Sabía con qué facilidad podían perderse cosas como la vida, la familia, el amor. Todo era tan frágil... Tal vez por eso se aferraba a aquellas fotos descoloridas y creaciones de los niños garabateadas en papeles arrugados.

Cuando se agachó para empujar la caja hacia un lado, algo cayó de la parte superior. Un dibujo de Gracie. Una extraña familia de muñecos de palo con el pelo de colores insólitos y extremidades deformes delante de una gigantesca mansión gótica con nubarrones, arcoíris y arañas incluidos. En parte era encantador, y en parte una pesadilla timburtoniana.

Sonrió y se disponía a guardarlo de nuevo en la caja cuando se percató de que el dibujo estaba trazado en el reverso de otra cosa. Le dio la vuelta a la hoja. El rostro de una niña pequeña le sonreía.

¿ME HAS VISTO?

La octavilla. Ella se había propuesto buscarla, pero como habían pasado tantas cosas se le había olvidado por completo. Se sentía un poco culpable por haber dejado que Gracie la pintarrajeara. Pero al menos conservaba el número. Al día siguiente llamaría para averiguar cómo se encontraba el hombre delgado..., Gabe. Después de todo, él no tenía a nadie más que se preocupara por él.

Aunque a veces Katie echaba pestes de su familia, por lo menos tenía familia: sus queridísimos hijos. No quería ni imaginar lo doloroso que debía de ser perderlo todo —a su pareja, a su única hija— de un modo tan terrible.

Contempló el retrato. Izzy. Bonita niña. Rubia, de ojos azules, con una sonrisa amplia y mellada. Además de bonita, le resultaba familiar. Había algo en los ojos, en la boca... De pronto, a Katie la invadió la arrolladora sensación de que la había visto antes. Había visto la octavilla, claro. Seguramente era eso. No obstante, había algo más, algo...

Un peldaño crujió a su espalda. Ella giró en redondo. Alice estaba al pie de la escalera, con el rostro enmarcado por el largo cabello negro y los ojos muy abiertos y llenos de congoja. Semejaba un monstruo de una película de terror japonesa con pijama de Marvel.

—¡Alice..., vaya susto me has dado!

—Lo siento.

—No pasa nada. —Katie se guardó el papel en el bolsillo de la sudadera e intentó forzar una sonrisa—. ¿Qué te pasa? ¿No puedes dormir?

—Tengo que hablar contigo.

—Muy bien. Ven, vamos a la cocina. ¿Te apetece un vaso de leche?

—No, gracias.

Alice se sentó a la mesa. Seguía aferrando la mochila, que repiqueteaba sin cesar. Por alguna razón —una razón absurda, Katie lo sabía—, ese sonido le producía dentera. Clic, clic, clac. Clic, clic, clac.

—¿Estás preocupada por tu mamá? —preguntó.

Una leve inclinación de la cabeza.

—Bueno, pues mañana llamaremos a la policía...

—¡No! —respondió Alice con un grito de angustia.

—Pero ellos nos ayudarán.

—No. —Alice sacudió la cabeza—. No puedes llamarlos.

Katie le dirigió una mirada de impotencia.

—¿Por qué no?

—Fran dijo que se la llevarían y que entonces yo estaría en peligro.

—Alice, ¿por qué a veces la llamas Fran en vez de «mamá»?

—Pues... —Parecía avergonzada, como si la hubiera pillado en una mentira. Entonces suspiró—. Porque no es mi mamá de verdad.

Así que era eso. De algún modo, Katie había intuido que había algo turbio —muy turbio— en todo aquel asunto.

—¿Dónde está tu mamá de verdad?

—Está muerta.

—Lo siento. ¿Te adoptó Fran?

—No.

—Entonces ¿por qué cuidaba de ti?

Alice se mordisqueó el labio. A Katie le dio la sensación de que hacía mucho tiempo que nadie le sonsacaba la verdad a Alice; era como arrancar una esquirla de vidrio de una herida.

—Pasó algo malo. Mamá murió. Emily también. Fran me salvó.

Katie estaba más desconcertada que nunca.

—¿Quién es Emily?

—Era la hijita de Fran.

—Espera. ¿Fran tenía una hija que murió?

Alice asintió de nuevo.

—Por eso Fran tiene que protegerme. No puede perderme a mí también.

«Joder.» Katie intentó asimilar esto. ¿La hija de Fran había muerto? Entonces ¿quién era esta niña? ¿Dónde estaba su familia? ¿Tenía padre? ¿Sabía él dónde estaba Alice, o andaba por ahí fuera buscándola?

En ese momento, una idea la embistió con la fuerza de un camión.

Esa sensación de familiaridad. Los ojos, la sonrisa.

«Pasó algo malo. Mamá murió.»

Sintió que el aire se le atascaba en el pecho. Cielo santo. ¿De verdad era posible?

Se sacó la octavilla del bolsillo.

¿ME HAS VISTO?

Posó la vista en la foto y luego de nuevo en Alice. Por supuesto, era unos años mayor, le habían teñido el pelo y le habían salido los dientes permanentes.

Pero no había lugar a dudas.

—¿Qué es eso? —preguntó Alice.

Katie se agachó para tomarla de la mano.

—Cariño, creo que... eres tú.

39

A Izzy le encantaban las películas de la serie *Toy Story*. A Gabe le producían una tristeza profunda. Reflejaban el fin de la infancia, el miedo a hacerse viejo y a estar de más, el descubrimiento de que la vida sigue sin nosotros.

Gabe se había sorprendido meditando sobre esto unos meses antes de que Izzy cumpliera cuatro años. Jenny le había encargado la tarea de ordenar y deshacerse de algunos juguetes viejos de Izzy para que la casa pudiera llenarse de otros nuevos.

«O eso o compras una casa más grande.»

Ambos sabían que no era probable que eso ocurriera, dada la fragilidad de su relación. Por otro lado, Jenny tenía razón: la casa estaba abarrotada de plástico rosa.

Gabe había encontrado a Buzz bajo una montaña de adquisiciones más recientes en la caja de juguetes de Izzy. Se quedó contemplando su amplia sonrisa de plástico: ¿hasta el infinito y más allá, o a la tienda solidaria? Lo dejó a un lado —no podía, simplemente no podía— y se puso a juntar juguetes más viejos: imitaciones baratas de Barbie, una sillita de paseo, muñecos de peluche sobados y otras chucherías de plástico que le habían comprado a Izzy por Navidad o por su cumpleaños y con las que ella nunca había jugado. Lo separó todo en dos bolsas de basura, una para la tienda solidaria, otra para el centro de recogida de residuos. Cuando terminó, era demasiado tarde para llevarlas a cualquiera de los dos sitios, así que las dejó en el garaje... y se olvidó de ellas enseguida.

Izzy no echó en falta los juguetes. Tenía piezas de plástico de sobra para que Gabe se pasara horas armándolas y días tropezando con ellas. Luego, unas semanas después, empezó á hacer un calor insólito. Gabe abrió el garaje para sacar el cortador de césped. Cuando Izzy entró corriendo para reunirse con él, puso cara larga.

—¿Por qué están aquí todos mis juguetes, papi? ¿Vas a tirarlos?

—Bueno, hace siglos que no juegas con ellos.

—Pero quiero jugar con ellos ahora.

Se puso a hurgar en las bolsas con determinación. Gabe contuvo la irritación.

—Izzy, tienes un montón de juguetes nuevos muy chulos. No nos caben todos en casa. Voy a llevar algunos de los viejos a la tienda solidaria. Será como en *Toy Story*, cuando Andy le regala sus juguetes usados a la niñita.

—¿Y los otros?

Vaciló antes de responder.

—Bueno, esos los tengo que llevar al centro de residuos.

A Alice se le desorbitaron los ojos.

—Pero entonces los quemarán.

Mierda. ¿Por qué había tenido que mencionar *Toy Story*?

—Izzy, están rotos, les faltan piezas...

—Pero no podemos dejar que los quemen solo porque están rotos. Woody estaba roto y lo arreglaron.

—Izzy —suspiró Gabe—, hay cosas que no tienen arreglo.

—¿Por qué? ¿Por qué no podemos salvarlos a todos?

Rompió a llorar. Era uno de aquellos estallidos violentos y repentinos de emoción acumulada que surgían de la nada. Él se arrodilló y la abrazó mientras sollozaba y sus ardientes lágrimas le empapaban la camiseta.

Él compartía su dolor. «¿Por qué no podemos salvarlos a todos?» Porque no se puede. Porque la vida es injusta. Porque tenemos que seleccionar y elegir, y a veces esas decisiones son difíciles. A veces ni siquiera se nos da la posibilidad de decidir. Hay cosas y personas que no se pueden arreglar con hilo o pegamento, y no todos acabamos nuestros días sentados al sol en el porche.

Pero no le dijo nada de esto. En vez de ello, le secó los ojos.

—¿Vamos a por un helado? —le propuso.

Después del suceso, cuando ya estaba sumido en aquel abismo inmenso de tinieblas y aflicción, Gabe se había visto ante la tarea de vaciar la habitación de Izzy. No había sido capaz. Caminaba de un lado a otro arrastrando los pies como un niño confundido, incapaz de regalar las cosas de su hija, de renunciar a una sola horquilla para el pelo. Al final, había llamado a una empresa de transporte y lo había guardado todo —los juguetes, la ropa y los muebles— en un trastero.

Ahí estaba. Se encontraba de pie frente a la hilera anónima de garajes con la persiana metálica bajada, iluminada por el alumbrado de seguridad. El número 327. No había vuelto a ese lugar, un polígono industrial a las afueras de Nottingham, desde hacía casi dos años. En varias ocasiones se había planteado desocupar el trastero, donar todo lo que contenía y cancelar la domiciliación del pago. Sin embargo, la imagen del rostro de Izzy aquella tarde en el garaje siempre se lo impedía.

«¿Vas a tirarlos?»

Si se desprendía de eso, sería el principio del fin. Estaría desprendiéndose de ella, ese salvavidas de esperanza que lo había mantenido a flote durante los últimos tres años. Estaría admitiendo que ella nunca volvería. Que todo había terminado.

Se acercó al teclado numérico situado junto a la puerta e introdujo la clave: la fecha de nacimiento de Izzy. Retrocedió un paso mientras la persiana se elevaba y la iluminación automática se activaba.

Aunque se había armado de valor, lo acometió un dolor lo bastante intenso para hacerle torcer el gesto. Todo estaba allí dentro. La vida entera de Izzy. Los muebles de su habitación, sus juguetes, su casa de muñecas, su bicicleta, todo guardado en aquel espacio oscuro y frío. El contraste entre los colores chillones y el hormigón sombrío se le antojaba más incongruente que nunca. Los juguetes estaban hechos para jugar con ellos, pensó. Woody tenía razón en eso.

Avanzó unos pasos y tocó el cabecero de la cama y el escúter rosa de Barbie, como si pudieran comunicarle sus recuerdos. Advirtió que cada vez le costaba más evocar imágenes de Izzy jugando o durmiendo. Ella se estaba desvaneciendo, alejándose en el pasado. Y él no podía llamarla a voces o correr tras ella porque estaba anclado en el presente y no podía volver atrás, solo seguir adelante.

—¿Gabe?

Se volvió. Harry se encontraba en la puerta, con un halo luminoso en torno al cabello cano. Apoyado en su bastón, se le veía más delgado y encorvado que nunca.

Gabe esbozó una sonrisa.

—Adelante. Ponte cómodo, estás en tu casa.

Observó a Harry dar unos pasos vacilantes al frente. Acto seguido, Gabe pulsó un interruptor y la persiana automática descendió despacio, encerrándolos a ambos.

—¿Qué co...? —Harry lo miró con ojos entornados desde el otro extremo del almacén—. ¿Qué narices pasa, Gabe? ¿Qué sitio es este?

—Aquí guardo todo lo que me queda de ella.

Vio que Harry paseaba la mirada a su alrededor, parpadeando, asimilando cada detalle. Se fijó en sus movimientos, en cómo le subía y bajaba la nuez, en el ligero tic del párpado izquierdo, en el temblor de la mano.

—Me has dicho que era urgente, que tenías que enseñarme algo.

Gabe asintió.

—Así es. Quería que vieras esto. Que entendieras que no he renunciado a la esperanza. Que he conservado todo esto porque quería estar preparado para cuando mi pequeña volviera a casa.

—¿Y para eso me has hecho venir a estas horas intempestivas? ¡Madre mía! —Harry exhaló un suspiro que sonó forzado—. No sé qué más puedo hacer para ayudarte, Gabe.

—Podrías decirme la verdad.

—Ya te la he dicho.

—No. Has mentido. Desde el principio. Desde el día en que identificaste un cuerpo que no era el de mi hija. Esas pastillas que me dio Evelyn surtieron el efecto que buscabais, ¿a que sí? ¿O me echó algo en el café antes de que nos marcháramos del hotel? ¿Gotas para los ojos, tal vez? A ver, era una jugada arriesgada, pero os salió redonda. Solo quiero saber por qué.

El semblante de Harry recuperó parte de su serena superioridad habitual.

—Siento lástima por ti, de verdad. Pero esta vez has perdido los papeles. —Sacudió la cabeza—. Abre esa persiana o llamo a la policía.

—No te cortes. Creo que están deseando hablar contigo..., sobre por qué falsificaste una foto de la morgue y por qué mentiste al identificar a una niña muerta. Lo saben, Harry. Pero yo quería hablar contigo antes.

Harry vaciló, el móvil que la mano salpicada de manchas de la vejez agarraba quedó suspendido en el aire. Gabe aguardó, preguntándose si intentaría negar lo evidente. Entonces vio que el hombre dejaba caer los hombros, derrotado. Se inclinó despacio para sentarse en el borde de la cama de Izzy.

No solo parecía más viejo, sino también enfermo, pensó Gabe, que de pronto imaginó a Harry al cabo de unos años, sentado de forma similar en una cama de hospital, con tubos colgándole de los brazos y las escuálidas piernas blancas asomando por debajo de la bata. El otrora señor de aquel dominio, ahora a merced de los médicos que blandían chupetes cuando él blandía bisturís. Tal vez la muerte no discriminaba, pero era despiadada.

—Siempre me pareció que falsificar la foto era ir un paso demasiado lejos —reconoció Harry—, pero la conservé de todos modos. Cuando me dijiste que habías encontrado el coche, no me quedó otro remedio. Tuve que usarla para convencerte de que te olvidaras del asunto.

—Casi dio resultado —señaló Gabe.

—Pero no del todo.

—Fue por el gato.

—¿Perdona?

—Esa mañana, el gato le hizo un arañazo a Izzy en el mentón. Le puse una tirita. En la foto, el rasguño brillaba por su ausencia, lo que significaba que había sido tomada más tarde.

Harry sacudió la cabeza.

—Tal vez es lo mejor. No tienes idea de lo duro que ha sido para mí guardar el secreto durante todo este tiempo.

—¿Lo duro que ha sido para ti? —Gabe clavó en él una mirada de incredulidad—. Trataste de convencerme de que mi hija había muerto. Dejaste que me torturara buscándola. Dejaste que enterraran a otra niña en su tumba. ¿Cómo... cómo pudiste hacer algo así?

—«La conciencia nos convierte a todos en cobardes.» —Harry adoptó una expresión más severa—. Cuando tienes hijos, harías lo que fuera por ellos. Cualquier cosa. Jenny era nuestra única hija..., nuestro mundo. Izzy era nuestro universo.

—Sí, ya, por eso las visitabais tan a menudo.

—Nunca le caíste bien a Evelyn.

—Me dejas de piedra.

—Eso provocaba roces entre Jenny y ella. Cuando la verdad salió a la luz..., todos esos secretos que ocultabas, Gabe..., comprendí que Evelyn tenía razón. Que no merecías a Jenny ni a Izzy.

Gabe apretó los puños.

—Eso no tiene nada que ver con esto.

—¿Estás seguro?

—Me... —Se le entrecortó la voz.

Harry le dirigió una sonrisa desagradable.

—¿Nunca te habías preguntado por qué yo? ¿Por qué mi familia? ¿Por qué tenía que pasar esto?

Por supuesto que se lo había preguntado. Se había preguntado si era lo que merecía. Si así lo había dispuesto el karma, los hados, el destino.

O tal vez otra cosa.

«Compartimos el dolor... con quienes lo merecen.»

A Gabe se le secó la boca.

—No fue un atraco fortuito, ¿verdad?

Harry lo contempló como si fuera un niño de pocas luces que por fin había conseguido sumar dos más dos. Sacudió la cabeza.

—No. Fue una consecuencia de lo que tú hiciste. De lo que le hiciste a ella. A la otra chica. Aquella cuyo nombre le pusisteis a vuestra propia hija, como una especie de broma de mal gusto.

Gabe lo observó con fijeza. El terror le atenazó poco a poco la garganta.

—Isabella.

Ella duerme. Una chica pálida en una habitación blanca. No oye los pitidos ni runruneos de las máquinas que la rodean. No percibe el tacto de la mano de Miriam ni se percata de cuando la enfermera sale de la habitación. La chica pálida no oye, ni ve, ni siente.

Pero sueña.

Camina por la playa. El sol le tiñe de dorado la piel de alabastro y la cabellera rubia con reflejos casi blancos. Ahora, el astro de color amarillo mantequilla se está poniendo, fundiéndose poco a poco en el mar. Una ligera brisa levanta ondas titilantes en el agua, coronando las crestas de espuma.

A Isabella le encanta la playa. Pero se supone que no debería estar allí, sino en su clase de violín. Como todos los miércoles, después de la cena. Los lunes tiene clase de canto, y los viernes, de piano. Su madre le asegura que posee un talento musical especial, la está ayudando a desarrollar todo su potencial. Pero a veces Isabella tiene la sensación de que su madre le quita hasta la última gota de deleite a todo aquello que ama, como un exprimidor a un limón.

Por lo menos las clases de violín no las da en su casa, sino en la pequeña vivienda adosada frente al mar donde vive su profesor. Allí toca mejor. Es la única razón por la que su madre le da permiso. Miriam, el ama de llaves, la acompaña hasta allí y luego va a recogerla. Sí, tienen un ama de llaves. Y una asistenta y un jardinero. Isabella sabe que es una privilegiada.

Su padre hizo mucho dinero y cuando murió, siendo ella aún muy pequeña, se lo dejó todo a su madre. Residen en una casa enorme con grandes extensiones ajardinadas, y a su madre le gusta creer que le proporciona a su hija única todo cuanto podría desear, salvo, por supuesto, lo que más anhela cualquier chica de catorce años: la libertad.

Isabella entiende que su madre esté preocupada por ella. Su padre murió de manera inesperada. La mujer teme que le arrebaten también a su hija. Así que intenta construir muros alrededor de ella, para mantenerla a salvo. Son muros preciosos, aunque no por ello dejan de constituir una prisión.

Así que, a veces, Isabella aprovecha las oportunidades que se le presentan para hacer pequeñas escapadas, como esta.

El señor Webster, el profesor de violín, se ha tomado tres semanas de vacaciones. Ella no se lo ha contado a su madre. Después del colegio, ha dejado que Miriam la llevara hasta la pequeña casa adosada, como de costumbre. Y luego se ha ido a la playa.

Isabella nunca se siente sola en la playa. Siempre está llena de vida, incluso cuando el verano toca a su fin. Paseadores de perros, familias que recogen los restos de su pícnic antes de marcharse, parejas que pasean de la mano. Y hasta la propia playa rebosa de vida: las olas que lamen la orilla, las piedrecitas inquietas y los impacientes graznidos de las gaviotas.

Aunque es una playa de guijarros, hay arena al borde del agua. A Isabella le gusta quitarse los zapatos y los calcetines y caminar por la orilla, dejando que las olas le besen los pies, notando en los dedos la succión de la arena.

Como no ha podido traer una toalla, se sentará en el murete que bordea el paseo marítimo hasta que se le sequen los pies. A veces escribe notas musicales en el pequeño bloc que lleva en la funda del violín, melodías que la naturaleza le inspira. Por último, recorre la playa recogiendo piedrecitas y conchas bonitas. Cuando llegue a casa, tendrá que esconderlas para que su madre no descubra dónde ha estado.

Poco antes de las siete, Isabella sabe que se le acaba el tiem-

po. Levanta la mirada. Alcanza a divisar su casa a lo lejos, encaramada en los acantilados. Sabe que su madre estará sentada
sola en la gigantesca sala de estar, esperándola. Exhala un suspiro y echa a andar de vuelta, playa arriba, saboreando sus últimos
momentos de libertad. Las gaviotas se despiden de ella con graznidos. Las olas, con susurros. Sss. Sss. Vislumbra un destello blanco
entre los guijarros marrones. Una concha. Se agacha para recogerla.

Es una hermosa caracola rosa y blanca. Cuesta mucho encontrar un ejemplar tan grande y entero. Tras asegurarse de que
esté vacía, se la guarda en el bolsillo de la sudadera. Echa un
vistazo a su reloj. Las siete menos diez. Tiene que darse prisa.

Sube trotando los escalones hasta el paseo marítimo. Hay coches aparcados a ambos lados. Deben de ser de los que han ido a
pasar el día junto al mar y aún no se han marchado, quizá están
tomando un café o fish and chips en uno de los establecimientos
del otro lado de la calzada.

Ella se saca la caracola del bolsillo, incapaz de contener las
ganas de admirarla por última vez. Recuerda algo que le dijo
Miriam: «Si te acercas una caracola a la oreja, siempre oirás el
mar».

Miriam suele decir frases raras como esa. A veces es un poco
estricta, pero Isabella sabe que tiene otra faceta. Cuando era pequeña, Miriam y ella horneaban juntas magdalenas pequeñas
y bizcochos enormes y esponjosos en la cocina. Cada vez que su
madre se sentía demasiado cansada, era Miriam quien jugaba
con ella al escondite en los jardines o le leía en voz alta las tardes
lluviosas. Ahora que es mayor, Miriam le presta a veces alguna
de las novelas de suspense que tiene en su cuarto (muy distintas de
las grandes obras literarias que su madre prefiere que lea). Es un
pequeño secreto que comparten las dos.

Isabella sonríe. Se lleva la caracola al oído mientras cruza la
calzada. El mar ruge en el interior de su cabeza.

Tal vez por eso no oye el rugido del motor del coche.

40

Todo sucedió muy deprisa. Es lo que siempre dice la gente, ¿no? «Dios mío, todo sucedió tan deprisa...» Pero no fue así. Al menos para él. Recordaba cada angustioso segundo, cada sonido, cada pequeño detalle. Los momentos finales de ella quedaron grabados a fuego en su memoria, estampados en vidrio, hueso y sangre.

Ni siquiera debería haberse sentado al volante. El coche no era suyo. Pero estaba más sobrio que el resto de la panda: Mitch, Jase y Kev. Llamarlos «amigotes» sería pasarse. En realidad, solo eran unos chicos con los que había crecido. Vivían en la misma urbanización, iban al mismo colegio. Unidos por las circunstancias y el código postal.

Aquella noche, estaban despatarrados en un banco en una zona de césped cubierta de maleza detrás del SPAR. Dale, el encargado, sabía que aún no habían cumplido los dieciocho, pero estaba encantado de venderles alcohol barato. En ese punto la calle se curvaba alejándose del paseo marítimo y de la anárquica hilera de establecimientos de *fish and chips*, salones recreativos, cafés venidos a menos y tiendas de souvenirs horteras. Casi se alcanzaba a ver el mar y el muelle.

Fumaban, bebían sidra y, aunque Gabe sabía que lo que más le convenía era irse a casa para ponerse con los trabajos de la universidad, llevaba un pedo placentero. Y tenía hambre.

—Joder, me ha entrado una gusa... —comentó Jase de repente, como si le hubiera leído el pensamiento.

—Y a mí —balbució Kev.

Mitch agitó las llaves del coche.

—Bajemos al muelle a comprar unas patatas y de paso vemos si hay tías buenas en el salón recreativo.

La urbanización estaba como a kilómetro y medio del paseo marítimo. Una distancia razonable para recorrerla a pie, pero Mitch iba a todas partes en su viejo Fiesta. Era el único del grupo que tenía coche. Su tío se lo había comprado a buen precio a un tipo que había conocido en el pub, y Mitch lo había equipado con un sistema estéreo, faros de neón y toda clase de pijadas que parecían gritar «¡Párame!» a los coches de policía con los que se cruzaba.

—Vamos.

Mitch saltó del respaldo del banco y cayó de bruces. Jase y Kev rompieron a reír como hienas colocadas. Mitch se volvió boca arriba y se pasó la mano por la barbilla. Al contemplar la sangre que tenía en los dedos, soltó otra carcajada.

—Tíos, menuda mieeerda llevo encima.

—A lo mejor deberíamos ir andando —señaló Gabe. Notaba que su embriaguez empezaba a remitir.

—Y un cojón —espetó Kev.

Mitch se incorporó y se quedó pensativo. Por un momento, Gabe pensó que tal vez le daría la razón, y entonces los demás lo seguirían como borregos drogados.

En vez de eso, Mitch le lanzó las llaves a Gabe, que consiguió atraparlas en el aire.

—No tengo carné.

—¿Y qué? Sabes conducir, ¿no?

En efecto, sabía. Mitch le había enseñado lo esencial.

—Gabe-o, Gabe-o —canturreó Kev. Jase se limitó a sonreír como un demente.

Gabe quería negarse. Aunque se le estaban pasando los efectos de la maría y el alcohol, sin duda seguía superando el límite. Por otro lado, si no conducía él, Mitch se pondría al volante, y su estado era mucho peor que el de Gabe.

«No es problema tuyo. Márchate. Vete a casa a pie.»

Pero no podía, porque no era solo cuestión de conducir. Si se largaba, los demás recordarían ese momento como el día que Gabe-o los dejó tirados. El día que Gabe-o se comportó como un puto marica. El día que Gabe-o dejó de formar parte de la panda.

Cogió las llaves, se dirigió al coche con paso lento y se montó. Jase y Kev se apretujaron en el asiento de atrás. Mitch se acercó tambaleándose y se desplomó en el asiento del copiloto, junto a él. Cuando Gabe arrancó el motor, Mitch se inclinó y subió el volumen del estéreo que había instalado él mismo, con cables serpenteando por todas partes. El ritmo contundente de The Prodigy brotó de los altavoces, haciendo vibrar el coche entero.

—¡Sí, hostia! —gritó Kev.

Gabe salió despacio del aparcamiento del SPAR y enfiló la calle. Hizo chirriar la caja de cambios del Fiesta al meter la tercera con torpeza.

—Tío, conduces como mi nana —dijo Jase con una risita.

Gabe frunció el ceño y se puso rojo como un tomate. Seguramente llamaba más la atención avanzando a trompicones a veinte por hora que si pisaba el pedal. Aceleró y cambió a cuarta, alcanzó los cuarenta por hora, los cuarenta y cinco y luego los cincuenta mientras descendían haciendo eses por la carretera del acantilado. A pesar de su temor inicial, la sensación le gustaba.

Circulaba por el paseo marítimo, aproximándose a las brillantes luces del muelle. A su izquierda, el sol se hundía en el mar, tiñendo el cielo de rosa y naranja. A su derecha se sucedían los hostales desvencijados; un desfile borroso de bombillas de colores, luces de neón y lámparas de techo de plástico. The Prodigy gritaba que era un pirómano. Apretó un poco más el acelerador cuando llegó el estribillo...

Y ella estaba allí.

En un momento, la calzada estaba despejada; al momento siguiente, había una chica justo en medio.

Cabello rubio platino, casi blanco, piel pálida. De catorce años, a lo sumo. Llevaba un sencillo vestido amarillo sin mangas y sandalias. Se dio la vuelta. Abrió mucho los azules ojos, y sus labios articularon un leve «Oh» de sorpresa, como estupefacta ante el carácter repentino e irrevocable de su encuentro.

Él se fijó en todo ello, aunque sin duda el momento solo duró unas fracciones de segundo. Y, acto seguido, ella salió volando por el aire y pasó por encima del parabrisas, como elevada y arrastrada por una potente ráfaga de viento. El impacto lanzó a Gabe hacia delante, y el cinturón de seguridad se le clavó en el pecho y el hombro, empujándolo de nuevo hacia atrás, al tiempo que se golpeaba la coronilla contra el reposacabezas.

Oyó el chirrido del freno, aunque no recordaba haberlo pisado, y notó que el volante se le resistía mientras el coche daba un bandazo y patinaba hasta detenerse por fin con una sacudida.

«Le he dado. La he matado. Le he dado. La he matado. Oh, mierda, mierda, mierda.»

Tenía la vaga conciencia de estar bramando y chillando mientras las puertas se abrían, y Kev y Jase bajaban dando traspiés. Notó que alguien —Mitch— lo agarraba del brazo. Permaneció inclinado y paralizado sobre el volante, su corazón intentaba escaparse del magullado pecho, la respiración jadeante y entrecortada. Mitch giró, arrancó a correr, cruzó el paseo y desapareció por una calle lateral.

Gabe alzó los ojos hacia el retrovisor. La chica yacía en el asfalto, unos metros por detrás del coche, inmóvil, con el cuerpo torcido en una posición extraña.

Oyó unos gritos. Varias personas salían de los bares y cafés, atraídas por el chirrido del freno y el alboroto. Un hombre corpulento, a quien Gabe reconoció como el dueño de la heladería, había sacado un móvil voluminoso y pedía una ambulancia a voces.

De momento, nadie lo miraba a él. Todos los horrorizados ojos estaban puestos en la chica.

«Corre, sal pitando.»

Dirigió la vista hacia el muelle. Podía hacerlo. Aún estaba a tiempo de huir. Despegó las manos del volante y bajó del vehículo, medio cayéndose, medio trastabillando. Dio un paso... y entonces giró en redondo y se acercó cojeando a la chica.

Estaba tumbada en la calzada, con las extremidades en ángulos raros. Tenía los ojos entreabiertos, pero su rostro estaba cubierto por una máscara de sangre, y una sombra oscura se había extendido debajo de su cabellera rubia platino. En una mano sujetaba una caracola sorprendentemente intacta.

Gabe se arrodilló a su lado. Percibía un olor a caucho, sal y algo más siniestro y cruel. Tomó la mano de la joven. Tenía las uñas rotas y rasgadas, los nudillos desollados.

Sus ojos se posaron en los de Gabe.

—Ya viene la ambulancia —aseguró él, aunque en realidad no sabía si era verdad—. Todo saldrá bien.

Aunque resultaba bastante evidente que no, a juzgar por la postura imposible de brazos y piernas, y la sangre que le burbujeaba en la comisura de la boca. Gabe sintió el ardor de las lágrimas detrás de los ojos.

—Lo siento mucho.

Los labios de la muchacha se movieron. Gabe se inclinó hacia ella. Notó su aliento cálido y metálico.

—Essscucha. —La chica exhaló la palabra junto con finísimas gotitas de sangre. Y, aunque era imposible, pues sin duda sufría un dolor terrible y quizá estaba agonizando, a él le dio la impresión de que intentaba sonreír—. Se oye el mar.

41

—Fue un accidente.

—Estabas borracho.

—Tenía diecisiete años. Cometí un error y pagué por ello.

—Con una pena de libertad condicional y una multa —resopló Harry.

—Fue un accidente. Ella cruzó justo en aquel momento. Además, sabes que no es a eso a lo que me refiero.

—Tal vez no fue suficiente.

Gabe sacudió la cabeza.

—Ocurrió hace más de veinte años. ¿Por qué tanto tiempo después?

—No lo sé.

—¿Y qué es lo que sabes?

—Solo lo que me dijo la mujer.

—¿Qué mujer?

—La que tiene a Izzy.

Gabe no fue capaz de contenerse. A pesar de la dolorosa tirantez de los puntos en el costado, se abalanzó hacia Harry, lo agarró de las solapas y lo estampó contra la pared de hormigón del trastero.

—¿Cuál es su nombre? ¿Dónde está? ¡Dime dónde está mi hija!

Aunque Harry era casi tan alto como Gabe, que no era precisamente un sansón, este notó la endeblez del hombre al levantarlo en vilo. La musculatura consumida bajo la ropa elegante.

El tenue olor acre del miedo bajo la colonia cara. Sintió una pequeña punzada de culpa. Muy pequeña.

—No sé cómo se llama. Tampoco sé dónde está Izzy.

—Y una mierda.

—Es la verdad.

—¿Corre peligro Izzy?

—No, las cosas no son así.

—Entonces ¿cómo son? ¡Dímelo!

Harry palideció y comenzó a respirar con dificultad. Gabe lo soltó. El hombre se dejó caer de nuevo sobre la cama.

—Después de tu llamada de esa noche —musitó con un suspiro que más bien sonó como un estertor—, Evelyn se puso histérica. La convencí de que se tomara unas pastillas para dormir. Yo apenas pegué ojo. Me desperté temprano y bajé las escaleras. Había un sobre marrón sobre el felpudo. No tenía matasellos, pero el contenido abultaba. Cuando lo abrí, vi que dentro había un teléfono y una nota que decía: «Su nieta sigue viva. Coja este móvil y vaya al parque. Espere en el banco que está junto a la zona de juegos. No avise a la policía».

—¿Hiciste lo que te indicaba la nota?

—Creía que había perdido a mi hija y también a mi nieta. De pronto, alguien me ofrecía esperanzas, por muy disparatadas que parecieran. —Dirigió la mirada hacia Gabe con ojos enrojecidos—. ¿Qué otra cosa podía hacer?

Gabe tragó en seco.

—Continúa.

—Así que sí, fui al parque. ¿Sabes a cuál me refiero?

Gabe lo sabía. Habían llevado allí a Izzy en sus esporádicas visitas «a casa de los yayos».

—Me senté en el banco y esperé. Al poco rato empezó a sonar el móvil. Contesté. Una voz de mujer me dijo: «Mira hacia los columpios».

»Me di la vuelta. Y allí estaba ella, Izzy, en el parque infantil, de pie con una mujer. La voz me dijo que, si quería volver a ver a Izzy, debía seguir sus instrucciones al pie de la letra. Llamaría de nuevo después de una hora para decirme qué debía hacer.

—¿Y dejaste que se marcharan, sin más?

—¿Qué esperabas? ¿Que me lanzara a perseguirlas, a mis casi ochenta años? Además, estaba en estado de *shock*. Izzy estaba viva. Parecía imposible, un milagro.

—Entonces ¿qué hiciste?

—Me fui andando a casa y se lo conté a Evelyn. Supuse que me tomaría por loco o me exigiría que llamara a la policía, pero me equivoqué. Lo que hizo, en cambio, fue tomarme de la mano y decirme: «Tenemos que hacer lo que te piden. Lo que sea con tal de recuperar a nuestra nieta».

—¿Como drogarme, impedir que viera el cuerpo y mentir sobre la identificación, por ejemplo?

—La mujer nos dijo que la única forma de proteger a Izzy era asegurarnos de que todos creyeran que había muerto.

Gabe lo miró fijamente. Otra pieza encajó en su sitio con un retumbo sobrecogedor.

—Era su hija, ¿verdad? La niña que murió, la que tú identificaste, era la hija de esa mujer, ¿no?

Harry asintió con las facciones flácidas.

—¿Por qué coño no acudió a la policía?

—No podía. Según ella, había cometido un error. Se había visto envuelta en algo que escapaba a su control. Había intentado salvar a Jenny y a Izzy, y eso le había costado la vida a su hija.

Gabe trató de imaginar lo aterrorizada que debía de estar una persona para abandonar el cuerpo de su propia hija y dejar que lo enterraran en la tumba de otra niña. O tal vez era una especie de psicópata.

—¿Cómo consiguió localizarte?

—Supongo que Izzy le dijo dónde vivíamos.

Quizá porque la mujer le prometió a Izzy que la llevaría de vuelta con su familia, pensó Gabe. Intentó ahogar la rabia.

—¿Qué más dijo la mujer?

—Que lo sucedido era un castigo por algo terrible que habías hecho. Que los responsables no se detendrían ante nada si se enteraban de que Izzy seguía con vida, porque siempre saldaban sus deudas.

—¿Mencionó quiénes eran esos «responsables»?

—Los llamaba «La Otra Gente».

Un escalofrío le erizó el vello de la espalda a Gabe.

—¿Le creíste?

—Ya no sé qué creímos. Solo queríamos recobrar a nuestra nieta. La mujer prometió que, si cumplíamos con nuestra parte, nos traería a Izzy cuando no hubiera peligro, y entonces podríamos llevarla a algún lugar. Los tres solos.

—¿Los tres solos?

—Es lo que quería Jenny.

—¿Qué coño sabrás tú lo que quería Jenny?

—Sé que quería el divorcio. Se lo dijo a Evelyn.

Gabe lo contempló, aturdido. El divorcio. En varias ocasiones la palabra había quedado flotando en el aire entre ellos, en la punta de la lengua, pero nunca fue pronunciada en voz alta, por temor a que, si llegaba a materializarse, se hiciera realidad.

Él sabía que habían estado muy cerca de divorciarse. Cada vez le costaba más ocultarle a Jenny sus escapadas de los lunes. La agencia donde él trabajaba ofrecía horarios flexibles. Como se trataba de un sector creativo, estaban encantados de que Gabe teletrabajara un par de días por semana. Aun así, Jenny lo había pillado unas cuantas veces: había llamado a la oficina y le habían informado de que estaba trabajando en casa.

«¿Tienes una aventura?», le preguntó a bocajarro una noche. Él lo negó de forma vehemente y rotunda, y (gracias a Dios) ella vio en sus ojos que decía la verdad. Sin embargo, sabía que estaba mintiendo sobre algo. En el fondo, daba igual que no fuera una aventura. Su falta de sinceridad y de confianza era lo que abría una brecha insalvable entre ellos.

Pero no tenía idea de que Jenny se lo hubiera contado a Evelyn, la mujer que en cierta ocasión ella había descrito como «tan maternal como Maléfica».

Sacudió la cabeza.

—A mí nunca me dijo nada.

—Quería alejarse de ti —gruñó Harry—. Ojalá lo hubiera hecho antes. A lo mejor aún estaría viva.

Gabe tenía ganas de discutir, de negarlo. Pero no podía. Era cierto. Ojalá Jenny se hubiera marchado. Ojalá lo hubiera odiado más.

—Bueno, ¿y por qué no está Izzy con vosotros ahora?

Harry apretó los labios.

—Deja que lo adivine —dijo Gabe con amargura—. Siempre había peligro. Siempre os decía que os la llevaría al cabo de una semana, un mes o un año.

—La culpa era tuya. No podías dejar estar el asunto. No podías dejar de escarbar, de remover el pasado, de buscar el maldito coche. Lo echaste todo por la borda.

—¿Y por qué narices no fuisteis a la policía?

—Estábamos asustados. Temíamos que, si lo hacíamos, ya nunca más volveríamos a ver a Izzy.

—¿Por qué estás tan seguro de que Izzy sigue viva? A lo mejor esa mujer, esa mujer sin nombre, te estuvo mintiendo desde el principio.

Harry titubeó. Sus ojos se movían de un lado a otro como si buscaran un lugar seguro donde posarse.

—Cada tres meses recibíamos una foto o un vídeo. De ese modo sabíamos que Izzy estaba a salvo y bien cuidada.

—¿Llevas ese teléfono? ¿El que te dio ella?

—Sí.

—Enséñame esas imágenes.

—Nos llegaban encriptadas. Solo estaban disponibles durante veinticuatro horas y luego se borraban.

—Pues, entonces, llama a la mujer —insistió Gabe—. Dile que tienes que reunirte con ella.

—No funcionará.

—Invéntate alguna historia. Convéncela. Se te da bien mentir.

—Intenté llamarla después de recibir tu mensaje. No contesta.

—Vuelve a intentarlo.

—No lo entiendes. El número no está disponible. Aunque quisiera ayudarte, no puedo. Se ha esfumado.

Esfumado. Con Izzy. A Gabe le entraron ganas de pegar un puñetazo a la pared a causa de la frustración. Entonces le vinieron a la mente las palabras de la inspectora de policía Maddock:

«Hemos encontrado el coche. Hemos encontrado otra víctima cerca de allí. Una mujer.»

—Harry, cuando te dije que había encontrado el coche, ¿se lo comunicaste a la mujer?

El hombre poseía el don de saber mostrarse avergonzado.

—Sí.

—¡Joder!

—¿Qué pasa? —Harry lo miró con extrañeza.

—En el maletero había un cadáver en avanzado estado de descomposición. Llevaba un buen tiempo allí. Hoy, cuando la policía sacó el coche del lago, encontraron en los alrededores a una mujer medio muerta.

Gabe advirtió que un brillo de comprensión asomaba a los llorosos ojos de Harry.

—¿Crees que es la mujer que secuestró a Izzy?

—Creo que, cuando le dijiste que yo había encontrado el coche, ella regresó al lago, tal vez para destruir pruebas.

—Pero, si se trata de ella, entonces...

—¿Dónde coño está mi hija?

42

Mientras el *Titanic* se hundía, la orquesta continuaba tocando. Todo el mundo conocía esa historia. Pero a menudo Katie se preguntaba por qué los músicos habían actuado así. ¿Por negación de la realidad, por sentido del deber o simplemente por la necesidad de concentrarse en algo cotidiano y reconfortante cuando todo lo demás se iba al garete, cuando había ocurrido lo peor?

Esa mañana, tenía un poco la sensación de estar tocando en el *Titanic*, o tañendo el arpa mientras ardía Roma. Seguía haciendo cosas normales, cuando nada era normal en absoluto.

Echó copos de maíz en unos cuencos, añadió leche, untó mantequilla en las tostadas y sirvió zumo de naranja en los vasos. Se preparó un té y, después de instalar a Sam y Gracie frente al televisor del salón, fue a buscar en la secadora los calcetines y los jerséis del uniforme escolar que faltaban. Durante todo el rato, intentaba ignorar la vocecilla en su cabeza que le gritaba sin parar: «¡Iceberg! ¡Iceberg!».

¿ME HAS VISTO? «Creo que eres tú.»

Alice (no estaba preparada para responder al nombre de Izzy) seguía en la cama. Pasaban de las once de la noche cuando Katie, fatigada, la acostó y la arropó. Había asumido la revelación con tanta serenidad que resultaba preocupante. A pesar de los esfuerzos de Katie por sonsacarle más información, Alice aseguraba no recordar nada de la noche en que murió su madre. Solo se acordaba de que fue malo y de que Fran la salvó. Repetía la frase como un mantra, como si se la hubiera aprendido de memoria. Pero Katie no estaba tan segura.

Era cierto que la mayoría de los niños, cuando llegaban a los ocho o nueve años, olvidaban incidentes y situaciones de años anteriores. «Amnesia infantil.» Tenía algo que ver con la rapidez con que su cerebro crecía y desarrollaba nuevas vías neuronales.

Por otro lado, si Katie estaba en lo cierto y Alice era quien ella creía, acababa de cumplir cinco años cuando asesinaron a su madre. Era lo bastante mayor para evocar algunos recuerdos, aun cuando su cerebro hubiera llevado a cabo una labor de blanqueo para protegerla del trauma.

Los recuerdos no se disipaban sin más, como el vapor. Eran más bien como llaves perdidas. Podían guardarse en un lugar seguro o tirarse en un pozo profundo porque no se quería volver a abrir jamás aquella puerta en particular, pero seguían estando allí, en alguna parte. Solo había que encontrar la manera de recuperarlas.

Su primer impulso había sido llamar a Gabe. Merecía saber que su hija estaba viva, que él había estado en lo cierto desde el principio. Y si Alice veía a su padre, tal vez se le refrescaría la memoria sobre su vida anterior.

Pero se había contenido. Tal vez Gabe seguía en el hospital. Además, Alice necesitaba descansar y un tiempo para asimilarlo todo. Si Gabe insistiera en verla enseguida (como sin duda haría), sería demasiado abrumador. Para los dos. Por otra parte, Katie prefería estar segura. No quería alimentar las ilusiones del hombre para luego destrozárselas de nuevo.

Después de acostar a Alice, se pasó varias horas buscando información sobre los asesinatos en internet. Se cometieron tres años atrás (lo que encajaba con la edad de la cría). El suceso había tenido mucha repercusión en la televisión y la prensa. La policía no había detenido a nadie y no parecía haber ningún móvil, sobre todo después de que absolvieran a Gabe. No había indicios de robo, ni de allanamiento de morada. Era como si la víctima hubiera invitado al asesino a entrar.

«Y tal vez eso fue lo que hizo —pensó Katie—. Al fin y al

cabo, ¿quién se sentiría intimidado por una mujer con una niña?»

Notó que una sensación fría se colaba en su corazón hasta envolverlo del todo. ¿Qué implicaba eso? Que Fran estaba involucrada de algún modo. Pero ¿y su propia hija? Si Alice decía la verdad, la habían matado también. Katie se negaba a creer que Fran hubiera permitido que le hicieran daño a su niña. Entonces ¿cuál era la alternativa? ¿Que Fran se encontraba en el lugar y el momento equivocados? ¿O que la respuesta estaba en un punto intermedio? ¿Era Fran cómplice del asesino? ¿Se había visto arrastrada a una situación que se le había escapado de las manos, en la que no le quedaba otra opción que salvar a una de las niñas y huir? Pero ¿huir de quién?

La postal le vino de nuevo a la mente.

«Lo hice por papá.»

Katie cogió su taza de té y tomó un sorbo. Como era de esperar, se había enfriado. A veces parecía que su vida entera podía medirse en tazas de té que se habían quedado sin beber. Se disponía a tirarla y prepararse otra cuando el timbre la sobresaltó. Por lo visto tenía los nervios a flor de piel esa mañana. Se dirigió al recibidor. A través del cristal en la parte superior de la puerta, vislumbró lo que parecía la chaqueta fosforescente de un policía.

Fran. ¿La habían encontrado?

Abrió la puerta.

—¿Todo bien, Katie?

Tardó un momento en reconocerlo. Solo había visto un par de veces al novio de su hermana y, aunque sabía de qué trabajaba, nunca lo había visto de uniforme.

—Steve. ¿Qué haces aquí?

—No te habré sacado de la cama, ¿verdad?

Sonrió. Katie sintió el impulso de taparse mejor el cuerpo con la bata.

—En realidad, me pillas desayunando.

—Ya. ¿Puedo pasar?

Ella se quedó indecisa. Gracie y Sam seguían aparcados frente a la tele. Alice estaba arriba, dormida. Pero si bajaba...

—Es importante.

Asintió de mala gana.

—Vale.

Lo guio hasta la cocina, mientras un pensamiento inquietante le rondaba la cabeza. ¿Cómo había averiguado su dirección? Suponía que el tipo era policía de verdad. Pero había algo más, algo que la reconcomía por dentro.

Cerró la puerta de la cocina y se volvió de cara a él con una sonrisa forzada.

—Bueno, ¿puedes decirme a qué viene esto?

Él echó una ojeada a su alrededor.

—¿No vas a ofrecerme un tecito?

Ella reprimió su cortesía natural.

—Tengo que llevar a los niños al cole. Has dicho que habías venido por algo importante.

A Steve se le ensombreció el semblante. Katie pensó en Lou, en las malas decisiones que tomaba. En lo poco que revelaba un uniforme sobre la personalidad de quien lo llevaba.

—Se trata de tu hermana Fran.

Se puso rígida.

—¿Qué sabes de mi hermana?

—Sé que se metió en líos y que te va a meter a ti también.

—Hace nueve años que no la veo.

—¿Dónde está la cría, Katie?

Una oleada de miedo la sacudió. ¿Cómo diablos se había enterado de lo de Alice? ¿Qué narices estaba pasando?

—¿Perdona?

—Si me la ocultas, estarás obstruyendo a la justicia.

—Creía que trabajabas en el departamento de tráfico, no en el de personas desaparecidas —señaló ella, intentando mantener la voz firme.

—Sé que está aquí. Tú tráemela, y todos contentos.

De pronto, Katie cayó en la cuenta de cuál era la otra cosa que no le cuadraba. El día anterior, Steve había comentado que tenía dos días libres. Y sin embargo estaba allí, uniformado.

«Iceberg. Iceberg.»

—¿Estás de servicio, al menos?

Exhalando un suspiro, él extendió las manos a los lados.

—Me has pillado. No se trata de un asunto policial. Considéralo un servicio de cobro de deudas. Tu hermana debe algo y es hora de que pague.

—Voy a pedirte que te marches, por favor.

—Muy bien —respondió él con una sonrisa, antes de pegarle un puñetazo en la cara.

A Katie le estalló la nariz, que dio un doloroso chasquido. Intentó gritar, pero tenía la garganta inundada de sangre. Gorgoteando, se tambaleó hacia atrás. Él la atrapó antes de que cayera al suelo y la empujó contra el fregadero.

—No es nada personal. Así me gano un dinerillo extra.

—¿Bara... guién? —consiguió balbucear ella.

—Oh, creo que ya lo sabes. —Le susurró el nombre al oído, rozándole la piel con los labios. El pavor le atenazó las entrañas.

—Bero... ¿gué basa con... Lou?

Una mueca de desprecio.

—¿La putilla gorda de tu hermana? Me la tiraba por trabajo, no por placer. Tenía que mantenerla vigilada.

Le rodeó el cuello con las manos y apretó. Ella trató de chillar, de respirar, pero tenía la nariz hecha un amasijo blanduzco y la garganta medio obstruida. Desde el salón le llegaba atenuada la sintonía de *Scooby Doo*. «Ay, madre, ¿y si a los niños se les ocurre venir aquí?» ¿Y si Steve les hacía daño?

Le agarró la cara y lo arañó con las uñas. Él le apretó el cuello con más fuerza. Ella pataleaba y se retorcía, intentando apartarlo de sí, pero era demasiado fuerte.

Steve le acercó el rostro.

—Habría preferido que fueras tú. Si tuviera más tiempo, podríamos pasarlo muy bien.

Katie captó un movimiento con el rabillo del ojo. La puerta se abrió. Alice entró en la cocina. «No —pensó Katie—. No, no vengas aquí. Vete. Corre. Huye, y llévate a Sam y Gracie.»

Pero Alice no huyó. En vez de ello, dio unos pasos al frente ondeando algo por encima de su cabeza. Se oyó un repiqueteo seguido de un golpe sordo, y de pronto la opresión en su garganta cesó. Katie se puso a respirar a grandes bocanadas. Steve trastabilló hacia un lado antes de desplomarse sobre la mesa y las sillas.

Antes de que se recuperara, Alice alzó la mochila y la blandió de nuevo. Impactó en el cráneo haciendo un satisfactorio crujido. Esta vez, el hombre cayó pesadamente al suelo, fuera de combate.

«Dios mío.» Alice había agredido a un agente de policía.

«Un agente de policía que intentaba matarte.»

Si no hubiera estado tan asustada y dolorida, Katie se habría reído de lo disparatado de la situación. Inspiró un par de veces más soltando un sonido bronco. Alice permanecía inmóvil, mochila en mano, como debatiéndose entre usarla de nuevo o no. Tras obligar a sus trémulas piernas a caminar hacia ella, Katie le rodeó los delgados hombros con el brazo.

—¿Qué guardas ahí dentro? —graznó—. ¿Piedras?

Alice sacudió la cabeza.

—Guijarros.

Por supuesto.

—¿Qué ha pasado, mamá?

Se dio la vuelta. Sam y Gracie estaban en el vano de la puerta de la cocina, contemplándola horrorizados. La niña rompió a sollozar.

—¡Mamá! Tu cara...

Katie corrió a abrazarlos.

—Tranquilos, no pasa nada.

—¿Por qué está tío Steve en el suelo?

Volvió la mirada hacia el hombre. Aunque el golpe lo había dejado inconsciente, no veía el menor rastro de sangre. Por un lado, seguramente eso era una buena noticia. Asesinar a un agente de la ley podía acarrear consecuencias muy gordas. Por otro lado, volvería en sí tarde o temprano.

«Podríamos pasarlo muy bien.»

—Ya os lo contaré. Por el momento, quiero que os pongáis los zapatos y los abrigos. Tenemos que irnos. Ahora mismo.

43

—Quiero que visites a Isabella.

Así había comenzado su auténtica sentencia.

Cuando se celebró el juicio, la edad de Gabe y la ausencia de antecedentes habían jugado en su favor. Los testigos confirmaron que la chica había cruzado la calzada justo cuando iba a pasar el coche. Él no habría podido frenar a tiempo. Mientras los otros habían huido de la escena del accidente, Gabe se había quedado, sujetándole la mano y hablándole hasta que había llegado la ambulancia. En medio del caos y la conmoción, nadie del corro de mirones se había percatado de que era él quien iba al volante. Por otro lado, seguramente conducía a mucha velocidad, superaba la tasa máxima de alcohol permitida y, aunque la chica había sobrevivido, a duras penas, el abogado de Gabe le había advertido que era muy poco probable que lograra eludir una pena de prisión.

De no haber sido por la carta.

Charlotte Harris, la madre de la chica —que ahora Gabe sabía que se llamaba Isabella—, le había escrito al juez. Aunque él nunca llegó a ver el contenido de la misiva, más tarde se enteraría de que Charlotte era una persona influyente. Había pedido indulgencia.

Y había solicitado reunirse con él.

Estaban sentados en una sala de estar gigantesca. Las ventanas balconeras y las amplias puertas cristaleras ofrecían una vista panorámica de los acantilados de caliza. El exuberante césped se extendía colina abajo como una gruesa alfombra verde hasta el borde de una centelleante piscina. En torno a ellos, brillaban y fulguraban las superficies de porcelana, mármol y vidrio.

Todo era hermoso. Y sin embargo..., a Gabe le costaba imaginar a una adolescente, toda torpeza, color y desorden, viviendo en un sitio como aquel. El enorme espacio se antojaba vacío. Se preguntó si alguna vez había gozado de cierta vida.

Charlotte Harris sirvió agua en dos vasos de cristal. Al igual que la casa, destilaba elegancia y sosiego, con su cabello rubio claro, su inmaculado vestido color crema y sus relucientes perlas.

—Las visitas tendrán lugar todos los lunes a las dos en punto. Durarán una hora exacta. Da igual dónde estés o lo que estés haciendo.

—¿Por... por qué los lunes?

Charlotte posó en él una mirada fría.

—Isabella nació a las dos de la tarde de un lunes. —Dejó que él ponderara sus palabras antes de continuar—. Te ceñirás al día y la hora. No dejarás de visitar a Isabella todas las semanas hasta el día que se recupere.

Gabe la contemplaba con fijeza. Isabella se encontraba en estado vegetativo persistente. Nadie sabía si algún día recobraría la conciencia, y menos aún si llegaría a recuperarse.

—Pero... —tragó saliva— ¿y si eso no pasa nunca?

Charlotte sonrió, y Gabe percibió el odio que emanaba de todos sus poros.

—Entonces la visitarás todas las semanas hasta el día que uno de los dos muera. ¿Te ha quedado claro?

Le había quedado claro.

Todos los lunes, Gabe pasaba una hora sentado junto al lecho de Isabella, entre los pitidos y runruneos de las máquinas que la rodeaban. Le hablaba y le leía; en ocasiones, la tomaba de la tersa y fría mano.

Isabella dormía. Una chica pálida en una habitación blanca.

No dejó de visitarla mientras estudiaba en la escuela politécnica local, en la que había decidido matricularse porque estaba lo bastante cerca del hospital para ir a pie.

No dejó de visitarla cuando, después de licenciarse, trabajaba en un pub por las tardes y prestaba servicios como colaborador externo en una agencia de publicidad de la ciudad para disponer de más tiempo. Cuando la empresa le ofreció un puesto fijo como redactor creativo, él negoció para que le recortaran el ya de por sí exiguo sueldo a cambio de tener libres las tardes de los lunes, aduciendo que tenía que visitar a su madre enferma en el hospital, aunque lo cierto es que su madre ya había muerto.

No dejó de visitarla cuando la madre de Isabella la trasladó del hospital a un anexo de la lejana casa del acantilado construido expresamente para ella. Para llegar allí tenía que coger dos autobuses y caminar kilómetro y medio desde la parada.

No dejó de visitarla después de conocer a Jenny. Aunque las ganas de contárselo, de compartirlo todo con la mujer que amaba, eran abrumadoras, no fue capaz. No habría soportado ver la decepción reflejada en sus ojos.

No dejó de visitarla para pasar las vacaciones con su esposa e hija, y se veía obligado a idear excusas cada vez más elaboradas para evitar estar una semana entera fuera. Había comprado billetes de avión para volver a casa antes de lo acordado, perdido trenes a propósito, fingido intoxicaciones alimentarias e incluso inventado un viejo amigo imaginario a cuyo funeral tenía que asistir. Todo por no romper su promesa.

No dejó de visitarla cuando Jenny se puso de parto.

No dejó de visitarla cuando Izzy actuó en su primera representación navideña ni cuando cumplió tres años.

No dejó de visitarla mientras alguien mataba salvajemente a su esposa y secuestraba a su hija; no cobró conciencia de la terrible ironía de todo esto hasta más tarde.

No dejó de visitarla después, aunque para ello tuviera que abrirse paso entre hordas de reporteros y fotógrafos apostados frente a su casa que lo asediaban con acusaciones y artículos sobre su anterior delito.

«El hombre interrogado por los asesinatos de madre e hija dejó en coma a una chica.»

«El padre de la familia asesinada visita a una adolescente a la que dio por muerta.»

«La primera víctima.»

Oh, sí. A Gabe le quedaba claro.

Le quedaba claro que Charlotte lo había condenado a una pena peor que la cárcel. Lo había encadenado a Isabella de por vida.

—Por eso nada de esto tiene sentido. Charlotte quería que yo pagara por lo que hice. Pero no así.

Se volvió hacia el Samaritano. Se habían reunido en el puente de la autopista, después de dejar sus vehículos aparcados cerca de allí. El policía no había regresado a la autocaravana la noche anterior. Cuando el Samaritano se lo dijo, a Gabe le pareció percibir un ligero deje de desilusión en su voz.

—Le destrozaste la vida a su hija —señaló ahora—. Da la impresión de que la mujer tenía razones de sobra para destrozártela a ti.

Las ráfagas de viento les rociaban la cara con una llovizna fina. Gabe se levantó el cuello del abrigo hasta la barbilla. El Samaritano estaba inclinado sobre la barandilla, con la camiseta y la chaqueta negras habituales, como si le resbalara el mal tiempo. A sus pies, el tráfico de primera hora de la mañana fluía con rapidez por la autopista. Como un río, nunca se detenía del todo. Siempre había más coches. Siempre había más viajes.

—Charlotte no está detrás de esto —aseveró Gabe con rotundidad—. No fue ella quien se puso en contacto con La Otra Gente.

—¿Por qué estás tan seguro?

—Para empezar, Charlotte detestaba la tecnología. Miriam me contó una vez que ni siquiera tenía móvil. No sabía usar Google, mucho menos navegar por el internet oscuro.

—A lo mejor buscó a alguien que la ayudara.

Gabe sacudió la cabeza.

—No, vivía prácticamente como una ermitaña. Sin familia ni amigos.

—A veces la gente te sorprende —afirmó el Samaritano—. Y por lo general no de forma positiva. Además, por lo que me cuentas, la tal Charlotte Harris es todo un personaje.

—Vaya si lo era.

Charlotte Harris era una caracola pulida llena de veneno. Y Gabe estaba seguro de que se habría regodeado con su sufrimiento por la pérdida de su esposa y de su hija.

Pero nunca tuvo la oportunidad.

El Samaritano clavó la vista en él.

—¿«Era»?

Gabe esbozó una leve sonrisa.

—Charlotte Harris ya no existe. Murió un año antes de que naciera Izzy.

44

Estaban sentados a una mesa pegajosa en un rincón del café de la autopista. El lugar olía a comida rancia, y la iluminación fluorescente confería a todos los presentes una palidez de zombis. Una joven atendía a los clientes detrás de la barra. Katie medio esperaba que en cualquier momento apareciera una versión paralela de sí misma y se pusiera a recoger tazas.

Se encontraban varias salidas al sur de Newton Green. Katie no se había atrevido a regresar a su lugar de trabajo. Para empezar, Steve sabía dónde estaba. Podía ir a por ella en cualquier momento. Antes, este pensamiento le habría parecido fruto de la paranoia. Ya no.

El local estaba más o menos un tercio lleno, y un batiburrillo de viajeros ocupaba las otras mesas: un par de peones de campo jóvenes que le hincaban el diente a unos bocadillos de beicon mientras escrutaban sus móviles; un grupo de jubilados que charlaban mientras tomaban el té; una madre joven con un bebé en la trona.

Allí los clientes entraban y salían con más regularidad que en los cafés urbanos. Había un flujo constante de desconocidos. Con eso contaba Katie. Había elegido un lugar seguro, concurrido, donde nadie la conociera. Eso le daría tiempo para pensar, para recalibrar sus ideas.

Había comprado libros de actividades y rotuladores de colores en la tienda, además de ibuprofeno y tiritas para su nariz hinchada. Luego, tras pedir unos batidos y unos trozos de pastel de chocolate, había acomodado a los niños en torno a una mesa tranquila en un rincón.

Por el momento, parecían aceptar la situación. Los niños son así: tienen capacidad de adaptación para sobrellevar lo que sea. Pese a ello, por supuesto, hicieron preguntas, que Katie había capeado lo mejor posible.

«¿Por qué hemos salido corriendo?», «¿Qué le ha pasado a tío Steve?», «¿No era policía?», «¿Nos van a meter en la cárcel?».

Ella les había contado que Steve era un hombre malo, a pesar de que vestía como un policía. Que habían tenido que huir hasta que los policías buenos resolvieran el problema.

—¿Es como Terminator? —preguntó Sam—. Se hacía pasar por poli, pero no lo era. También se hacía pasar por la madre de John Connor, y le atravesaba el ojo a su padre con un pincho.

—Algo así —respondió Katie, antes de advertirle que no hablara de ojos atravesados con pinchos delante de su hermana (mientras se preguntaba en casa de qué amigo habría visto *Terminator 2*).

Mientras se comían el pastel y se bebían los batidos sorbiendo con cañitas, Katie mandó un mensaje de texto al colegio para avisar de que Sam y Gracie estaban enfermos y no podían ir a clase. A continuación, le escribió a Louise.

«¿Estás bien?»

«No, Steve rompió conmigo anoche.»

«Me alegro.»

«Gracias.»

«Steve es peligroso. Esta mañana se ha presentado en mi casa y me ha atacado.»

«¿Es coña?»

«No es coña.»

«¿Qué cojones...?»

«¿Estás en casa?»

«En la de Lucy.»

Lucy era la amiga más antigua de Lou. Era todo lo contrario

de ella: sensata y una madraza. Katie notó que el alivio la inundaba.

«¿Puedes quedarte ahí esta noche?»

«Supongo.»

«¿Sabe Steve donde vive Lucy?»

«No.»

«Si te llama, no contestes. No le digas dónde estás.»

«Me estás asustando.»

«Mejor. ¿Me prometes que no hablarás con él?»

«Te lo prometo.»

Katie solo esperaba que cumpliera su promesa. Tomó un sorbo de café. Alice estaba ayudando a Gracie a colorear un trío de princesas Disney. Sam garabateaba superhéroes mientras picoteaba su pedazo de pastel de chocolate con los dedos, apenas le llegaba alguna miga a la boca.

A pesar de lo que ella les había dicho, no sabía si podía llamar a los «policías buenos». ¿Y si no la creían? Al margen de los otros asuntos en los que estuviera implicado, Steve seguía siendo uno de los suyos. Su palabra prevalecería sobre la de Katie.

No podía volver a casa, ni llamar a su madre. Cayó en la cuenta de que no tenía a nadie a quien recurrir, ni amigos ni conocidos. Siempre estaba tan ocupada trabajando, cuidando de sus hijos, saliendo adelante, que no le quedaba tiempo para forjar relaciones.

Además, no se le daba bien afrontar emergencias. Lo suyo era la rutina. Carecía de un protocolo del pánico. A diferencia de Fran. Fran siempre había sido la rebelde, la que eludía los problemas por los pelos. Testaruda, impulsiva. Era quien peor se llevaba con su madre, tal vez porque se parecían tanto. Las dos estaban siempre convencidas de tener la razón, se enfadaban enseguida y tardaban mucho en perdonar. Katie aún recordaba las peleas acaloradas, los portazos y los gritos, mientras su padre intentaba reconciliar a su esposa y a su hija favorita.

Por otro lado, también recordaba que Fran la defendía cuando su madre había tomado alguna copa de más. Y, el día en que unos chicos mayores se apiñaron en torno a ella para hostigarla en el camino de vuelta del colegio, Fran quiso defenderla blandiendo un palo de hockey y arremetió contra los abusones con tal ferocidad que Katie tuvo que suplicarle que parara.

«¿Dónde te has metido, Fran? ¿Qué diablos harías para salir de este lío?»

—¿Ma-má? —Alzó la vista. Sam se removía en su asiento—. Tengo que ir al baño.

—Vale. —Katie miró de reojo a Alice y Gracie—. ¿Puedes ir tú solo?

El crío puso cara de exasperación.

—Claro. Tengo diez años.

—Bueno, pero date prisa, no hables con...

—Sí, con extraños, ya lo sé. —Se levantó de la mesa y se fue.

Katie notó de inmediato que la ansiedad se apoderaba de ella. Para llegar a los aseos solo había que alejarse unos metros por el pasillo. Pero ¿y si alguien lo secuestraba? De pronto, todas las cosas y personas que la rodeaban se le antojaban sospechosas, amenazadoras. Otra gente, pensó. Hay por todas partes. Y no había manera de distinguir a los peligrosos de los otros.

Se percató de que Alice la observaba con recelo.

—¿Estamos huyendo otra vez? —preguntó.

—¿Qué? No, solo estamos pensando lo que debemos hacer.

—Eso es lo que decía siempre Fran.

—Ya. ¿Y qué más decía Fran?

—Que solo teníamos que irnos lejos para estar a salvo.

—¿Y lo estabais?

—Durante un tiempo. —Alice volvió la vista hacia Gracie, que seguía concentrada en Rapunzel, Jasmín y Bella. Bajó la voz—. Hasta que llegó un hombre malo.

Katie se puso tensa.

—¿Cuándo pasó eso?

—Hace mucho tiempo. Fran cree que yo estaba dormida, pero me desperté. Llegó a casa por la noche. Se pelearon y Fran se libró de él.

—¿A qué te refieres?

Alice bajó la voz hasta un susurro.

—Bajé las escaleras muy despacio y vi cómo lo metía en el maletero del coche viejo que tenía guardado en el garaje.

Katie tragó en seco.

—¿Y qué pasó después?

—Me volví a la cama y me hice la dormida. Fran subió y me dijo que teníamos que irnos. Fuimos en coche hasta un hotel que estaba muy lejos. Fran me dejó sola un rato. Al día siguiente, el coche ya no estaba.

Katie pensó en aquellos chicos y el palo de hockey. En lo lejos que estaba dispuesta a llegar Fran para proteger a sus seres queridos.

Pero ella no era Fran. Así que, ¿qué debía hacer Katie?

De repente, lo supo. En realidad, no tenía elección.

—Se acabó el huir —extendió el brazo y le tomó la mano a Alice—. Vamos a arreglar este lío.

Cogió su teléfono.

45

Hacía mucho tiempo que no conducía por allí. A pesar de todos los kilómetros que había recorrido, de todas sus idas y venidas por la autopista, no había reunido el valor suficiente para enfilar ese camino.

El camino de vuelta a casa.

Woodbridge, Nottinghamshire.

Jenny y él habían comprado la vicaría victoriana, llena de recovecos, en una subasta, sin haberla visto antes. Cuando les entregaron las llaves, él descubrió que no solo habían pagado más de la cuenta por lo que en esencia no era más que una ruina que solo se aguantaba en pie por las carcomas y las cagadas de rata, sino que el exiguo presupuesto que habían reservado para reformas ni siquiera cubriría el coste de un tejado nuevo.

Jenny quiso pedir ayuda a sus padres, pero Gabe se negó. La fortuna de Harry y Evelyn siempre había sido un motivo de discordia entre los dos. Harry había corrido con los gastos del casamiento, un bodorrio por todo lo alto que en su día había hecho que Gabe se sintiera incómodo. Sin embargo, luego razonó que Jenny era la hija única de Harry y que la tradición así lo dictaba. Por otro lado, no quería que aceptar el dinero del hombre se convirtiera en costumbre. A Jenny le resultaba demasiado fácil. Estaba acostumbrada a que le dieran todo lo que pedía. Gabe no quería ser un mantenido. Había trabajado duro para no deberle nada a nadie.

Esto dio lugar a su primera discusión seria, que se enconó

durante las semanas siguientes. Al final, solo para poner fin a las hostilidades, él cedió, con la condición de que devolverían hasta el último penique.

Les llevó varios años transformar la casa en algo no solo habitable, sino hermoso. Fue una obra de amor, y Gabe estaba muy orgulloso de lo que habían conseguido, tras pasar horas juntos cubiertos de yeso y pintura, o acurrucados al amor de un fuego de verdad cuando nevaba y habían tenido que tapar las ventanas con láminas de plástico. Estaba orgulloso de la casa que habían construido Gabe y Jenny.

Era un hogar de ensueño, al menos para él: paredes de ladrillo rojo cubiertas de una brillante capa de hiedra, ventanas de guillotina, un largo camino de acceso de grava y jardines por tres costados. Cuando Jenny se quedó embarazada, la vida parecía perfecta.

Instalaron una cama elástica y un columpio para Izzy en el patio de atrás. En verano, llenaban una enorme piscina hinchable, y el tobogán normal se convertía en un tobogán de agua.

Habían construido un hogar para su familia. Un hogar en el que Gabe esperaba envejecer, ver crecer a Izzy e incluso tal vez ver jugar a sus nietos.

Y lo cierto es que habían sido felices allí. En general. Él, al menos, había intentado con todas sus fuerzas creer que lo eran, ahuyentar la sombría sensación de que la casa había acabado representando las enormes diferencias que había entre Jenny y él, la disparidad entre sus orígenes, deseos y esperanzas de futuro.

Para Gabe, era la culminación de sus esfuerzos. Para Jenny, era el tipo de casa en la que se había criado, y él a veces sospechaba (con cierta maldad) que era el tipo de casa que ella esperaba.

Jenny era buena persona, una madre genial, una santa por aguantarlo a él, pero Gabe no conseguía sacudirse la sensación de que nunca sería lo bastante bueno para ella. Siempre sería el chico de la urbanización que había dado un braguetazo. Tarde o temprano se acabaría su buena suerte.

No se equivocaba.

La casa que había construido para su familia bien pudo estar hecha de paja, también. Desde el principio había un lobo feroz acechando en las sombras, esperando el momento oportuno para echarla abajo a soplidos.

La casa apenas había cambiado. El camino de acceso estaba asfaltado y había dos Range Rover aparcados fuera. El jardín en el que a Izzy le encantaba correr y jugar había sido rediseñado y estaba equipado con una nueva terraza de madera y un jacuzzi.

La habían vendido a una pareja de profesionales liberales de cuarenta y tantos años sin hijos. Gabe no entendía para qué querían dos personas una casa con cinco habitaciones y jardín. Por otro lado, todos los compradores en potencia que tenían familia se echaban atrás cuando se enteraban de lo que había ocurrido allí, como si la siniestra historia de la casa fuera a caerles encima. Como si la tragedia fuera contagiosa.

Alzó la vista hacia la que había sido su casa. Cuando la policía llegó aquella noche, tanto las puertas automáticas de la verja principal como las del patio trasero estaban abiertas. Jenny siempre cerraba la verja principal. Ambos estaban muy concienciados respecto a la seguridad; Jenny porque se había criado con unos padres que guardaban su fortuna con celo, y Gabe porque se había criado en un barrio donde la gente robaba hasta el adhesivo para la dentadura de las abuelas, así que todo el mundo protegía lo que tenía.

En ese momento se preguntó si alguien se había asegurado de que esas puertas se quedaran abiertas. ¿En eso había consistido el papel de la mujer? ¿En conseguir que Jenny bajara la guardia, se olvidara de cerrarlas y dejara entrar al auténtico asesino? Pero algo había salido mal. Jenny había muerto, al igual que la hija de la mujer, y esta había huido con Izzy.

La policía habló con todo el mundo en el colegio de Izzy, con otras madres y compañeros de trabajo de Jenny. Se entrevistó con todos sus conocidos. O, por lo menos, con todas las personas que ellos creían que conocía.

«¿Es posible que su esposa dejara entrar al asesino en la casa?»

«¿Había quedado en verse con alguien?»

«¿Sabe usted cómo se llaman sus amistades?»

No lo sabía, por supuesto. No era consciente de que su esposa se había convertido en una completa desconocida hasta que había muerto. Gabe lo ignoraba todo sobre sus amigos y su rutina. Compartían casa y cama, pero en algún momento habían dejado de compartir sus vidas. Se preguntó cuándo había ocurrido. Tal vez por eso nunca habían pronunciado la palabra «divorcio». No hacía falta. Ya estaban replegándose, minando su matrimonio de forma furtiva, distanciándose tan lentamente que ninguno de los dos se percataba siquiera de que el otro estaba desapareciendo.

Empezó a sonarle el móvil. Se lo sacó del bolsillo.

—¿Diga?

—Gabriel, soy la inspectora Maddock.

—¿Sí? —Esperó.

—Solo quería comunicarle que su suegro se ha presentado en comisaría y está siendo interrogado ahora mismo. —Después de una pausa, añadió—: También quería que supiera que hemos reexaminado las muestras de sangre y forenses extraídas del cuerpo de la niña que encontramos en su casa.

«Muestras de sangre y forenses.» Qué palabras tan frías y asépticas. Tragó saliva. «No era Izzy», se recordó a sí mismo. Sin embargo, era la hija de alguien. La pequeña de alguien. Y, al igual que Izzy, seguramente se reía con *Peppa Pig*, le escribía cartas a Papá Noel y dormía abrazada a su peluche favorito para espantar los malos sueños. Esperaba que estuviera profundamente dormida en aquel momento. Aunque nunca había sido un gran creyente en Dios ni en la religión, rezó porque estuviera a salvo en un lugar calentito.

—¿Gabriel?

—Sigo aquí —dijo con la voz ronca por el bulto duro y caliente que se le había formado en la garganta.

—Los análisis confirman que no era su hija, Gabriel.

—Vale.

Habría debido alegrarse de que por fin reconocieran que tenía razón, pero no fue así. Izzy seguía desaparecida, y la otra niña estaba siendo dejada de lado y abandonada otra vez, incluso después de muerta.

—Hay algo más —dijo Maddock—. La mujer que encontramos...

—¿Ya saben quién era?

Se produjo una pausa más larga.

—Por eso le llamo. —El silencio resonó al otro lado de la línea—. Acabo de hablar con el hospital. No llegó a volver en sí. Me temo que ha muerto hace un cuarto de hora.

Él tardó unos instantes en asimilar la noticia.

—¿Y el hombre del maletero?

—Los forenses aún están trabajando en ello, pero por el momento no ha habido suerte.

—¿O sea que no hay manera de saber qué ha sido de Izzy?

—Tal vez tengamos una pista. ¿Le suena de algo un tal Michael Wilson?

—No, ¿por qué?

—Lo mataron durante un atraco frustrado, hace nueve años. Al cotejar las muestras tomadas del cadáver de la niña con la base de datos en busca de posibles familiares, apareció su nombre.

—¿Es su padre?

—Seguramente su abuelo. Y, según nuestros archivos, Michael Wilson tenía tres hijas.

Gabe intentó procesar las implicaciones de aquello.

—Ahora estamos comparando su ADN con el de la mujer no identificada —prosiguió Maddock—. Estoy bastante segura de que coincidirán.

La madre y el abuelo de la pequeña..., los dos muertos. Pero...

—Ha mencionado a tres hijas. ¿Qué hay de las otras dos?

—Confíe en mí, Gabriel: estamos investigando todas las pistas.

—No lo bastante deprisa.

—Si Izzy está ahí fuera...

—¿Cómo que «si»? ¡Izzy está ahí fuera y tienen que encontrarla!

—Hacemos todo lo posible.

—Ya..., además de investigar todas las pistas. ¿Están aprendiendo lecciones valiosas por el camino, también?

—Gabriel...

—Déjese de tópicos y perogrulladas. Lo que necesito es que salgan a buscarla.

—No contamos con recursos ilimitados.

—Usted cree que está muerta, ¿verdad?

—No. No he dicho eso.

—No hacía falta.

—Hacemos lo que podemos. Yo hago lo que puedo. ¿Tiene algo más que decirnos que pueda sernos de utilidad?

Él vaciló por un momento.

«Hasta el día que uno de los dos muera. ¿Te ha quedado claro?»

—Ya le he dicho todo lo que podía.

—Muy bien. Entonces déjenos hacer nuestro trabajo.

Él colgó y estuvo a punto de ceder al impulso de arrojar el teléfono por la ventana, pero se contuvo. Estaba tan cerca, pensó. Tan cerca de encontrar todas las respuestas, y al mismo tiempo tan lejos. Había averiguado partes de la historia. Fragmentos. Pero solo una persona sabía la verdad, y no estaba en condiciones de contársela a nadie. Y si la mujer había cuidado de Izzy durante todo ese tiempo, ¿quién se había hecho cargo de ella ahora? ¿Quién tenía a su hija?

¿Podría soportar más años sin saberlo? O, peor aún, ¿soportaría saberlo? ¿Sería capaz de soportar la demoledora irrevocabilidad de la llamada que le haría la policía para notificarle que la habían encontrado, que habían encontrado el cuerpo de Izzy?

Abrió la foto de Izzy en su móvil. ¿ME HAS VISTO? «Sí, cariño —pensó—. Te veo a todas horas. En todos mis sueños. En todas mis pesadillas. Pero hay muchas cosas que no tuve oportunidad de ver. No estaba contigo cuando te salieron los primeros dientes permanentes. No estaba contigo cuando el cabello se te volvió más oscuro y grueso. No estaba contigo cuando aprendiste a nadar o cuando dejaste de decir «amaliyo» en vez de «amarillo». Te estás alejando, desvaneciendo de mi memoria. Porque los recuerdos son solo tan fuertes como las personas que se aferran a ellos. Y estoy cansado. No sé si podré seguir aferrándome a ellos durante mucho más tiempo.»

Dejó que las lágrimas le resbalaran por las mejillas. Cayeron sobre la pantalla, emborronando la imagen, hasta que Izzy resultaba casi irreconocible. «Se va, se va, se fue.»

De pronto, el teléfono emitió un zumbido. Había recibido un mensaje de texto.

Ella duerme. Una chica pálida en una habitación blanca. Está rodeada de máquinas que pitan y runrunean. La ventana se abre de golpe y la caracola acaba en el suelo, partida en aguzadas esquirlas. Resuenan en el aire las notas discordantes de las teclas del piano.

Esto ha alertado a Miriam antes que la alarma de su busca. Entra corriendo en la habitación y contempla la escena. El corazón le martillea el pecho, las piernas aún le tiemblan por haber subido las escaleras a toda prisa desde la cocina. Desplaza la vista por el estropicio, la caracola, la ventana abierta. ¿Qué demonios está pasando?

Entonces, como siempre, se impone el sentido práctico. Se coloca a un lado de la chica y le mide el pulso, el ritmo cardíaco, los fluidos. Reinicia los aparatos, pulsa botones, realiza ajustes. Las máquinas reanudan su runruneo continuo.

Ella exhala un breve suspiro de alivio. Se está haciendo demasiado mayor para esto, piensa. Ya es hora de que se jubile. Pero no puede. Tiene un deber que cumplir aquí. Pero a veces se siente agotada. El peso de la responsabilidad la abruma.

Vuelve a tocar el suave papel que lleva en el bolsillo. Él se lo entregó cuando empezó a buscar a su hijita. Ella lo conserva como recordatorio de lo mucho que ha perdido él también. A veces, se sorprende a sí misma mirándolo y preguntándose si es verdad, si la hija del hombre está ahí fuera, en algún sitio, del mismo modo que a veces mira a Isabella y se pregunta si está ahí dentro, en alguna parte. Dos muchachas jóvenes, las dos perdidas. Aunque, en realidad, nunca estamos perdidos del todo mientras haya alguien buscándonos. Simplemente, no nos han encontrado aún.

Le aparta con delicadeza un mechón de pelo de la cara a la chica. Lo nota húmedo. ¿Por el sudor? Pero si Isabella no suda. Además, percibe un olor. Agua de mar, piensa. A Isabella el cabello le huele a agua de mar. Debe de ser porque la ventana está abierta.

Se acerca a ella para cerrarla. En el exterior, el cielo tiene un aspecto lúgubre y anubarrado. Se está fraguando una tormenta sobre el horizonte. Miriam se estremece. Aunque no es muy dada a dejar volar la imaginación, sabe cuándo algo no va bien. Lo percibe en el aire.

Se da la vuelta. Un movimiento entre las sombras de detrás de la puerta capta su atención. Surge une figura. Miriam se sobresalta. Su corazón palpita a toda velocidad contra los quebradizos huesos de su pecho.

—¿Quién eres? —tartamudea—. ¿Qué quieres?

Él sonríe. Su blanca dentadura emite un destello.

—Tengo muchos nombres. —Alza una pistola. Miriam agarra el crucifijo que lleva al cuello—. Pero algunos me llaman el Hombre de Arena.

46

Un atasco. Justo en ese momento. A Gabe le habría hecho gracia, si no le hubieran entrado ganas de llorar, gritar y atravesar el parabrisas de un puñetazo.

La fila de coches que tenía delante avanzó a trompicones hasta detenerse por completo. Gabe vio que la aguja del velocímetro subía despacio hasta treinta, puso la cuarta marcha y tuvo que pisar el freno de inmediato.

Aporreó el volante. Una vez más, el destino parecía conspirar contra él para impedir que llegara hasta ella. *Déjà vu.* Siempre llegaba demasiado tarde. Siempre la perdía cuando la tenía casi al alcance de los dedos.

«He encontrado a tu hija. Reúnete conmigo en la cafetería de la salida 12.»

El mensaje de texto podía ser una broma cruel, claro. Una mala pasada. Pero ¿por qué?

Un sueño nunca es más frágil que cuando está a punto de hacerse realidad. El más ligero error puede reducirlo a polvo. Gabe se sentía como si se balanceara sobre una cuerda floja por encima de un río infestado de cocodrilos hambrientos mientras caminaba hacia un espejismo. Lo estaba arriesgando todo por algo que podía esfumarse en la niebla.

Oyó una sirena y una ambulancia pasó como un rayo por el arcén. Debía de haberse producido un accidente más adelante. El trayecto rutinario de alguien se había visto truncado de pronto por una distracción momentánea, un cambio de carril pasado por alto, una frenada que había llegado una fracción de segundo tarde.

El tráfico recorrió unos pocos metros más a paso de tortuga. La frustración de Gabe se incrementó ligeramente. Se aproximaba a una señal. Era el anuncio de la salida siguiente. A ochocientos metros. Tomarla supondría un rodeo considerable, pero ¿no era mejor eso que quedarse parado en el embotellamiento? Tamborileó en el volante con los dedos. ¿Conseguiría pasarse al otro carril a tiempo? ¿O sería mejor esperar a que se reanudara la circulación?

El mismo dilema en el que se había encontrado tres años atrás. No podía permitirse el lujo de tomar la decisión equivocada otra vez. El tráfico avanzó un poco más. La vía de acceso estaba cada vez más cerca. Unos cuantos vehículos ya la habían tomado. Él estaba abandonando la autopista demasiado tarde.

Tras debatirse en la duda por unos instantes, puso el intermitente y se abalanzó hacia el carril interior, cruzándose delante de un camión, que pegó un bocinazo furioso y le hizo luces. Gabe no le prestó atención. Estaba a punto de llegar al final de la vía de acceso. Dio un volantazo a la izquierda, notó una ligera sacudida cuando los neumáticos de la autocaravana pasaron por encima de las bandas sonoras blancas, y por fin estaba fuera.

Esperaba que esta vez no fuera demasiado tarde.

47

¿Dónde se había metido aquel hombre? Los libros de actividades habían acabado en la basura, y la mesa estaba cubierta de migajas y vasos desechables vacíos. Katie les había dejado su móvil a Sam y Gracie para que jugaran con él, anticipando las quejas por aburrimiento, pero notaba que estaban cada vez más inquietos. Alice permanecía sentada, claramente absorta en un crucigrama infantil, pero Katie advirtió que llevaba diez minutos sin añadir una sola letra.

Echó otro vistazo a su reloj. Hacía más de una hora que había enviado el mensaje de texto. Aparecía marcado como recibido. Él no había contestado ni intentado llamar, aunque ella no le habría respondido, de todos modos. Algunas conversaciones había que mantenerlas en persona. Tal vez el hombre no lo había leído. Tal vez había pensado que se trataba de una broma cruel. Tal vez no se presentaría.

¿Qué debía hacer? ¿Cuánto rato más debía esperarlo?

Volvió a recorrer la cafetería con la mirada. Se puso tensa. Dos hombres con chaquetas fluorescentes y uniformes de policía se acercaron a la barra. Se le aceleró el pulso. ¿Habían parado un momento para tomar un café, o estaban allí por asuntos de carácter más oficial?

Pegó un brinco cuando Alice la agarró del brazo.

—Lo sé —susurró Katie.

Los policías parecían estar hablando con la chica que atendía detrás la barra. Mientras Katie los observaba, uno de ellos se dio la vuelta y desplazó la vista por el establecimiento. ¿Buscaba a alguien? ¿Los buscaba a ellos? Katie había elegido una mesa situada detrás de una pareja y medio oculta tras una columna, pero si los polis empezaban a pasearse por el local, a la caza de una mujer que huía con tres niños, su pequeño grupo —vestido con sudaderas, pantalones de pijama y botas— cantaría como una almeja.

Asintió mirando a Alice.

—Sam, Gracie, poneos las chaquetas —musitó.

—¿Por qué? ¿Adónde vamos?

—Por el momento, nos vamos de aquí.

Cogieron sus abrigos. Los policías seguían frente a la barra. Katie se llevó el dedo a los labios, y los niños echaron sus sillas para atrás y se levantaron.

Los policías se giraron. A Katie se le heló la sangre... hasta que vio los dos vasos grandes de café para llevar. Notó que el alivio le inundaba el corazón. Los agentes sonrieron, se despidieron de la chica de la barra con un gesto y salieron de la cafetería con paso tranquilo.

—No pasa nada —dijo—. Ha sido una falsa alarma.

Se volvió hacia Alice. Pero la niña no la estaba mirando a ella.

Contemplaba otra figura, que caminaba lentamente hacia ellos. Una figura alta y delgada de cabello negro desgreñado y expresión cansada. Su andar era un poco desigual, sujetándose el costado como si le hubieran puesto puntos. Tras escrutar la sala por unos instantes, sus ojos se posaron en Alice como atraídos por una fuerza magnética.

Conmoción. Incredulidad. El hombre se paró en seco, se llevó la mano a la cara, la bajó de nuevo y dio un paso vacilante hacia ella.

Abrió la boca, pero no emitió sonido alguno. Daba la impresión de que estaba buscando una palabra, un nombre que hacía mucho tiempo que no pronunciaba. Katie estaba deseando que la encontrara.

Pero Alice se le adelantó.

—¿Papá?

48

Después de todo ese tiempo. Después de tantos años, de todas las veces que se había atrevido a imaginar ese momento.

Y, por una fracción de un instante, creyó que se había cometido una enorme equivocación.

La niña tenía el cabello más oscuro y largo de lo que él recordaba. Era mucho más alta. Y delgada. Las extremidades, antes regordetas, se habían vuelto larguiruchas. Las mejillas habían perdido su carnosidad, y sus ojos habían cambiado. Él percibía en ellos una sombra de recelo, de dolor. Le costaba reconocer a su mofletuda y rubia hijita en esa muchacha flaca y enfundada en una sudadera, un pijama y unas botas Ugg demasiado grandes para ella.

Hasta que ella habló:

—¿Papá?

Se le derramaron las lágrimas. Fue como si se reventara una presa. Él se abalanzó hacia delante y estrechó a su hija entre sus brazos, sin importarle las agudas punzadas de su herida. Ella se puso rígida por un momento, pero luego se derrumbó contra él, que quedó sorprendido por lo mucho que pesaba.

No la abrazó tan fuerte como habría querido, temeroso de aplastarla con la intensidad de sus emociones. Tres años. Se había pasado tres años persiguiendo un fantasma y por fin se la habían devuelto. Tenía entre sus brazos a su hija. De carne y hueso. Viva.

—Izzy. —Hundió el rostro en su pelo, aspirando su olor—.

Llevaba tanto tiempo buscándote... Te he echado mucho de menos.

¿ME HAS VISTO? Sí. Y ya nunca más iba a separarse de ella, por miedo a que volviera a desaparecer, a que se desvaneciera sin dejar rastro.

—¿Gabe? —dijo otra voz con suavidad.

De mala gana, alzó la vista y miró por encima de la cabeza de Izzy. Entonces cayó en la cuenta de que aquella mujer era la camarera. Katie. Estaba casi irreconocible, con los ojos a la funerala y la nariz enrojecida e hinchada. Parecía haber sufrido un accidente. La acompañaban dos niños más, que llevaban sudaderas por encima del pijama, como si hubieran tenido que salir de casa a toda prisa. ¿Qué hacía ella allí? ¿Cómo había encontrado a Izzy?

—Me imagino que tendrás un montón de preguntas... —empezó a decir ella, con la voz pastosa por la lesión de la nariz.

—¿Qué te ha pasado en la cara?

—Se lo hizo tío Steve —terció la pequeña—. Era el novio de tía Lou, pero era malo. Le hizo daño a mamá.

—Por eso no podemos volver a casa —añadió el chico—. Porque él podría presentarse otra vez. Estamos huyendo.

Gabe contempló al muchacho fijamente. Se sentía como si su cerebro hubiera entrado en caída libre. Los pensamientos se arremolinaban en su cabeza sin orden ni concierto.

—No entiendo nada.

—Lo sé —dijo Katie—. Te prometo que te lo contaré todo. Pero más tarde. Ahora mismo, tenemos que llevar a los niños a algún lugar seguro, donde nadie nos busque.

Él sacudió la cabeza.

—Ahora mismo, tenemos que acudir a la policía.

—¡No! —Su hija se apartó de él.

—Izzy...

—El hombre malo va a volver. Nos encontrará. —Elevó la voz, presa del pánico—. ¡No!

—Vale, vale —cedió Gabe, intentando tranquilizarla—. No haremos nada que no quieras. —La atrajo de nuevo hacia sí—.

Papá cuidará de ti a partir de ahora. Te protegerá del hombre malo.

Miró de nuevo a Katie.

«Algún lugar seguro.»

Caviló por unos instantes.

—Conozco un sitio —se sorprendió diciendo.

49

Gabe conducía hacia el sur. Izzy iba sentada a su lado, con una mochila pequeña sobre el regazo. La sujetaba con fuerza, con una actitud tan posesiva que él se preguntó qué contenía que fuera tan valioso. Katie y sus hijos dormitaban en la parte de atrás, agotados y mecidos por los movimientos de la autocaravana.

¿Qué relación tenía Katie, una camarera en una estación de servicio, con todo aquello? Era imposible que se hubiera topado con su hija por casualidad. Entonces, ¿cómo la había encontrado? ¿Estaba involucrada de algún modo en su secuestro? Le parecía de lo más improbable. Por otro lado, ¿podía ser una simple coincidencia que trabajara en el establecimiento donde él solía parar para tomar un café? Siempre estaba sonriente, siempre cerca de él. ¿Podía fiarse de ella siquiera? Por otra parte, la mujer le había salvado la vida. ¿Y no era más bien ella quien le estaba dando su voto de confianza a él, un completo desconocido que la llevaba, junto con sus hijos, a Dios sabía dónde?

Secretos, pensó Gabe. No eran las grandes mentiras, sino las pequeñas, las medias verdades, las que se apilaban una encima de otra para formar un gigantesco y apestoso montón de engaños. Y cuando eso se venía abajo, uno acababa metido en la mierda hasta el cuello.

Se esforzó por concentrarse en la carretera. Habían abandonado la autopista unos kilómetros atrás. Hacía un día húmedo y oscuro, y la neblina empezaba a descender desde las colinas.

Casi había anochecido cuando salieron de la periferia de la ciudad y empezaron a circular por las carreteras comarcales, y solo el brillo de los ojos de gato o las luces de alguna que otra casa de labranza les indicaban el camino.

A Gabe no le hacían falta. Conocía el trayecto como la palma de su mano. Unos kilómetros más adelante se desviarían hacia la costa.

—¿Adónde vamos? —preguntó Izzy.

—A un lugar donde el hombre malo no nos encontrará —respondió él.

La niña se mordió el labio y apretó contra sí la mochila. Se oyeron chasquidos y repiqueteos procedentes del interior.

—Eso era lo que decía Fran. Me prometió que..., pero se equivocó.

—¿Quién es Fran?

—Era... Ella me cuidaba.

—¿Se portaba bien contigo?

—Sí. Casi siempre.

—¿Casi siempre? ¿Te hizo daño alguna vez?

—No..., pero a veces se enfadaba, o se ponía triste.

—¿La querías?

—Supongo.

Gabe se tragó la rabia amarga que lo corroía.

—Bueno, yo no quiero prometerte cosas que no pueda cumplir. Pero te aseguro que haré todo lo que esté en mi mano por mantenerte a salvo y contenta. ¿De acuerdo?

Notó que ella le escudriñaba el rostro en busca de la verdad.

—De acuerdo.

—Sin embargo, te obligaré a hacer los deberes..., y nada de novios hasta que cumplas los treinta, por lo menos.

Los labios de Izzy se curvaron ligeramente, en un rictus similar a una sonrisa...

—Vale.

Luego bostezó y se le cerraron los ojos.

Él la contempló un momento, se recreó en la imagen antes de coger su móvil, que estaba en el soporte del salpicadero.

Dio unos toques en la pantalla para abrir un contacto, el de alguien con quien hacía mucho tiempo que no se veía obligado a hablar. Acto seguido, pulsó «Llamar».

Al cabo de otra hora, divisó al frente el oleaje oscuro de los Downs. Las sinuosas carreteras rurales que serpenteaban por la campiña de Sussex pronto discurrirían cuesta arriba, y dejarían atrás los bosques y los túneles de árboles conforme iniciaran el ascenso a los acantilados.

Era una zona hermosa y exuberante del país. Muchos «refugiados» se mudaban allí desde Londres cuando se hartaban del estilo de vida urbano (siempre y cuando este estilo de vida les hubiera permitido ganar dinero suficiente). Invertían en casas de labranza reformadas rodeadas por hectáreas de terreno que vallaban para impedir que los caminantes atajaran por allí, y creían que llevaban una vida bucólica solo porque tenían un Range Rover y se ponían sus botas de goma Hunter para ir al súper (porque, naturalmente, pagaban a otras personas para que pasearan a sus perros cruce de caniche y labrador por los enfangados campos).

Por otro lado, también era una zona de poblaciones costeras empobrecidas, con altos índices de desempleo y delincuencia, donde la violencia y el rencor estaban siempre latentes; rencor contra los londinenses, los izquierdosos ecologistas de Brighton y, sobre todo, contra los inmigrantes que se habían instalado en muchas de las urbanizaciones de viviendas sociales pobres, como aquella en la que él se había criado.

Pero no era allí adonde se dirigían.

Dejaron la carretera principal que discurría por el litoral, enfilaron un camino privado, y al poco rato la casa apareció en la distancia. Solo las plantas superiores resultaban visibles por encima del elevado muro que la rodeaba. Vista desde lejos y a través de la niebla parecía de color gris, como una especie de castillo de piedra encaramado en lo alto del acantilado. De cerca, se apreciaba que sus paredes encaladas eran de un blanco radiante, como un faro. Al otro lado de la verja de hierro forjado se vislumbraba un camino de grava que atravesaba una gran extensión de césped verde, y casi todas las habitaciones tenían vistas al mar.

La finca se llamaba Seashells. Caracolas de mar.

Gabe aparcó frente a las imponentes verjas. Katie, que se había despertado, echó un vistazo por la ventanilla.

—¿Qué es eso? ¿Un hotel?

—No.

—¿Quién vive aquí?

—Una mujer que se llamaba Charlotte Harris vivía aquí con su hija.

—¿Ya no?

—Un conductor borracho atropelló a su hija cuando tenía catorce años. Se quedó en estado vegetativo persistente. Unos enfermeros privados cuidan de ella en un ala especial de la casa.

—Madre mía.

Gabe esperó unos segundos antes de continuar.

—El conductor borracho era yo. La visito todas las semanas, desde hace más de veinte años.

Se apeó y se dirigió hacia las verjas, dejando que Katie digiriese sus palabras y atara cabos. Al cabo de un momento, oyó que bajaba del coche y lo seguía.

—¿Y su madre va a dejar que nos quedemos aquí?

—No. —Introdujo unos números en el teclado de acceso instalado en la pared—. Charlotte Harris ya murió.

—Entonces ¿quién es el dueño de todo esto?

Cuando Gabe pulsó un botón, las verjas comenzaron a abrirse, girando sobre sus goznes.

50

Un regalo nunca es solo un regalo. Unas veces es una disculpa; otras, un gesto de amor. A veces, es un medio de obtener influencia, o un sutil chantaje emocional. A veces, es una manera de aplacar el sentimiento de culpa. Unas veces, es una forma de envolverse en un halo de bondad. Otras, es una ostentación de poder o riqueza.

Y, en algunas ocasiones, es una trampa.

Cuando el abogado de Charlotte Harris le había pedido que se reuniera con él «a la mayor brevedad posible» aquel lunes gris de noviembre, Gabe no supo muy bien qué esperar; hasta ese momento, ni siquiera estaba enterado de la enfermedad de Charlotte.

Nunca se encontraba con ella cuando visitaba a Isabella. Hacía años que no la veía. Ella, que siempre había sido una mujer muy reservada, se había convertido en una completa ermitaña. Miriam, el ama de llaves y enfermera jefe, le había dicho en confianza que la señora solo salía de su habitación para sentarse un rato junto al lecho de Isabella. Jamás salía de la finca. Ambas eran cautivas, pensó Gabe. Cada una a su manera.

Pero se preguntaba qué sería de Isabella tras la muerte de Charlotte. ¿Quién se ocuparía de ella, quién pagaría a los empleados y se aseguraría de que se le continuaran administrando cuidados?

Y entonces el abogado se lo explicó.

Gabe se había quedado mirando al atildado hombrecillo, con

su reluciente calva y sus gafitas redondas, y notó que la boca se le abría de par en par.

—¿La finca entera?

—En efecto.

—No lo entiendo.

El señor Barrage le había dedicado una sonrisa seca. A Gabe se le antojaba la caricatura de un abogado inglés. Solo le faltaba el bombín y el paraguas.

—La señora Harris no tiene familia, aparte de su hija Isabella, que por razones obvias no está en condiciones de gestionar sus asuntos. Charlotte quería que la casa y su patrimonio estuvieran en manos de alguien que se asegurara de que ella siguiera recibiendo atención del máximo nivel. Es una de las condiciones que figuran en el testamento. Usted no podrá vender la propiedad, pero sí establecerse en ella con su familia. Usted podrá hacer lo que le plazca, hasta cierto punto.

Gabe intentó procesar la información. Charlotte Harris era una mujer acaudalada, pero los cuidados de Isabella debían de costar cientos de miles de libras al año. Habría que proteger muy bien el dinero para garantizar que no se interrumpieran. Él suponía que siempre había creído que, cuando Charlotte falleciera, sus visitas cesarían, o al menos se reducirían. Que su condena quedaría suspendida. Debería haber imaginado que ella sería previsora. Pero lo que no se esperaba en absoluto era aquello.

—¿Y si no acepto?

—El dinero se mantendrá en fideicomiso a nombre de Isabella, y el patrimonio será administrado por el albacea del testamento.

El señor Barrage había sonreído a Gabe con frialdad. El albacea. El albacea era él. Había accedido a ejercer como tal hacía varios años. Decirle que no a Charlotte en realidad no era una opción. Pero solo era una formalidad, le había asegurado ella. Un mero trámite. Él no le había dado muchas vueltas. Ahora, años después, lo comprendió. Chas. Las puertas de la jaula se cerraron de golpe.

Meditó por un momento.

—¿Y si llegara a la conclusión de que lo mejor para Isabella sería interrumpir sus cuidados?

—En ese caso, tendría que justificar esta medida ante un tribunal. Y eso resultaría costoso. Permítame señalar que la cláusula 11.5 del testamento prohíbe el uso de parte de la herencia para llevar a cabo «cualquier acción que se traduzca en el cese de los cuidados de Isabella o que le acorte la vida».

Por supuesto. No cabía duda de que Charlotte había pensado en todo.

—Por otro lado, están todas las personas que dependen de usted, señor Forman: los empleados de Seashells. Son responsabilidad suya. Debe procurar que conserven sus empleos y dispongan de todo lo que necesitan.

El abogado se quitó las gafitas redondas y esbozó lo que Gabe supuso que pretendía ser una sonrisa cálida, aunque no llegaba ni a tibia.

A pesar de todo, tenía razón respecto a los empleados. Eran buenas personas, sobre todo Miriam. Había velado por Isabella durante casi toda su vida, primero como ama de llaves y luego, después del accidente, valiéndose de su experiencia como enfermera, supervisando sus cuidados. Ella merecía aquello mucho más que él.

—¿Y Miriam? Trabajó para Charlotte durante años. En realidad, la herencia debería ser para ella.

—El testamento deja bien cubierta a la señorita Warton.

—Debería quedarse con la casa. Quiero regalársela.

—Me temo que eso no es posible.

—Pero si es mía. Puedo hacer con ella lo que me plazca.

—Hasta cierto punto. —El abogado cogió el testamento y volvió a ponerse las gafas. A Gabe le dio la impresión de que eso le producía un enorme placer.

—«El beneficiario no podrá vender o donar la finca a otra(s) persona(s). En caso de hacerlo, el testamento se declarará nulo y carente de validez, y el control de la finca revertirá al albacea.

»Se permiten excepciones únicamente en las siguientes circunstancias: *a)* Muerte del beneficiario. En este caso, Seashells pasaría a manos de su familiar más cercano. *b*) Incapacitación por enfermedad grave u otra circunstancia que impida al beneficiario cumplir de forma adecuada las condiciones del testamento. En este caso, Seashells pasaría a manos de su familiar más cercano. *c*) Si el beneficiario no tiene familiares, o el familiar más cercano ha fallecido o está incapacitado por una enfermedad grave que le impida cumplir de forma adecuada las condiciones del testamento, la casa y el patrimonio pasarían a un fondo fiduciario gestionado por un administrador nombrado por un tribunal.»

Ella lo tenía atrapado en sus redes. Charlotte Harris no estaba dispuesta a dejarlo tranquilo, ni siquiera después de muerta. La casa era preciosa, valía millones, y sin embargo Gabe habría estado encantado de ver el condenado edificio despeñarse y estrellarse contra las rocas de abajo.

Ella lo sabía. Sabía que el mejor regalo que hubiera podido hacerle habría sido eximirlo de volver a ver ese lugar, con sus salas resonantes y su olor aséptico. No era un hogar, ni siquiera un hospital. Era una morgue. Con la única diferencia de que nadie estaba dispuesto a reconocer que la paciente estaba muerta. Solo quedaba el cascarón. Isabella existía, pero no vivía.

Y él era el culpable. Él la había dejado en aquel estado. Por eso no podía decir que no al testamento; por eso no podía rechazarlo ni impugnarlo. Jamás podría abandonar a Isabella, marcharse de su lado. Ella era responsabilidad suya. Eso Charlotte también lo sabía.

Pero había otra cosa. Algo que Charlotte no sabía: Jenny estaba embarazada. De tres meses. Algún día, Isabella moriría. Era un milagro que una infección no hubiera acabado con ella todavía. Algún día, Jenny y él faltarían también. Al margen de los sentimientos que le provocaba la casa, sería una herencia estupenda para el hijo que esperaban. ¿De verdad podía rechazarla?

Agachó la cabeza.

—De acuerdo, acepto. Pero con una condición: Miriam supervisará todos los cuidados diarios de la enferma. Recibirá de inmediato un aumento de sueldo del cincuenta por ciento, y podrá vivir en la casa sin pagar un penique durante todo el tiempo que quiera. Yo pagaré los gastos de mantenimiento y las facturas, pero no viviré aquí.

El señor Barrage estuvo a punto de encogerse hombros, pero no llegó a hacerlo. Los abogados no se encogían de hombros, del mismo modo que no se reían de los chistes, ni tenían días de vestimenta informal ni mascaban chicle.

—Como guste, señor Forman. Solo necesito que firme aquí y aquí.

El señor Barrage le tendió una pluma. Gabe vaciló un momento antes de cogerla y garabatear su firma.

Nunca le había causado tanto pesar a un hombre volverse millonario.

—Tienes una pinta horrible —le comentó Jenny cuando llegó a casa. Le dio una copa de vino—. ¿Qué te pasa?

Él la miró. Contempló sus ojos de color verde claro, su ondulada cabellera rubia, el vientre ligeramente redondeado bajo la camiseta holgada. El bebé. Todavía a esas alturas, se le cortaba la respiración solo de pensar en él.

Debía contárselo. Tenía que contárselo. No podía ocultarle algo tan importante a su esposa.

Pero contarle una parte implicaba contárselo todo. Y la conocía bien. Cuando se cansara de llamarlo gilipollas, mentiroso e idiota de mierda, querría ver la casa. Insistiría en ello. Y en cuanto pusiera los ojos en Seashells, no habría nada que hacer: se empeñaría en mudarse allí. Por fin viviría en la casa de sus sueños.

Él se imaginó el brillo en su mirada. Ya casi la oía hablar con entusiasmo sobre cuál sería la habitación del bebé, y cuál el cuarto de juegos, dónde instalarían la cama elástica, dónde construirían la zona de juegos y la piscina infinita, que sería ideal para aprovechar al máximo las puestas de sol. Oh, Dios, y a lo mejor, si el terreno al otro lado de la casa era lo bastante grande, podrían convertirlo en un potrero para un poni, ¿no?

Después de eso, lo demás sería inevitable: ella concluiría que sería mejor trasladar a Isabella a un edificio aparte, dentro de la finca. La casa era un hogar, no un hospital. Y Miriam podría buscarse otro sitio dónde vivir, ¿no? Ellos podían ayudarla. Después de todo, Charlotte le había dejado la casa a él. ¿Acaso no quería lo mejor para su familia? Jenny no era cruel, pero sí práctica, pragmática, y, a fin de cuentas, el peso de la culpa no recaía sobre ella.

Gabe no podía permitir que eso pasara, así que no se sacó el documento del bolsillo. Otro secreto que pesaría como un ladrillo sobre su conciencia. Y, al igual que los ladrillos, los secretos acaban por arrastrarnos hacia el fondo hasta ahogarnos.

Aceptó la copa de vino y le sonrió a Jenny.

—Nada. Cosas del trabajo.

51

Había unas luces tenues encendidas en el ala sur de Seashells. Gabe y su pequeña comitiva rodearon la casa hasta el extremo opuesto para evitar la entrada principal. Los niños miraban hacia arriba con ojos como platos.

—¿Todo esto es tuyo? —preguntó Sam.

—Sí.

—Es como la mansión Wayne —dijo jadeando el chico, que no cabía en sí de asombro.

—O el castillo de Ariel —terció Gracie.

—¿No tienes llave de la entrada delantera? —inquirió Katie.

—No quiero molestar a Miriam, la enfermera jefe, si está en la casa principal, y el ala sur es donde la hija de Charlotte... —Gabe titubeó. No quería decir «yace enferma», pero ¿qué podía decir? ¿«Agoniza»? ¿«Vegeta»?—. Donde duerme —acabó diciendo—. Entraremos por la cocina de la familia.

—¿Hay más de una cocina?

—El ala sur es casi un edificio independiente. Consta de las dependencias de los enfermeros, una cocina y baños. Charlotte mandó construir expresamente el anexo cuando trasladó aquí a su hija desde el hospital, aunque no se nota que se trata de un añadido a la casa.

—No puedo creer que el hospital permitiera que le retirara sus cuidados. He leído noticias sobre padres que han sido llevados a los tribunales por intentar algo parecido.

Gabe introdujo la llave en la puerta lateral y la abrió.

—El hospital no podía hacer nada más por ella. Además, cuando tienes dinero, puedes hacer un montón de cosas que le están vedadas al resto de los mortales.

Entraron y Gabe encendió las luces. Oyó que Katie soltaba un leve grito ahogado.

La cocina era gigantesca. Estaba equipada con relucientes electrodomésticos cromados, lisas encimeras de granito y un suelo de baldosas brillantes en las que se reflejaban las lámparas empotradas en el techo. Ante ellos se alzaba un enorme frigorífico de estilo americano. En el medio había una isla tan grande como..., bueno, como las cocinas de la mayoría de la gente.

—La cocina original se había quedado un poco antigua —explicó Gabe—. Miriam pidió permiso para renovarla de arriba abajo.

Katie paseó la mirada alrededor.

—Miriam tiene gustos caros.

—Trabaja mucho. Este es su hogar.

—¿Cómo? ¿Me estás diciendo que tú no vives aquí?

—No —respondió él escuetamente mientras tiraba las llaves sobre la descomunal isla.

—¿Nunca?

—No.

—¿Cuánto hace que eres el propietario?

—Nueve años.

Ella atravesó la cocina para dirigirse a una puerta que daba a un pasillo corto que a su vez conducía a un amplio vestíbulo ovalado. Este comunicaba con la sala de estar, el comedor y una sinuosa escalinata que subía a la primera planta, donde se encontraban el dormitorio principal y tres habitaciones de invitados.

Miriam seguramente estaba trabajando en la otra punta de la casa, o durmiendo, si esa noche no estaba de guardia, en cuyo caso se encontraría en las dependencias de los enfermeros, cerca del cuarto de Isabella. Gabe no quería despertarla o asustarla hasta el punto de que llamara a la policía porque creyera que se habían colado ladrones en la casa. Se sacó el móvil y escribió un mensaje de texto a toda prisa:

«Miriam, pasaré esta noche en la casa. Luego te explico. Gabe xx».

La mujer se olería que algo iba mal, por supuesto. Él se había saltado una visita, y solo se había alojado una vez en Seashells, un par de semanas después de lo de Jenny e Izzy.

Había estado conduciendo sin rumbo, sin querer regresar a la casa que nunca volvería a ser un hogar para él, sin saber adónde ir, y había acabado allí. Miriam lo había encontrado llorando junto al lecho de Isabella, lo había llevado a la casa principal, lo había obligado a comer algo y le había preparado una cama. No le había hecho preguntas, aunque sin duda había visto las noticias. Simplemente había cuidado de él. Gabe suponía que eso formaba parte de su trabajo. Sin embargo, tanto si lo había hecho por sentido del deber como por compasión, él había agradecido sus atenciones.

Volvió la vista hacia el pequeño y desaliñado grupo: su hija, a la que acababa de recuperar después de mucho tiempo, una camarera a la que apenas conocía y sus dos hijos. La actitud práctica y solícita de Miriam le habría venido de perlas en aquel momento. ¿Qué se suponía que debía hacer con ellos?

Notó que alguien le tocaba el brazo. Era Katie.

—Ha sido un largo viaje. Todos estamos rendidos y hambrientos. ¿Qué te parece si preparo algo para comer y hablamos cuando los niños estén ya en la cama?

—Vale. De acuerdo.

Por supuesto. Cayó en la cuenta de que hacía mucho tiempo que no tenía que preocuparse por las necesidades de otras personas. Había perdido práctica como padre. O como compañero. Aún notaba el cálido tacto de los dedos de Katie mientras esta se dirigía al frigorífico.

Cuando abrió las puertas y echó un vistazo al interior, frunció la nariz.

—Hay un montón de platos preparados, pero poca cosa más.

Se puso a abrir armarios. Gabe siguió su ejemplo y encontró varios multipacks de judías en salsa de tomate. Katie sonrió, blandiendo una barra de pan.

—Menudo banquete nos vamos a dar.

Comieron en la barra de la cocina. Gabe encendió el televisor de pantalla plana de la pared, de modo que el canal infantil CITV se oía de fondo de una manera que le resultaba vagamente irritante y a la vez inmensamente reconfortante. Eran curiosas las cosas que uno echaba de menos, pensó. Cosas como el sonido de los programas para niños, tropezar con los zapatos de los críos, o su falta de tacto y sutileza.

—¿Así que Izzy es tu nombre de verdad? —preguntó Sam.

Izzy asintió.

—¿Y tú eres su verdadero padre? —le dijo a Gabe.

—Sí.

—Nuestro padre se fue a vivir con la estúpida de Amanda —comentó Gracie.

—Ya.

—Apesta a perfume —agregó Sam.

—Además, no le gusta columpiarme porque se le rompen las uñas —dijo Gracie—. Y entonces se pone así.

Los dos torcieron el gesto formando una mueca exagerada.

Izzy soltó una risita. Gabe notó algo raro en su interior. Una oleada de calor en el estómago. El deseo de reír con ella. «Alegría —pensó—. Esta extraña sensación es alegría.» Hacía tanto tiempo que no la experimentaba, que la había olvidado.

Se sorprendió contemplando de nuevo a Izzy. Estaba viva. Esto no era un sueño. De camino hacia allí, las preguntas se le agolpaban en la cabeza. ¿Cómo? ¿Dónde? ¿Por qué? Pero en ese momento, le daban igual las respuestas. No le importaba saber qué cadena de acontecimientos había conducido a esa situación. Solo quería disfrutar comiendo tostadas con judías con su hija. Aunque la mayoría de los padres no habría dado mayor importancia a este hecho, para él era un momento de cotidianidad banal que había creído que jamás volvería a vivir.

Cuando no quedaba ni una migaja en los platos, Gabe encontró un paquete familiar de galletas en otro armario. Consiguieron mantener una apariencia de normalidad mientras las mordisqueaban, conversando sobre temas genéricos. Gabe supuso que el corto período de atención de los niños y su mayor capacidad de adaptación a nuevas situaciones contribuía a ello. Aceptaban las cosas tal como se presentaban. Sam estaba más fascinado por la casa que por las circunstancias que los habían llevado hasta allí. Quería saber cómo era de grande, con cuántas habitaciones contaba, si tenía piscina, si había mayordomo.

Una vez agotadas las preguntas, las natillas y las galletas con mermelada, Gracie comenzó a bostezar. Se les había pasado el tiempo sin darse cuenta y eran casi las siete.

—Creo que es hora de irse a la cama —dijo Katie en tono significativo. Miró a Gabe—. Habrá que decidir dónde van a dormir los niños. A ver, está claro que habitaciones no faltan.

Gabe reflexionó unos instantes.

—Bueno, la cama del dormitorio principal seguramente estará hecha. No estoy seguro respecto a las otras.

—No quiero dormir sola —saltó Gracie de inmediato.

—Yo tampoco —terció Sam.

Izzy se quedó callada, pero se acurrucó acercándose un poco más a Gabe.

—Bueno, está bien...

—Sam, Gracie e Izzy podrían compartir el dormitorio principal —sugirió Katie—. Supongo que la cama será de matrimonio, así que podrán dormir cabeza con pies.

—Sí. Buena idea.

—¿Y nosotros..., es decir...?

—Esto... Pues hay dos camas de matrimonio más. Seguramente encontraré sábanas.

—Genial.

—Estoy cansada, mamá. —Gracie bostezó de nuevo.

—Está bien, cariño. Ven, vamos arriba. —Katie sonrió—. Lo bueno es que ya llevas el pijama puesto.

Gabe los guio hasta el vestíbulo, encendiendo las luces conforme avanzaba. La inmensidad del lugar aún lo impresionaba. Advirtió que Katie y los niños miraban en torno a sí, apabullados. Al visualizarlo a través de sus ojos, también a él le parecía un derroche. ¿Quién necesitaba tanto espacio, tantas habitaciones? Un hogar pequeño podía estar rebosante de amor, mientras que aquel sitio, a pesar de las lujosas alfombras y la seda que revestía las paredes, parecía desprovisto de alegría.

Subieron la tortuosa escalera con paso cansino. Hacía mucho tiempo que él no visitaba esa parte de la casa, y casi tenía la sensación de no haber estado nunca allí. Se detuvo un momento en el rellano. ¿Cuál era el dormitorio principal? El de la derecha, pensó.

—Por aquí —indicó.

—Uno podría perderse en este lugar —comentó Katie, pero algo en su voz hizo que sonara más como una crítica que como un elogio. A Gabe lo asaltó el extraño impulso de defender a Charlotte.

—Creo que el marido de Charlotte lo compró con la intención de que fuera el hogar familiar, pero murió al poco tiempo. Charlotte nunca se volvió a casar ni tuvo más hijos, y entonces... se produjo el accidente.

Por su culpa. Todo era culpa suya.

Abrió la puerta del dormitorio.

—Pasad.

—Huala —murmuró Sam.

La habitación, como todo lo demás, era enorme. En la cama habrían cabido de sobra cuatro adultos, por no hablar de tres niños. Sam y Gracie se lanzaron sobre el colchón, olvidando al instante el largo trayecto, el agotamiento, la novedad de aquella casa extraña.

Una enorme ventana en saliente ocupaba gran parte de una pared. Las cortinas estaban descorridas. Durante el día, se podía extender la vista sobre el mar hasta el horizonte. Esa noche, apenas se vislumbraba la oscura masa de agua, que subía y bajaba sin descanso. En lo alto, las nubes se deslizaban por delante del semicírculo de la luna, impulsadas por el viento.

Izzy se dirigió hacia las ventanas. Aunque eran de doble cristal, se alcanzaban a oír los embates del aire y el lejano rugir de las olas.

Se la veía aterradoramente pequeña y frágil recortada sobre la oscuridad del exterior. A Gabe le entraron unas ganas muy fuertes de agarrarla, de apartarla de la tormenta que estaba fraguándose fuera.

En vez de ello, se le acercó y se detuvo a su lado. Sus fantasmales reflejos los miraban a los ojos, espectros flotando en el aire.

—En los días despejados, la vista se extiende kilómetros y kilómetros mar adentro —le dijo.

Izzy alzó la mano para tocar el vidrio.

—La playa está ahí abajo.

—Sí.

—¿Yo había estado aquí antes?

Gabe frunció el ceño.

—Yo diría que... —De pronto lo recordó. Jenny se había puesto enferma. Él le había dicho que se llevaría a Izzy al trabajo, pero, como era lunes, había ido a la casa con ella. La niña debía de tener ocho o nueve meses en aquel entonces.

—Una vez —contestó—. Pero eras un bebé.

Ella retiró la mano y se apretó la mochila contra el pecho, entre repiqueteos y chasquidos. De pronto, Gabe cayó en la cuenta de a qué le recordaban esos sonidos. Guijarros. Pero ¿por qué iba Izzy con una bolsa llena de guijarros a todas partes? Entonces le vino otra cosa a la memoria, algo en lo que no pensaba desde hacía años.

Cuando Izzy era muy chiquita, sufría unos extraños episodios de sueño. Si bien era cierto que los niños pequeños dormían mucho, ella se quedaba traspuesta en cualquier parte. Estaba despierta, parloteando animadamente, y al momento siguiente, roque. Gabe estaba convencido de que se le pasaría con el tiempo (como su absurdo miedo a los espejos), pero Jenny insistía en que no era normal. Un día, cuando Izzy tenía unos tres años, él encontró a Jenny histérica al volver a casa.

—Le ha vuelto a pasar. Se ha quedado dormida y, cuando ha despertado, tenía esto en la mano.

—¿Qué es?

—¿Un guijarro?

—Ah. ¿De dónde lo ha sacado?

—Ese es el problema. No lo sé. ¿Y si se lo hubiera metido en la boca? ¡Se habría asfixiado!

Él había intentado mostrarse comprensivo, pero como estaba cansado y distraído, seguramente le había hecho sentir a Jenny que estaba exagerando. Los niños cogían cosas del suelo, ¿no? Además, no había vuelto a pasar, o al menos Jenny no le había comentado nada.

Pero esto ahora le dio que pensar. Guijarros. La playa. Y entonces otra imagen le golpeó la mente: la piedra extraña y brillante incrustada en el diente del Samaritano. Sintió como si una corriente gélida se colara por las ventanas y le helara hasta los huesos.

—Ella quería que viniéramos.

Se volvió de nuevo hacia Izzy.

—¿Qué? ¿Quién?

Pero Izzy ya estaba apartándose de la ventana, sacudiendo la cabeza, aunque Gabe no sabía si en respuesta a su pregunta o a algo que veía reflejado en el cristal.

—No. Ahora no.

¿Con quién hablaba?

Pegó un salto cuando Katie dio una palmada enérgica.

—Muy bien. Todos a la cama.

Sorprendentemente, los niños se acostaron sin apenas quejarse. Aunque el dormitorio olía un poco a cerrado, la cama era grande y cómoda, y el efecto somnífero de las almohadas blandas y las sábanas limpias los aplacó casi de inmediato.

Katie les plantó un beso en la frente a Sam y Gracie.

—Buenas noches. Que descanséis.

Gabe vaciló unos instantes antes de sentarse junto a Izzy en la otra punta de la cama. Se agachó y le posó los labios en la frente. Parecía imposible que tuviera la piel tan tersa. Su cabello despedía un tenue aroma a champú. Él lo aspiró a fondo. Ese olor le resultaba tan familiar, y a la vez tan extraño... En otra época, casi había llegado a sentir que su cuerpecito suave y flexible formaba parte del suyo. Ahora, todo aquello era nuevo para él: tener una hija, ser padre. No le quedaba más remedio que volver a aprenderlo todo de cero. Volver a aprender y hacerlo mejor esta vez.

—Buenas noches.

—¿Papi?

—¿Sí?

Ella fijó en él sus soñolientos ojos.

—No te vas a marchar, ¿verdad?

—No. No me iré a ninguna parte.

—¿Nunca jamás?

«Nunca jamás. Ojalá existiera eso, ese lugar», pensó.

Le apartó un mechón de la cara con delicadeza.

—Nunca jamás.

Se levantó y se encaminó hacia la puerta.

—Dejaré una luz encendida fuera —susurró Katie, pero no obtuvo más respuesta que un trío de respiraciones profundas.

Entornó la puerta. Gabe contempló la durmiente figura de su hija por la rendija. No quería separarse de ella. No quería volver a perderla de vista nunca. «Nunca jamás.»

Pero en ese momento tenía cosas que aclarar. Se volvió hacia Katie.

—Cuando quieras.

52

Las ornamentadas agujas del reloj dorado situado encima de la chimenea marcaban las siete y veinte. Como las gruesas cortinas color esmeralda estaban corridas, Katie no habría podido distinguir si era de mañana o de tarde. Las últimas veinticuatro horas se le antojaban un sueño terrible y surrealista.

Sentada en la sala de estar, aguardaba mientras Gabe servía un par de copas en la cocina. Se abrazó el torso para espantar un escalofrío. La estancia era hermosa pero fría. Y no estaba segura de si esto era debido a su tamaño o a la calefacción. A la casa entera le faltaba calidez. Pero eso no era todo. Había algo más, algo que no acababa de encajar en aquel lugar. Era como una prueba precintada. Una mansión que ni siquiera estaba poblada de fantasmas porque nunca había estado llena de vida.

A pesar de la elegancia de la sala, había varios toques que parecían fuera de lugar: el televisor de pantalla plana colgado en la pared, junto al fogón, los dos grandes sillones reclinables de piel marrón y el fuego alimentado por gas que ardía en el hogar, donde ella suponía que en otros tiempos había habido leña de verdad. A pesar de todo, esa noche se alegraba de estar allí, más por razones prácticas que estéticas.

Gabe había mencionado que Miriam, la enfermera jefe, vivía allí. Katie suponía que la mujer habría introducido algunos cambios para hacer más habitable el lugar, pero, aun así, la casa pedía a gritos a alguien que la amara de verdad, la apreciara, la reanimara.

Entonces le vino a la mente la chica que yacía en el ala sur. Aquella mansión no era un hogar de verdad. Era un mausoleo viviente. Y Gabe era su guardián. Katie se preguntó por qué no la vendía, pero entonces pensó que tal vez no podía. Quizá se sentía moralmente obligado a cuidar de la chica a la que había estado a punto de matar.

Releer las noticias en internet le había refrescado la memoria. La noche que habían asesinado a la esposa y la hija de Gabe, él estuvo visitando a la chica que cayó en coma cuando él la atropelló años atrás.

Lo que alegó como coartada para demostrar que era inocente de los asesinatos era exactamente lo mismo por lo que la prensa lo había crucificado. Hincándole un clavo herrumbroso tras otro. Lo habían calificado de «conductor dado a la fuga», a pesar de que Gabe no se había fugado. Se había quedado con la chica, se había entregado a la policía y no había dejado de visitarla desde entonces. Pero esa parte la habían omitido los periódicos. Para ellos, era prácticamente un asesino. Un conductor borracho que había dejado a una joven en muerte cerebral. Lo que insinuaban, de forma no muy sutil, era que, en cierto modo, él se había buscado su propia desgracia. Había recibido lo que merecía. El karma lo había castigado.

Katie recordó que había sentido pena por él en su día. Habían desenterrado un error de su juventud para utilizarlo en su contra. Pero entonces pensó en su propio padre. En el joven que lo había matado. En cómo este crimen había destruido su familia.

«Ojo por ojo.»

—¿Un brandi?

Gabe regresó a la sala con dos copas llenas de un líquido ambarino. Porciones generosas. Aunque ella nunca bebía brandi, había oído que venía bien para adormecer las sensaciones fuertes. Tomó un trago. «Virgen santa.» Vaya si adormecía. Se sentía como si se hubiera chamuscado las terminaciones nerviosas de la garganta. A juzgar por las arcadas que le dieron a Gabe cuando bebió un sorbo, él tampoco era un bebedor experimentado.

Pero entonces tomó un segundo trago, más largo, y Katie supuso que lo necesitaba, al igual que ella.

Gabe se sentó en otro sofá, delante de ella, y ambos se sumieron en un silencio incómodo, sujetando las copas, separados por una enorme mesa de centro de roble, no muy seguros de si eran aliados o adversarios.

—Gracias —dijo él al rato. No era lo que ella se esperaba—. No sé cómo te las has ingeniado, pero me has devuelto a mi hija. Había momentos en que yo mismo dudaba que siguiera con vida, en los que pensaba que a lo mejor todos los demás tenían razón y yo había perdido la cabeza. No tengo palabras para expresarte lo mucho que significa para mí lo que has hecho el día de hoy. —Se interrumpió para beber un poco más de brandi—. Pero si tuviste algo que ver con lo que le pasó a Izzy, te entregaré a la policía sin pensarlo dos veces.

—No tuve nada que ver —aseveró ella con voz firme—. No sabía nada de todo esto hasta anoche. Ni siquiera tenía la certeza de que Izzy fuera tu hija. Se hacía llamar Alice.

—¿Alice? —Se le ensombreció el rostro—. Me imagino que así la llamaba esa mujer..., Fran.

Ella bajó la vista a su copa.

—Quiero que tengas presente que, pienses lo que pienses sobre la mujer que se llevó a Izzy, cuidó de ella y la mantuvo a salvo durante todo este tiempo.

Gabe soltó una risotada que sonó más bien como un ladrido.

—Ella secuestró a mi hija. Me hizo creer que había muerto. ¿Por qué coño la defiendes?

Ella tomó otro sorbo de brandi y torció el gesto.

—Es mi hermana.

—¿Tu hermana? —Algo cambió en su semblante—. Claro. —Sacudió la cabeza—. Pero qué gilipollas soy.

—Oye, que hacía más de nueve años que no sabía nada de Fran. De repente, ayer por la tarde, recibí una llamada. Era una niña que yo tomé por hija de Fran. Me pidió ayuda.

—¿Así, de buenas a primeras?

—Sí.

—¿Y tú la creíste?

—Aunque no tenía idea de qué estaba pasando, era una cría asustada y sola. Fui a buscarla y me la llevé a casa.

—¿Qué te contó?

—Al principio, no mucho. Me dijo que se llamaba Alice y que Fran le había dicho que marcara mi número si algún día se encontraba en un aprieto. —Dio un trago—. Pero, ya de entrada, había varios detalles que no me cuadraban. Se olvidó de referirse a Fran como «mamá» y me di cuenta de que iba teñida. No entendía que alguien le hubiera teñido el pelo a una niña de ocho años.

—Siete —la corrigió Gabe.

—¿Perdona?

—No cumple años hasta abril. Faltan dos meses. Tiene siete.

Katie notó que se le encendían las mejillas.

—Perdona.

—Continúa —le indicó él lacónicamente.

Ella tomó otro trago de brandi. Cada vez estaba más acostumbrada al ardor en la garganta.

—Más tarde, esa misma noche, reconoció que Fran no era su madre de verdad. Me dijo que su madre auténtica había muerto. Que Fran la había salvado y protegido. Pero que ahora había desaparecido.

—¿Por qué no llamaste a la policía?

—Lo iba a hacer esta mañana...

—¿Y?

—Pasó esto. —Se señaló la cara—. Un hombre se presentó en casa. Quería llevarse a Izzy. Creo que me habría matado si ella no lo hubiera dejado fuera de combate con su bolsa de guijarros. Me salvó la vida.

Un asomo de sonrisa le bailó en los labios a Gabe.

—Esa es mi chica.

Por un momento, ella sintió que la tensión y la desconfianza entre ellos se relajaban. Pero entonces él arrugó el entrecejo.

—¿Por qué no llamaste a la policía después?

—Porque el hombre que me atacó era agente de policía.

Ella vio que Gabe abría mucho los ojos al oír esto.

—El tipo que me apuñaló llevaba uniforme de policía. Joven, fornido...

—¿Con la cabeza rapada?

Gabe asintió, y Katie sintió que un escalofrío le bajaba por la espalda. Era cierto que durante todo ese tiempo Steve había estado utilizando a su hermana, y no solo en el sentido que ella creía.

—La descripción encaja.

—¿Por qué habría de estar un policía involucrado en todo esto?

Ella se encogió de hombros.

—Todo el mundo tiene un precio. —Pensó en la expresión que había visto en los ojos de Steve. «El placer.»—. Unos se venden más baratos que otros.

Gabe hizo ademán de responder algo a esto, pero se limitó a sacudir la cabeza.

—¿Por eso huiste?

—Y luego te llamé.

Él hizo un gesto afirmativo, meditabundo.

—Pero hay algo que no termino de entender. ¿Cómo te diste cuenta de que «Alice» era Izzy? ¿Cómo conseguiste mi número, de hecho?

Katie se llevó la mano al bolsillo y sacó la octavilla engurruñada. Se la tendió.

—La había conservado.

—¿Y diste por sentado que Izzy era la niña de esta imagen? ¿No era una suposición un poco aventurada?

Ella se debatió en la duda. ¿Cuántas cosas debía revelarle? ¿Hasta qué punto debía sincerarse? Depositó con delicadeza la copa sobre la descomunal mesa de centro.

—Mi hermana no es mala persona. Creo de verdad que lo que hizo, lo hizo por Izzy, para protegerla...

—¿Cómo lo sabes? Hace nueve años que no la ves. ¿O era eso mentira?

—¡No!

—Es decir, pensándolo bien, me parece demasiada casualidad. Tú trabajas en la estación de servicio en la que suelo parar a tomar café, y resulta que tu hermana es la persona que secuestró a mi hija. Menuda coincidencia, ¿no?

Ella lo fulminó con la mirada.

—¿Crees que he desperdiciado mi vida currando durante años en un café de mierda solo por la remota posibilidad de que te pasaras por allí una vez por semana y no me hicieras ni caso? Un plan genial, oye. En las últimas veinticuatro horas he sido agredida en mi propio hogar y he tenido que coger a mis hijos y salir por piernas. No sé si algún día me atreveré a regresar. No tengo ni idea de si mi hermana está viva o muerta. ¿Cómo crees que eso me hace sentir? Todo esto me ha pasado sin comerlo ni beberlo.

Notó el ardor de las lágrimas en los ojos y parpadeó con furia para contenerlas. Se negaba a llorar delante de él. «Contrólate. Como haces siempre.»

Él la observó con expresión extraña. Luego suspiró y se reclinó en el sofá al tiempo que la ira remitía.

—Si tu hermana no es mala persona, ¿qué hacía en mi casa aquella noche? ¿Por qué huyó con Izzy? ¿Por qué abandonó el cadáver de su propia hija? ¿Qué clase de madre haría algo así?

—No lo sé. Solo se me ocurre que debía de estar aterrada. Seguramente vio al asesino. Tal vez abandonó a su hija para salvar a la tuya.

—¿Por qué no llamó simplemente a la policía?

—A lo mejor no podía. Quizá se había metido en algo de lo que no podía salir.

—¿Cómo? ¿En qué podía estar metida que la llevara a una situación así?

Katie titubeó. Era ahora o nunca. Se sacó el monedero. Le temblaba la mano. Extrajo la manoseada tarjeta de visita y la puso sobre la mesa de centro.

LA OTRA GENTE.

Gabe se quedó mirándola hasta que levantó la vista hacia ella.

—¿Qué sabes de La Otra Gente?

—¿Qué sabes tú?

—Son justicieros. Toma y daca. Ojo por ojo...

—Peticiones y favores —concluyó ella con amargura—. Mi hermana le debía un favor a La Otra Gente.

—¿Por qué? ¿Qué les había pedido?

—Que mataran al asesino de nuestro padre.

53

«Se ha ido —pensó Katie, contemplando la tarjeta—, pero vive en nuestro recuerdo.» Aun así, se había ido. Para siempre. Se había ido.

Era como si la expresión se le hubiera grabado a fuego en el cerebro.

No conseguía salir del bucle.

—No es necesario que decida las palabras ahora mismo —le aseguró la señora mayor que estaba tras el mostrador—. Puede llamar más tarde.

Pero en realidad no podía. Bastante habían discutido ya sobre si poner flores o plantas. Tenía que despachar el asunto de una vez. Además, en el fondo era una tontería. Al fin y al cabo, su padre no iba a leer la tarjeta. Ella no iba a escribirla para él. Aun así, sentía que llevaba una carga sobre los hombros, la responsabilidad de encontrar las palabras adecuadas, como mínimo. De evitar los tópicos o las perogrulladas sentimentaloides.

Pero ¿qué podía decir? No se trataba del funeral de un padre que había muerto sin sufrir mientras dormía. Tampoco había padecido una larga enfermedad de la que por fortuna lo había liberado la muerte. ¿Cuáles eran las palabras adecuadas cuando alguien había asesinado a tu queridísimo padre de un modo tan brutal como sádico?

La florista continuaba mirándola con fijeza.

Era bajita, con el cabello cano desordenado recogido en un moño y unas gruesas gafas que le conferían el aspecto de un topo miope. Un topo miope con un vestido azul, una rebeca raída y unos zapatos negros cómodos y prácticos.

—Siempre resulta más difícil en circunstancias así.

Katie clavó en ella una mirada penetrante.

—¿Qué sabe usted de mis circunstancias?

—Perdone. No pretendía ser impertinente, pero, bueno, he leído la noticia y... lo siento mucho.

Katie se aclaró la garganta.

—Gracias. Lo que pasa es que...

—Sigue enfadada.

Katie alzó la vista de golpe y estaba a punto de espetarle que no era asunto suyo cuando comprendió que la florista tenía razón. Eso era justo lo que ocurría. Le costaba escribir palabras en memoria de su padre cuando aún estaba furiosa por tener que hacerlo. Cuando lo ocurrido era tan injusto. Cuando lo que habría querido hacer en realidad era gritar, aullar y despotricar contra el dios que había permitido que aquello sucediera.

Y la florista era la primera persona que se había percatado de ello.

—Sí, sigo enfadada —asintió.

La mujer le dedicó una sonrisa que no reflejaba precisamente compasión, sino algo que Katie no acertaba a identificar. Hasta más tarde no cayó en la cuenta de que era satisfacción, como si hubiera dado la respuesta correcta.

—¿Le apetece un café?

—Pues..., sí, gracias.

La señora le hizo señas para que pasara al otro lado del mostrador. En la trastienda había una cocina pequeña y un par de sillones. Katie se sentó mientras la mujer encendía la cafetera.

—¿Sabe? Mucha gente cree que la pena por haber perdido a un ser querido es una cuestión de aceptación. Pero no siempre es así.

—Entonces ¿qué se supone que debo hacer?

—¿Qué siente en realidad hacia el hombre que asesinó a su padre?

Katie inspiró con tal brusquedad que le produjo un dolor físico, como si se hubiera roto una costilla.

—Lo odio. Sé que se supone que no debería decir eso. Que en teoría debería intentar perdonarlo. Era solo un chaval de dieciocho años. Se había criado en un entorno desfavorecido, entrando y saliendo de centros de menores. Vale, lo entiendo. Pero mató a mi padre. Lo aplastó contra una pared y lo dejó ahí, muriéndose. Aún habría podido salvarlo. Habría bastado una llamada. Un atisbo de remordimiento. En cambio, se fue a una fiesta. Mientras mi padre se desangraba, él esnifaba coca y se emborrachaba. —Hizo una pausa para tomar aliento. Era la primera vez que lo decía en voz alta, que lo desembuchaba todo. Ante una completa desconocida.

La florista se acercó con dos tazas de café.

—Por lo menos han pillado al culpable.

—Para lo que va a servir... El abogado nos dice que nos preparemos para que lo declaren culpable de homicidio imprudente y le impongan una condena suave por su edad. De solo dos o tres años, tal vez. Para mí, eso no sería hacer justicia.

—¿Y qué te parecería justo?

La pregunta la pilló por sorpresa. Su respuesta la sorprendió aún más:

—Que muriera de forma dolorosa y solo, como mi padre. —Sacudió la cabeza—. Madre mía, eso ha sonado fatal, ¿verdad?

—No, ha sonado sincero. Tome.

La mujer le alargó una tarjeta.

Katie la estudió. Era negra y tenía tres palabras escritas en blanco.

LA OTRA GENTE.

Debajo había dos muñecos de palo agarrados de la mano.

—¿Qué es esto?

—Un sitio web donde puede contactar con personas que han pasado por lo mismo que usted y que tal vez podrían ayudarla.

—Ya..., gracias. Le echaré un vistazo.

No tenía la menor intención de echarle un vistazo. Seguramente se trataba de una web de cristianos kumbayás. Resultaba evidente que esto no era más que una estratagema para difundir la buena nueva.

—No lo encontrará en el internet normal.

Katie frunció el ceño.

—¿Entonces?

—¿Ha oído hablar del internet oscuro?

Katie le escudriñó el rostro a aquella florista con gafas y aire anticuado. El internet oscuro. ¿Era una broma? ¿La estaba grabando alguna cámara oculta?

—Creía que eso era ilegal —señaló con expresión ceñuda.

—No siempre. A veces es solo para personas que buscan una mayor privacidad.

Katie le dio la vuelta a la tarjeta. Al dorso había una serie de letras y números.

—Son la dirección y la contraseña de la web. Por si quiere visitarla —dijo la mujer.

—¿O sea que es solo un chat?

—No solo. Ofrecen otros servicios, si de verdad busca justicia para su padre.

«Otros servicios.»

La conversación había tomado un rumbo surrealista. De pronto, la pequeña habitación se había tornado claustrofóbica; el olor de las flores, empalagoso; el sabor del café, amargo. ¿Por qué le había confesado todo aquello a una desconocida? «Por el dolor», pensó. Estaba jugando con su mente. Tenía que salir de allí.

—Bueno, gracias... por la charla y el café, pero la verdad es que va siendo hora de que me vaya.

—¿Y la dedicatoria de su tarjeta?

—Ponga solo... «Te echaremos de menos, papá».

Salió a toda prisa de la tienda al nutrido flujo peatonal del mediodía, aspirando el aire fresco a bocanadas. Avanzó a paso veloz por la acera hacia el aparcamiento. Quería tirar la tarjeta a una papelera, pero no veía ninguna, o a lo mejor había gente por medio.

Por alguna razón, cuando llegó a casa seguía en su monedero. La sacó con la intención de echarla al cubo de reciclaje, o al menos eso creía. Sin embargo, debió de distraerse, porque el trozo de cartón acabó sobre la mesilla del recibidor.

Estaba tan ocupada con Sam y el trabajo, que la tarjeta se quedó allí junto con el correo basura sin abrir durante varios días. Casi se había olvidado de ella cuando Fran pasó a verla para ultimar los preparativos del funeral.

Su hermana no la visitaba muy a menudo. Siempre había guardado las distancias con el resto de la familia. A decir verdad, esto no apenaba mucho a Katie. Le resultaba difícil el trato con su hermana mayor, y a veces con su madre también. Su carácter le parecía demasiado susceptible, a menudo agresivo. Le costaba quererla. Aunque podía dar la impresión de que el problema era de Katie, en realidad era Fran quien ponía obstáculos a su afecto mutuo. Katie no sabía muy bien por qué y, después de tanto tiempo, ni siquiera estaba segura de que le quedaran fuerzas para pasar por encima de ellos.

Esa tarde en particular, Fran se apresuró a entrar, asegurando que no podía entretenerse mucho rato. De pronto, sus ojos se posaron en la tarjeta que estaba sobre la mesa.

—¿Qué es esto?

«Nada. Basura, nada más. Estaba a punto de tirarla.»

Eso es lo que habría debido responder.

Pero no lo hizo. Se apoderó de ella el impulso de compartir la información con su hermana. Tal vez porque se trataba de algo sobre lo que ambas podrían mantener una conversación.

—Es una historia bastante extraña, de hecho —dijo.

El funeral estaba programado para una semana después. Pasó. Seguramente esto era lo único bueno que ella habría podido decir sobre él. Su madre consiguió permanecer lo bastante sobria para no hacer el ridículo durante la ceremonia, aunque en un par de ocasiones Katie tuvo que sujetarla del brazo para que no perdiera el equilibrio.

Nadie la agarró del brazo a ella, porque Craig estaba en casa cuidando de Sam. Otra vez. Aunque los dos estaban de acuerdo en que no podían llevar a un bebé escandaloso a unas exequias, Craig no se había esforzado mucho por persuadir a sus padres de que hicieran de canguros para que él pudiera estar al lado de su esposa. Katie intentó convencerse de que solo estaba actuando como un buen padre, y casi lo consiguió.

El párroco pronunció un sermón que incidía en la importancia de su padre en la vida de Katie y de sus hermanas, tal como ellas le habían pedido, pero obviando la brutalidad sin sentido de su muerte. Habló también de la aceptación y del perdón, pero cada vez que ella miraba las plantas dispuestas en torno al ataúd, que después se llevaría para plantarlas en el jardín que tanto quería su padre, le venía a la mente el topo miope —«otros servicios»— y pugnaba por contener un escalofrío.

Cuando se encontraba de pie junto a la tumba, todo le parecía surrealista, como si estuviera en una película, representando el papel de hija afligida. A pesar de que Lou se encontraba a su lado con el rostro congestionado, sollozando y sorbiéndose los mocos, embargada por una pena muy real, se le antojaba imposible que aquello estuviera ocurriendo de verdad. No podía ser su padre el que yacía en aquella dura caja de madera que estaban bajando despacio hacia el interior de la tierra. Ese no podía ser el final del camino para él. Las cosas no debían ser así. La idea de que ya nunca volvería a ver su sonrisa o a sentir su cálido tacto le parecía inconcebible. «Se ha ido», pensó. Para siempre. Las lágrimas le resbalaron por las mejillas, y notó que alguien la tomaba de la mano. Fran.

Katie había reservado un pequeño pub del pueblo para el velatorio. Estaba abarrotado. Su padre era muy popular, y ella sabía que se habría alegrado de ver a tanta gente allí. El murmullo de conversaciones inundaba el lugar y, al verse fuera de la lúgubre solemnidad de la iglesia, ella sintió que parte de su angustia profunda, si no se disipaba, al menos disminuía un poco.

La esencia de su padre estaba allí, pensó. No en ese templo frío y gris, ni el rígido ataúd de madera. En ese lugar. Entre mucha gente, amigos, risas.

Ella le había encargado a Lou que vigilara a su madre, pero esta era una misión inútil. La gente no paraba de invitar a copas a la viuda desconsolada, que ya iba bastante bebida. En cierto modo, Katie la envidiaba. Le habría gustado atizarse unos cuantos tragos de ginebra y entregarse a la inconsciencia. Pero no podía. Alguien tenía que hacer la ronda para aceptar condolencias, agradecer la asistencia a los presentes, charlar con el párroco, asegurarse de que no faltaran sándwiches. Desde luego parecía que a la gente le entraba mucha hambre después de un funeral.

Por fin, con la cara dolorida de tanto forzar sonrisas, consiguió apartarse de la multitud y encontrar un rincón tranquilo, donde se quedó de pie, bebiendo un vino blanco tibio y mordisqueando un palito de pan. Fran emergió del gentío y se situó a su lado.

—He visitado esa web —le informó, saltándose los preámbulos, como siempre.

—¿Qué? ¿Por qué?

Fran le alargó la tarjeta.

—Tomé prestado esto. Tenía curiosidad.

Katie cogió la tarjeta con mano temblorosa. Ni siquiera la había echado en falta.

—¿Y bien?

—Lo he hecho.

—¿El qué? —Katie la miró fijamente mientras se le formaba un nudo en el estómago—. Fran, ¿qué has hecho?

Su hermana echó una ojeada a través de la ventana. Katie advirtió que un taxi se había detenido delante del pub. Arrugó el entrecejo.

—¿Has pedido un taxi? Habíamos quedado en que te llevaría yo.

—Tengo que ir a casa a hacer las maletas.

Notó que el nudo se apretaba.

—¿A hacer las maletas? ¿Adónde vas?

—Lo siento. No puedo seguir viviendo aquí, ahora que papá no está. Necesito empezar de cero. Será lo mejor para todos.

—¿De qué hablas?

De pronto, su hermana se volvió y la estrechó en un abrazo feroz.

—Lo he hecho por papá. Solo quiero que tengas eso presente.

Fran la soltó, dio media vuelta y salió a toda prisa del pub, dejando a su hermana un poco aturdida y sin aliento. Katie quería echar a correr tras ella, gritarle que regresara, que le contara qué estaba pasando. Entonces oyó un estrépito de cristales en el otro extremo del local. «Mamá.» No podía montar un número en el velatorio de su padre. Su madre ya se encargaría de ello. Katie no pensaba permitir que nada más arruinara el acto. Observó a su hermana hasta que se montó en el taxi y entonces dio media vuelta. Sonriente y asintiendo, atravesó la sala para ocuparse de su madre. Las palabras de Fran le resonaban aún en los oídos.

«Lo he hecho por papá.»

Recibió la llamada una semana después. Estaba en la cocina intentando apaciguar a Sam en pleno berrinche, cuando empezó a sonarle el móvil. Lo cogió y lo sujetó entre el hombro y la oreja.

—¿Diga?

—¿Katie?

—¿Sí?

Sam no paraba de berrear. Katie intentó meterle un chupete en la boca.

—Alan Frant al habla.

Su oficial de enlace.

—Ah, hola, Alan.

Sam escupió el chupete, que cayó al suelo.

—Se ha producido una novedad respecto al caso de su padre.

—¿Qué clase de novedad? —se agachó con torpeza, sosteniendo a Sam, para recoger el chupete.

—Jayden Carter ha aparecido muerto.

Se le heló la sangre. Jayden Carter. El adolescente que había asesinado a su padre.

—¿Qué ha pasado?

—No estoy seguro de...

Sam se retorcía entre sus brazos. Ella sujetó el chupete entre los labios por un momento antes de acercarlo de nuevo a la boca del niño. Esta vez lo aceptó.

—Dígame.

—Presentaba cortes en las muñecas y el cuello efectuados con una cuchilla de afeitar.

—¡Dios mío!

Todo empezó a darle vueltas. Se sintió como si le hubieran succionado hasta la última gota de saliva de la boca.

—Sí. Es muy desagradable.

—Pero... ¿ha sido un suicidio?

Esperaba que él respondiera que sí. «Por favor, di que sí.»

—Se realizará una investigación a fondo. Obviamente, como Jayden estaba en prisión preventiva, hay detalles que... no encajan. Pero, por lo que respecta al caso de su padre, la Fiscalía de la Corona no puede procesar a un muerto.

«Detalles que no encajan. Otros servicios.»

—Claro —musitó ella—. Lo entiendo.

—Lo siento mucho.

—Sí. Gracias. Adiós.

Dejó el teléfono sobre la mesa. Se le revolvió el estómago. Se dirigió a la sala de estar y dejó a Sam en su parque para bebés.

«Me gustaría que muriera de forma dolorosa y solo, como mi padre.»

Cielo santo. Corrió hasta el fregadero de la cocina, pero solo consiguió sentir arcadas. Se mojó la cara e intentó recuperar el aliento.

«Lo he hecho.»

Casualidad. Tenía que tratarse de una casualidad. Seguro. Estaba imaginando cosas que no eran. Y, sin embargo...

Agarró su móvil y buscó el número de Fran. Había intentado llamarla varias veces después del funeral, pero siempre había saltado el buzón de voz. Ahora, una voz automatizada le informó: «El número que ha marcado no corresponde a ningún abonado».

Lo intentó de nuevo, solo para asegurarse, pero le salió el mismo mensaje. Mierda. Vale. ¿Qué debía hacer? De pronto lo supo. Cogió a Sam, lo arropó bien en su cochecito y salió de la casa.

Una joven de cabello rubio corto se encontraba tras el mostrador de la floristería. Le dedicó una sonrisa amable a Katie cuando entró.

—¿Puedo ayudarte en algo?

—Sí, bueno... Estuve aquí el otro día y me atendió una señora mayor...

La sonrisa amable se esfumó.

—¿Martha?

—No me quedé con su nombre. ¿Vendrá más tarde?

La joven sacudió la cabeza.

—No. La estoy sustituyendo. Llamó ayer y anunció que no iba a volver. Se suponía que debía avisar con una semana de antelación, así que nos ha dejado un poco colgados.

Katie se quedó mirándola, con la sensación de que el mundo empezaba a desintegrarse bajo sus pies.

—No tendrás por casualidad sus datos de contacto, ¿verdad?

—Aunque estuviera autorizada para dártelos, no te servirían de nada. —Bajó la voz—. Son todos falsos. Mi jefa está bastante cabreada, la verdad.

Katie la contempló fijamente. Falsos. Salió de la tienda, aturdida. «Respira —se dijo—. Mantén la calma. Piensa de manera racional. Lo más probable es que se trate de una casualidad extraña y horrible. No es una conspiración. Es la vida real.» Tenía que sentarse, tomar un café y poner en orden sus pensamientos.

Tomó asiento en la cafetería local, pidió un capuchino y le dio a Sam un poco de zumo y un plátano. Luego, se sacó la tarjeta de visita del monedero.

LA OTRA GENTE.

«¿Fran, ¿qué has hecho?»

«¿Qué más da? El asesino de papá está muerto. Rompe la tarjeta. Olvídalo. Sigue adelante con tu vida».

—¿Capuchino?

Alzó la vista hacia la camarera.

—Ah, sí, gracias.

La mujer depositó la taza rebosante sobre la mesa. Katie le dirigió una sonrisa cortés y esperó a que se alejara antes de coger su teléfono.

«Olvídalo. Sigue adelante con tu vida.»

Abrió el Safari y buscó en Google: «Cómo acceder al internet oscuro».

Tenía que ver por sí misma lo que Fran había hecho, fuera lo que fuese.

54

El odio solo tenía un inconveniente, pensó Gabe. Y no era que acababa corroyendo o destruyendo a quien lo sentía. Eso era una gilipollez. El odio podía infundirnos fuerzas para superar los momentos más difíciles. Para combatir el dolor, la desesperación, el terror. Tal vez el amor y el perdón llenaban de calidez el corazón, pero el odio proporcionaba combustible suficiente para impulsar un cohete hasta la luna.

No, el inconveniente era que, tarde o temprano, el odio acababa agotándose. Y ahora que él ansiaba sentirlo, que necesitaba hacer acopio de él para proyectarlo contra la mujer que se había llevado a su hija, había descubierto que el depósito estaba vacío. Se había quedado sin combustible.

Miró a Katie con aire cansino.

—Por eso estaba allí tu hermana. Para devolver el favor.

Katie asintió.

—Eso creo.

—¿Por qué no se negó?

—Ya has visto la web. ¿De verdad crees que negarse era una opción?

A él le habría gustado responder que sí. No era más que un sitio de internet. Seguramente lo llevaba un par de cerebritos con acné, complejo de inferioridad y un profundo resentimiento contra el mundo. Pero una punzada en el costado le recordó los ocho puntos que mantenían unida su rajada piel. El ardor intenso de la herida. La expresión en los ojos del hombre.

«El incumplimiento de un favor pone en peligro la integridad misma de nuestro sitio web.»

Ella estaba en lo cierto, pensó. Y su hermana sí que tenía una hija y sin duda habría hecho cualquier cosa por protegerla. Pero las cosas no habían funcionado así.

—Supongo que pensó que más valía destruir mi familia que la suya —comentó con amargura.

Katie apretó los labios.

—No creo que Fran se hubiera involucrado si hubiera sabido lo que iba a pasar.

—Pero el caso es que se involucró, aunque solo fuera para conseguir que Jen bajara la guardia de modo que el asesino pudiera entrar. Fue cómplice del asesinato de mi esposa.

—Lo sé.

Katie tomó un sorbo de su copa y contrajo el rostro de dolor cuando el cristal le tocó la nariz lesionada. Gabe notó que se le pasaba la rabia. Nada de aquello era culpa de ella.

—Menudo lío de mierda.

—Ya.

—¿Quiénes son esas personas?

—Nadie. Todo el mundo. Es evidente que alguien maneja los hilos, pero por lo general se trata solo de gente común y corriente que busca una manera de aliviar la angustia y el dolor. De eso es de lo que se aprovecha la web. Y una vez que caes en sus redes, no hay vuelta atrás.

—Es como aquello de los seis grados de separación, ¿no? Lo de que todos estamos conectados.

—Exacto. Todo el mundo tiene alguna utilidad, por pequeña que sea. A lo mejor la florista que me dio la tarjeta solo estaba devolviendo un favor.

—Venta piramidal para personas con instinto homicida —masculló—. Por lo visto te has estado documentando.

—Después de enterarme de lo de Jayden, me pasé mucho tiempo fisgoneando en la web. Intentaba encontrarle un sentido a todo aquello. Pensé en facilitar los detalles a la policía, pero...

—¿Pero qué?

—Tenía miedo. Si habían podido llegar hasta alguien que estaba en prisión condicional...

No le hizo falta terminar la frase.

—Así que aparqué el asunto en mi mente, decidida a no pensar más en ello, a concentrarme en mi familia, en los vivos. Eso es lo que habría querido mi padre.

—Es una pena que tu hermana no opinara lo mismo.

—No la culpes a ella. Yo también estaba enfadada por lo que le habían hecho a mi padre. Si no hubiera hablado con aquella mujer, nada de esto habría pasado.

—No fueron más que palabras.

—Pero las dije en serio.

—Casi todos, en nuestros momentos más oscuros, hemos deseado la muerte de alguien.

—La diferencia está en que La Otra Gente concede esos deseos.

«Como una puta hada madrina psicópata.» Gabe miró a Katie.

—Mañana por la mañana iremos a comisaría. Tendrás que contarles todo lo que sabes.

Ella asintió. Se la veía pálida y demacrada; los moratones en torno a los ojos se habían oscurecido, si bien había disminuido un poco la hinchazón de la nariz. Y él estaba a punto de arruinarle aún más la noche.

—Hay otra cosa. La policía encontró el coche en el que se llevaron a Izzy.

Ella enderezó la espalda en su asiento.

—¿Y?

Gabe pensó en el cuerpo en descomposición. Estaba casi seguro de que Fran era la culpable. Pero si lo mencionaba no haría más que complicar las cosas, y no era un buen momento para decirle a Katie que su hermana era una asesina.

—También encontraron a una mujer. Estaba malherida. Me temo que ha muerto en el hospital esta mañana.

Ella inspiró con brusquedad.

—¿La han identificado?

—Aún no.

—Ah. Entiendo.

—A ver, es posible que no se trate de Fran, pero...

—Lo más probable es que sí, ¿no?

—Lo siento.

—No. —Ella carraspeó, sacudiendo la cabeza—. Creo que, en el fondo, ya sabía que había muerto.

—Ya, bueno. —Procedió a apurar su copa, pero, para su sorpresa, estaba vacía—. Supongo que ya hemos puesto todas las cartas sobre la mesa.

—No todas. Hay algo que aún no me has contado.

—¿El qué?

—¿Quién te odiaba tanto como para querer matar a tu familia?

55

Izzy permanecía inmóvil en la cama, respirando de forma lenta y regular, con los ojos cerrados. Pero no dormía. Planeaba sobre el sueño como un búho sobre un prado oscuro, dejándose caer de vez en cuando hasta rozar la susurrante hierba y remontando el vuelo antes de posarse.

En la otra punta de la cama, Gracie resoplaba contra una almohada, y Sam yacía despatarrado y medio destapado. Izzy oía que, abajo, Katie y su padre (aún se le hacía muy raro usar esa palabra) se movían y hablaban.

Su padre parecía simpático. Recordaba pocas cosas de cuando vivía con él. Fran le había asegurado que sería demasiado peligroso que lo viera, y que él no podía mantenerla a salvo. Pero Izzy no estaba segura de que eso fuera verdad. Lo había reconocido de inmediato, y la sensación que le había transmitido al abrazarla era de alivio, calidez y protección. Izzy empezaba a dudar de muchas de las cosas que Fran le había contado.

Incluso sobre ese día. El día en que había ocurrido todo. El día del horror.

Izzy había querido a Fran, a su manera. La mujer había intentado ser amable, y la pequeña sabía que se preocupaba por ella, que habría hecho lo que fuera por protegerla. Sin embargo, siempre había percibido cierta dureza en ella. Incluso cuando la abrazaba, le notaba el cuerpo huesudo y anguloso, como si se las hubiera arreglado para blindarse contra el mundo, por dentro y por fuera.

Pero Fran ya no estaba. Por algún motivo que Izzy no acertaba a explicarse, sabía que había muerto. No estar con alguien, saber que esa persona se encontraba en otro sitio, era una forma de ausencia. Pero aquello era distinto. Como si allí donde antes estaba Fran ahora solo quedara un vacío, un espacio en el mundo. Estaba muerta. Izzy rumió la palabra. Muerta como su madre. Como Emily. Algunos creían que morir significaba subir al cielo. Fran le había dicho que eso era mentira. Morir significaba no volver jamás.

Mientras el aire silbaba en el exterior, Izzy extendió el brazo hacia su mochila de guijarros, que estaba sobre la mesilla de noche. La abrazó contra su pecho. En el interior, las piedrecitas se agitaron y repiquetearon. Estaban inquietas. «Conocen este lugar», pensó ella. Y lo más extraño era que ella tenía la impresión de que lo conocía también. Una impresión se había ido haciendo cada vez más intensa. Y entonces, cuando había mirado por la ventana y había visto la playa, lo había comprendido.

La chica del espejo. Estaba allí.

Por eso Izzy no conseguía dormir. Notaba su presencia, oía su voz susurrándole desde el otro lado de la puerta.

«Te necesito.»

Por supuesto, no tenía que acudir a su llamada. Podía quedarse acostada, fingiendo que dormía. Pero el impulso era muy fuerte. Casi como si alguien tirara de ella físicamente.

«Por favoooooor.»

La chica la necesitaba.

Y ella necesitaba a la chica.

Se incorporó y bajó las piernas de la cama. Gracie se removió y se dio la vuelta, murmurando, pero sin abrir los ojos. Izzy apartó las mantas y avanzó de puntillas sobre la moqueta.

Cuando llegó a la puerta de la habitación, la abrió despacio. El baño estaba al fondo del largo rellano, a la izquierda. Ella se adentró en la oscuridad matizada por la luz procedente del vestíbulo. Supuso que no importaba mucho si alguien la oía. Seguramente creerían que necesitaba ir al lavabo.

Caminó sobre la afelpada moqueta y cuando llegó a la puerta, entró con sigilo y la cerró tras de sí. No echó el pestillo. Fran siempre le había advertido que no lo hiciera, para que pudiera socorrerla si se caía.

Como todo lo demás en aquella casa extraña pero familiar, el baño era gigantesco y frío. Estaba pintado de blanco y verde oscuro. El suelo era de baldosas cuadradas blancas y negras, y en el centro había una gran bañera con patas de león. El lavabo y la ducha independiente parecían más modernos. Sobre el alféizar había unos cuencos llenos de guijarros y conchas.

Izzy respiró hondo y se encaminó al lavabo. Bajó la vista hacia la pila y contó: «Uno, dos, tres».

Entonces alzó los ojos y los posó en el espejo.

La chica pálida la miraba desde el otro lado. Tras su espalda, se divisaba el mar embravecido. El viento le agitaba la blanca cabellera en todas direcciones. La chica sonrió. Se llevó un dedo a los labios.

«Chssssss.»

56

Gabe caminaba sin hacer ruido por los silenciosos pasillos. Demasiado silenciosos. Demasiado tranquilos. Al igual que Isabella, la casa existía en un estado de animación suspendida. No estaba viva ni muerta, sino en un limbo eterno.

Llegó a la puerta del ala sur, una puerta cortafuegos de doble hoja con un teclado numérico de acceso. Cuando introdujo la clave, se oyó el zumbido de la apertura.

Cada vez que entraba en aquella parte de la casa, se apoderaba de él una melancolía profunda. En ocasiones se preguntaba si los hombres que avanzaban por el corredor de la muerte se sentían así cuando emprendían el largo y penoso paseo hacia un destino inexorable. A pesar de los intentos por darle unos toques hogareños —cuadros vistosos de casas en la playa en las paredes, iluminación suave y una alfombra—, no había manera de eludir el ambiente de hospital, el olor a productos químicos y el aire enrarecido.

Y, una vez más, Gabe deseó ser lo bastante fuerte para dejar marchar a Isabella, para liberarla de una vez por todas. Pero no lo era. Temía demasiado las consecuencias y no estaba dispuesto a cargar con la responsabilidad de decidir sobre su vida. ¿Qué derecho tenía él (precisamente él) a determinar en qué momento debía terminar?

Pasó junto a la cocina, la despensa y un pequeño baño. Había dos habitaciones en las que dormían los enfermeros; a través de las puertas entornadas alcanzó a ver que estaban vacías. En la planta de arriba había un dormitorio adicional, otro baño y la alcoba principal, en la que yacía Isabella. Comenzó a subir las escaleras despacio, deteniéndose en cada peldaño, consciente de que solo estaba retrasando lo inevitable.

Por fin llegó a la puerta de su habitación. Se quedó inmóvil, esperando que algo —lo que fuera— le impidiera entrar, que le sonara el teléfono, que el techo se hundiera, que se lo tragara la tierra. Pero no ocurrió nada que perturbara la adusta quietud de la casa.

Empujó la puerta para abrirla y entró.

La chica pálida estaba sentada cerca de la ribera. Izzy vaciló por unos instantes antes de sentarse junto a ella.

El mar estaba revuelto y picado ese día. Las impetuosas olas marrones crecían hasta convertirse en pequeñas montañas para luego abalanzarse de forma temeraria hacia la orilla. El viento borrascoso alborotaba el cabello de las chicas, una rubia, la otra morena. Pero Izzy no notaba el frío. No sentía nada cuando estaba allí.

Permanecieron un rato sentadas en silencio.

—Se aproxima —dijo al fin la muchacha pálida.

—¿El Hombre de Arena?

La chica asintió.

—¿Quién es?

—La muerte. La salvación. Un hombre. El principio del fin. Ya estuvo una vez aquí. Hace mucho tiempo. Se llevó consigo un trozo de playa. Y ahora percibo su presencia a todas horas, como una nota discordante que suena cada vez más fuerte.

—¿Es mala persona?

La muchacha se volvió. Izzy cayó en la cuenta de que nunca habían estado tan cerca una de otra. La niña era mucho mayor de lo que ella creía. En realidad, ya no era una niña, aunque seguía habiendo algo infantil en ella.

—¿Sabes qué hacen los espejos?

—¿Reflejar?

—Lo vuelven todo del revés. No existe lo bueno ni lo malo. Todo depende del lado del espejo en el que te encuentres.

Izzy pensó en Fran. En que la quería, aunque a veces le daba miedo.

—Supongo.

—Miriam me contaba dos historias sobre el Hombre de Arena. En una, él espolvoreaba arena sobre los ojos de los niños para que se durmieran y tuvieran sueños maravillosos. En otra, les robaba los ojos. En un lado del espejo, era un creador de sueños. En el otro, un ladrón de ojos.

—Qué horror.

—Es como este lugar —prosiguió la chica—. En él estoy a salvo de la oscuridad, pero cuanto más tiempo paso aquí, mayor es el peligro de que me pierda.

Izzy tendió la mirada hacia el mar, rizado por olas negras y plateadas. El cielo se cernía sobre sus cabezas, preñado de una furia reprimida.

—No te entiendo.

—¿Recuerdas la primera vez que nos vimos?

Izzy intentó hacer memoria. Apretó mucho los ojos mientras se estrujaba la mente.

—La verdad es que no. Es como si toda la vida hubiera venido aquí.

—Eras solo un bebé. Pero conectamos. Tú me mantenías atada aquí, a la vida. Eso hacía soportable mi existencia. Pero no es suficiente. Ya no.

—¿Por qué? ¿Qué te pasará si te quedas?

—¿De qué crees que está hecha la playa?

Izzy echó un vistazo a su alrededor. La playa se componía sobre todo de piedrecitas que disminuían de tamaño conforme se acercaban al agua, hasta quedar reducidas a arena.

—¿Guijarros? ¿Arena?

La chica pálida alzó la mano. El viento soplaba entre sus dedos, y las yemas comenzaron a desmoronarse despacio. La piel se desintegraba en finos granos que se esparcían por la playa.

—Esto es lo que acabará haciéndome este lugar.

Izzy la contemplaba horrorizada.

—¿Qué puedo hacer?

—*Ayúdame a escapar. Si cuento con una amiga, creo que no tendré tanto miedo. ¿Eres mi amiga?*

Izzy miró a la chica pálida a los ojos. Por un instante, no le parecieron muy amistosos, más bien... otra cosa.

Se quedó indecisa un momento.

—*Sí. Claro —respondió al fin.*

La chica le tendió la mano mutilada.

—*Entonces ven conmigo.*

57

Ella dormía. Una chica pálida en una habitación blanca. Estaba rodeada de máquinas, guardianes mecánicos que mantenían a la joven durmiente atada al mundo de los vivos, impidiendo que se alejara arrastrada por una marea oscura y eterna.

Solo los pitidos constantes y el sonido de su trabajosa respiración la arrullaban. Gabe sabía que, antes del accidente, le encantaba la música. Le encantaba cantar, tocar.

Seguía pareciendo tan joven como entonces. Tal vez por eso él no había dejado de considerarla una muchacha, a pesar de que ya era una mujer de treinta y siete años. El tiempo transcurrido no había dejado huellas en su rostro. No había marcas de pena ni de alegría. De emoción o de dolor. La piel permanecía tensa y sin mancha, inalterada por el paso de los años, por la experiencia de vivir.

Habían colocado un pequeño piano en un rincón de la habitación. Tenía la tapa levantada y una fina capa de polvo cubría las teclas. Sobre el piano solía descansar una caracola de color marfil. Su interior sedoso y rosado era como las delicadas curvas de una oreja.

Pero ese día no. Ese día, no había ninguna caracola.

E Isabella no estaba sola.

Había una figura sentada junto a su cama.

Llevaba el cabello cano muy corto, un sencillo uniforme azul de enfermera y un simple crucifijo al cuello. Tenía la cabeza agachada, como si rezara. Las máquinas pitaban y runruneaban.

—Hola, Miriam —dijo Gabe.

Ella levantó la cabeza despacio.

—Gabe. Qué sorpresa.

Pero no parecía sorprendida, más bien resignada y un poco fatigada.

Gabe se detuvo a los pies del lecho.

—Necesitaba un sitio donde alojarme durante un tiempo.

—Por supuesto, faltaría más. Es tu casa.

—Y la tuya.

—Gracias.

Rodeó la cama y se sentó en la otra silla.

—¿Cómo está Isabella?

La pregunta sobraba, pues la respuesta era siempre la misma.

—Tan bien como las circunstancias lo permiten. Procuramos que esté limpia y cómoda..., y a veces rezo por ella.

Él asintió mientras ella se toqueteaba el crucifijo.

—¿Por eso estás aquí? He visto que no hay otros enfermeros de guardia.

—Me quedo sola a menudo. Puedo arreglármelas perfectamente.

—Sin duda. Oye, Miriam, creo que deberías saber que las cosas han cambiado. Por eso no pude hacer mi visita de ayer.

—¿Ah, sí?

—He encontrado a Izzy.

—¿Tu hija? —Se le desorbitaron los ojos mientras aferraba el crucifijo con más fuerza.

—Sí.

—¿Está viva?

—Sí.

—Bendito sea Dios. Qué noticia tan maravillosa. Pero ¿cómo es posible?

—Es una larga historia. —Hizo una pausa—. Tiene que ver con un grupo llamado La Otra Gente.

Ella sacudió la cabeza con expresión ceñuda.

—No me suena.

—Aseguran que imparten justicia para quienes han perdido

a seres queridos y se han visto defraudados por los tribunales. Una justicia del tipo ojo por ojo, diente por diente. —Guardó silencio por unos instantes—. Alguien les pidió que asesinaran a mi esposa y a mi hija como castigo por lo que le hice a Isabella.

La mujer lo observaba fijamente.

—Ya me perdonarás, pero todo esto me parece un poco inverosímil. ¿Quién haría una cosa así?

—Alguien que estuviera enfadado, resentido, transido de dolor.

—¿Te refieres a Charlotte?

—Fue la primera en quien pensé..., pero no, creo que no es en absoluto su estilo. Ya me tenía donde quería. Además, cuando falleció, Izzy ni siquiera había nacido.

—Entonces ¿quién?

—¿Cuánto hace que trabajas aquí?

—Más de treinta años.

—Has cuidado de Isabella durante todo ese tiempo. Sin cuestionarte nada, con una entrega absoluta. Debes de tenerle mucho cariño.

—Así es.

Gabe asintió, con la sensación de que su corazón iba a reventar de pena.

—Entonces dime por favor que lo hiciste por eso. Que lo hiciste por Isabella y no solo por el dinero.

58

Katie despertó sobresaltada, arrancada de sus sueños por... ¿qué? Parpadeó hasta que sus ojos se acostumbraron a la penumbra de la estancia. Tardó unos momentos en recordar dónde estaba. Y entonces todo le vino de golpe a la memoria. La sala de estar de la casa gigantesca. Debía de haberse quedado dormida en el sofá. ¿Qué hora era? Consultó su reloj. Las diez y cuarto de la noche. No era muy tarde, pero había sido un día largo.

Gabe le había avisado que se iba a la otra ala a ver a Isabella. Ella había decidido quedarse y despachar el brandi antes de irse a la cama. La copa seguía medio llena sobre la mesa de centro.

Se incorporó y escuchó los quejidos de la casa al asentarse. Algo la había despertado. ¿Un sonido leve, un golpe amortiguado? Aguzó el oído. Todas las madres aprenden a reconocer de inmediato los ruidos nocturnos de sus hijos. Saben cuándo están durmiendo plácidamente y también, de forma instintiva, cuándo algo va mal.

Algo iba mal.

Lo oyó de nuevo: el crujido de una tabla del suelo. Suave, sigiloso. Alguien andaba por ahí. Y no era Gabe, que caminaba con pasos más pesados. Era un niño.

Katie se puso de pie, salió de la sala y subió la enorme escalinata sin hacer ruido. El dormitorio principal estaba a su izquierda, y el baño al fondo del rellano. Vislumbró una fina franja de luz amarillenta debajo de la puerta. Tal vez eso era todo. A lo mejor uno de los niños había tenido que ir al baño. Aun así, algo

—el instinto— le dijo que más valía que echara un vistazo. Avanzó por el pasillo en la oscuridad, deslizando los dedos a lo largo de la pared, hasta que encontró un interruptor. Cuando lo pulsó, una luz de color amarillo claro inundó el rellano.

Se dirigió a la puerta del baño y golpeó con suavidad.

—¿Hola?

Silencio. No oyó respuesta alguna. Ni siquiera el sonido del agua al correr.

Llamó de nuevo. Entonces empujó la puerta. El pestillo no estaba echado y se abrió. Pasó al interior. El baño estaba vacío. Sin embargo, había una enorme raja irregular en el espejo, y el lavabo estaba manchado de sangre de un rojo intenso.

«Mierda.»

Recorrió el rellano a toda prisa hasta el dormitorio principal, el miedo le oprimía el corazón. Enseguida distinguió a Sam a los pies de la cama, una pierna sobresalía de entre las mantas. Una cabellera rizada y rubia asomaba por el embozo. Katie atravesó la habitación hasta el señorial lecho de matrimonio y retiró las sábanas. Junto a Gracie no había más que una leve concavidad en la almohada.

Izzy no estaba.

59

—Te equivocas.

—De verdad que esperaba equivocarme. Y reconozco que he tardado un tiempo en darme cuenta. Tal vez no quería. El testamento no dejaba lugar a resquicios. Incluso si a mí y a mi familia nos pasaba algo, el patrimonio pasaría a un fondo fiduciario. —Se quedó callado un momento antes de continuar—. De camino hacia aquí llamé al abogado y le pregunté quiénes eran los fiduciarios. Fue entonces cuando todas las piezas encajaron. Solo hay uno: tú, Miriam.

Ella se quedó mirándolo, evaluando la situación. Apartó los dedos del crucifijo.

—He consagrado mi vida a cuidar de Isabella. Sacrifiqué tantas cosas... Cuando Charlotte falleció, creí que tal vez recibiría una recompensa a cambio de todos estos años de dedicación.

—En cambio, Charlotte legó toda su fortuna al hombre que había estado a punto de matar a su hija.

—Me dejó su cristalería —comentó ella con sorna—. Su cristalería. ¿Te parece justo?

—Yo te lo habría dado todo si de mí hubiera dependido. Por eso he dejado que vivieras aquí, en la casa.

—¿Y de qué me sirve este lugar a mí, una mujer de sesenta y cinco años con osteoporosis? Quiero jubilarme. No quiero seguir pudriéndome en esta mansión tocada por la muerte. Pero no puedo marcharme. No mientras tú vivas. O mientras viva ella. Y si me voy, ¿qué me quedará a mí? ¿Una pensión del Estado y un pisito mal aislado vete a saber dónde?

—Yo me habría asegurado de que no te faltara de nada.

—Yo merecía más. E Isabella merecía justicia.

—Así que te pusiste en contacto con La Otra Gente. ¿Cómo los conociste, para empezar?

—Por una enfermera que trabajó aquí durante un tiempo. A veces charlábamos. En su último día, me dio una tarjeta. «Podrían ayudarte —me dijo—, pero no los encontrarás en el internet normal.» Reconozco que no entendí a qué se refería. Pero me venció la curiosidad. Investigué un poco por ahí... —Tocó el crucifijo de nuevo—. Y encontré la respuesta a mis oraciones.

Gabe apretó los puños.

—Se suponía que ese lunes por la noche yo debía volver directo a casa y descubrir los cadáveres de mi esposa y mi hija. Eso me convertiría en el principal sospechoso de su asesinato, sobre todo teniendo en cuenta mis antecedentes. Conmigo en la cárcel y con mi familia muerta, todo el patrimonio pasaría a tus manos.

—Es lo que merezco. Lo que se me debe.

—Isabella habría sufrido una trágica recaída, como yo ya no estaría por aquí, habría sido fácil. —Hizo una pausa—. Aun así, no había garantías de que me condenaran.

—Aunque te absolvieran, te conozco, Gabe. Eres débil. No podrías vivir sin tu esposa y tu hija. Habría sido solo cuestión de tiempo que te suicidaras.

—Pero no lo hice, porque vi el coche. Porque sabía que Izzy seguía con vida.

A Miriam se le ensombreció el semblante.

—¿Lo sabías? —preguntó él.

—Me comunicaron que algo había salido mal. Que cabía la posibilidad de que Izzy siguiera viva. Pero me aseguraron que La Otra Gente la encontraría y daría cumplimiento a mi petición.

—Y tenías que cerciorarte de que ella muriera, ¿verdad? No podías arriesgarte a que volviera y reclamara su herencia. Teníamos que estar todos muertos para que tú recibieras lo que se te debía. —Se levantó, de pronto asqueado por la presencia de la mujer—. Voy a llamar a la policía ahora mismo. Quiero que salgas de esta habitación y te alejes de Isabella.

Ella movió la cabeza afirmativamente.

—Supongo que has estado grabando nuestra conversación con el móvil, ¿verdad?

—Por supuesto.

La mujer se sacó algo del bolsillo del uniforme. Gabe tardó un momento en percatarse de qué era aquel objeto que parecía tan fuera de lugar en su mano surcada de venas.

—¡Joder!

Miriam bajó la vista hacia la pistola, como si su aparición la sorprendiera a ella también.

—He recibido una visita hace unas horas. Se hacía llamar el Hombre de Arena y me ha dado esto.

—Miriam, por favor, baja el arma.

—Y me ha planteado una disyuntiva: o hacer lo correcto y acabar con todo sin sufrimientos, o padecer lo indecible a sus manos. —Alzó la pistola—. Tiene solo una bala, ¿sabes?

Se colocó el cañón contra la sien.

—Miriam, no lo hagas.

—Pero me ha juzgado mal. —Giró la pistola para apuntar a Gabe—. No ha entendido que no le tengo miedo. Y que voy a conseguir lo que merezco.

—Miriam...

Apoyó el dedo contra el gatillo. De pronto, una voz gritó:

—¡No!

60

Izzy estaba en la puerta, solo llevaba una camiseta y las braguitas. Tenía el pelo alborotado a causa de la electricidad estática, los ojos muy abiertos y vidriosos, y las manos manchadas de sangre.

—Izzy —dijo Gabe, desesperado—. Vuelve a la cama. Ahora mismo.

Pero ella no lo oyó y ni siquiera pareció verlo.

—Tu hija. —Miriam sonrió—. Qué monada. —Dirigió el arma hacia ella.

—¡No! Dispárame a mí, pero a ella déjala en paz. —Gabe se volvió y agarró a la cría por los hombros—. ¡Izzy! —le suplicó—. ¡Despierta! Vete de aquí.

SUELTA.

La descarga subió por los brazos de Gabe. Sus manos se vieron lanzadas hacia atrás, repelidas por una corriente invisible. De pronto, notó que esa corriente lo rodeaba por todas partes: una energía que vibraba y crepitaba en el aire. Se le erizó el vello de todo el cuerpo, la presión le abultaba las sienes.

—¡Basta! —exclamó Miriam—. ¡No sé qué estás haciendo, pero para ya!

Izzy contemplaba a la enfermera, sin pestañear. La pistola le tembló en la mano antes de desprenderse de sus dedos girando y salir despedida por el aire atravesando la habitación. Miriam soltó un alarido y se agarró la mano como si algo se la hubiera quemado.

Izzy pasó por su lado en dirección a la cama. Ahora tenía los ojos fijos en la joven que dormía. A Gabe le parecieron del azul más intenso que había visto jamás. De pronto, se sintió más asustado que nunca. Izzy llegó junto a la cama.

—Eres tú —susurró.

«No», pensó Gabe.

Izzy tomó a la joven durmiente de la mano.

—¡No lo hagas!

Isabella abrió los ojos.

Las ventanas estallaron en mil pedazos. Gabe se vio arrojado hacia atrás, contra la pared del fondo; el impacto lo dejó sin respiración. Un viento impetuoso arañó las cortinas, lanzó las lámparas por los aires y tironeó la ropa de cama. Gabe notó que los ojos le escocían por el agua de mar. La tapa del piano empezó a abrirse y cerrarse con gran estrépito, al tiempo que las teclas emitían chillidos furiosos y disonantes.

Miriam pugnaba por levantarse de la silla. El viento la ayudó. La elevó y la mantuvo, flotando, sus zapatos negros colgando en el aire, antes de dejarla caer con tal violencia que la silla patinó unos metros. Al aterrizar, Miriam profirió un grito que se interrumpió bruscamente.

Las dos chicas permanecían en silencio, tomadas de la mano, mientras la tormenta bramaba a su alrededor.

Gabe luchó por articular una palabra.

—¡Izzy! —Pero ella no lo oía. Estaba en otro sitio, con la vista fija en algún punto situado detrás de él, más allá de la habitación, más allá de todo—. ¡Izzy! —Luego, desesperado, gritó—: ¡Isabella!

El viento empezó a amainar. Isabella volvió la cabeza sobre la almohada. Por primera vez desde el accidente, Gabe pudo mirarla a los ojos. Y entonces lo vio todo de nuevo. El principio. El fin. La incesante existencia que transcurría entre lo uno y lo otro. La playa.

—¡Lo siento! —gritó—. Lo siento muchísimo. Pero, por favor, libera a Izzy. No puedo perderla.

Ella clavó en él una mirada gris e insondable.

Acto seguido, cerró los ojos... y soltó la mano de Izzy.

El viento cesó de inmediato. La tapa del piano cayó pesadamente.

Izzy se desplomó.

Gabe cruzó tambaleándose la habitación y tomó a su hija entre sus brazos. Aún respiraba. «Gracias a Dios.»

—¿Gabe?

Se dio la vuelta. Katie estaba en el vano de la puerta. Él la contempló, parpadeando.

—¿Qué haces aquí?

—Me he despertado. Izzy no estaba. Estaba forcejeando con la puerta cuando se abrió sin más.

Echó una ojeada a su alrededor, intentando asimilar todos los detalles de la escena.

—Madre mía. —Se llevó la mano a la boca.

Gabe siguió la dirección de su mirada. Miriam estaba repantigada en la silla, junto a la cama, sujetando aún el crucifijo. Tenía el cuello torcido en un ángulo extraño, y los ojos vacíos y apagados.

Gabe dirigió la vista hacia Isabella. Volvía a parecer dormida. Sin embargo, él advirtió que su pecho ya no subía y bajaba con suavidad, y que la máquina situada junto a la cama emitía un único pitido continuo. Una nota final.

Ella se había ido. «No —se corrigió él—. Ha sido liberada.»

Abrazó a Izzy con más fuerza.

—Adiós, Isabella —musitó—. Buen viaje.

61

Bebía café solo con mucho azúcar. Rara vez comía. De vez en cuando exhalaba una nube de vapor de un cigarrillo electrónico, a pesar de que un letrero en la pared advertía: PROHIBIDO FUMAR Y VAPEAR. Pero nadie le llamaría la atención. El establecimiento era suyo.

Vestía de negro: sobretodo, camiseta y vaqueros. Su piel casi igual de oscura. Era alto, pero no en exceso. Musculoso, pero no en demasía. Llevaba la cabeza completamente rapada. Sentado, inmóvil, en el rincón, era poco más que una sombra. Una sombra a la que la mayoría de los clientes echaba un vistazo antes de elegir una mesa lo más alejada de ella posible. No por racismo ni por prejuicios, más bien por el desasosiego que les producía. La sensación de que, si observaban al hombre durante demasiado tiempo, verían algo que ya no podrían borrarse de la mente.

Gabe atravesó el café débilmente iluminado y se sentó delante del Samaritano.

—Aún me cuesta creer que regentes un café.

El hombre desplegó una gran sonrisa.

—Soy un hombre con muchos talentos.

—Ya lo creo.

—Por fin empiezas a parecer una persona. Te sienta bien lo de ejercer de padre.

Gabe sonrió. No pudo evitarlo. La palabra «padre» obraba ese efecto en él. Le hacía pensar en Izzy. Habían pasado solo unos meses, pero ya estaban más familiarizados el uno con el otro. Ella lo llamaba a voces por las noches, cuando se despertaba a causa de las pesadillas. La palabra «papá» sonaba cada vez más natural en sus labios. Ya había dejado de adoptar una ligera expresión de recelo cuando lo miraba. Todavía les faltaba un poco para volver a conocerse bien, pero él estaba inmensamente agradecido por contar con otra oportunidad.

En el pasado había relegado la paternidad a un segundo plano. Estaba demasiado ocupado, demasiado absorto en sus propios asuntos y sus obligaciones respecto a Isabella para dedicarle tiempo suficiente a su hija. Gabe no creía que «las cosas suceden por una razón». La gente intentaba encontrar un sentido a las tragedias, cuando la principal característica de las tragedias es su falta de sentido. Las cosas malas no ocurrían por un motivo superior. Simplemente ocurrían. Sin embargo, sí tenía la sensación de que se le había concedido una segunda oportunidad. La oportunidad de no volver a cometer los mismos errores.

Su hija aún encerraba misterios. Habían hablado un poco de su narcolepsia, o sus «caídas», como las llamaba ella. Al parecer, había comenzado a sufrirlas de nuevo después de la visita del «hombre malo», el día en que habían asesinado a su madre. Habían empeorado durante la época en que vivió con Fran, seguramente a causa del trauma. Pero Gabe no conseguía encontrar una explicación para lo que ella le había contado sobre la playa o los guijarros. Por otro lado, había presenciado lo que había sucedido en aquella habitación, con Isabella. Tampoco acertaba a explicárselo. Así que, por el momento, se limitaba a aceptarlo. Aunque, por fortuna, desde aquella noche parecía que los ataques habían ido disminuyendo poco a poco.

Izzy veía una vez por semana a un terapeuta, y juntos estaban reconstruyendo gradualmente una parte de su historia: la época que había pasado con Fran, huyendo. Más costoso era animarla a desvelar los detalles del día de la muerte de Jenny. Izzy los tenía guardados muy adentro. El terapeuta había advertido a Gabe y a la policía de que era posible que esos recuerdos nunca salieran a la luz. Todo estaba bien, pensaba Gabe. Por muy frustrante que fuera, a veces valía más dejar correr las cosas.

La inspectora de policía Maddock creía que ya tenían una versión completa razonable de los hechos. Por lo visto, Fran y su hija Emily se habían mudado hacía poco a la localidad donde vivía la familia de Gabe. Emily iba al mismo colegio que Izzy. Fran debía de conocer a Jenny de vista, por haber coincidido a la puerta del centro. Gabe seguramente la había visto un par de veces. A lo mejor incluso había confundido a su hija con Izzy en alguna que otra ocasión al verlas salir corriendo entre los otros niños después de clase. Al parecer, las dos eran «casi idénticas».

Maddock creía que, en algún momento, La Otra Gente se había puesto en contacto con Fran para exigirle que devolviera el favor que debía. Por lo visto, lo que tenía que hacer era ir a casa de Gabe, conseguir que Jenny la invitara a pasar y asegurarse de que la verja delantera se quedara abierta, a fin de que el asesino pudiera entrar. Gabe comprendió en ese momento que esto era importante porque, para que lo inculparan del crimen, no debía de haber señales de allanamiento.

Sin embargo, Fran nunca había albergado la intención de llevar a cabo el plan en su totalidad. Maddock le contó a Gabe que, en los días anteriores al asesinato, Fran había avisado que dejaba la vivienda que tenía alquilada, había comprado dos billetes de tren y había reservado una casa de campo en Devon. También había telefoneado al colegio para comunicar que Emily faltaría a clase durante el resto de la semana, con el pretexto de que tenía que visitar a su abuela enferma. Además, había comprado dos móviles de prepago baratos.

El día del asesinato, antes de llegar a casa de Gabe, Fran había realizado una llamada anónima a la policía para denunciar que unos ladrones habían entrado en esa dirección. Debía de abrigar la esperanza de que la policía llegara a tiempo para impedir lo que estaba a punto de ocurrir. Luego, planeaba desaparecer con su hija y trasladarse a algún lugar donde La Otra Gente no pudiera encontrarlas.

Pero la policía no dio prioridad a su llamada y llegó demasiado tarde. Fran huyó con Izzy en el coche del asesino.

La policía aún no sabía quién era el hombre del maletero, pero, a juzgar por lo que les había dicho Izzy, La Otra Gente las había localizado en algún momento. Fran había matado al hombre y había tirado el coche al lago con el cadáver dentro.

Gabe seguía sin entender por qué Fran había llevado a su hija a su casa ese día. Tal vez, simplemente porque no tenía a nadie con quien dejarla. Ignoraba por qué Emily había acabado muerta o por qué Fran no había acudido a la policía justo después de los asesinatos. ¿Cómo había podido abandonar sin más el cuerpo de su hija? Faltaba esta pieza del puzle. Pero él sabía que, en un momento determinado, había habido dos niñas pequeñas en su casa. Luego había aparecido un asesino, y solo había sobrevivido una: Izzy. Él la había visto esa noche en la autopista, dentro del coche que iba delante del suyo.

La policía contaba con la confesión de Miriam que él había grabado con el móvil. Harry había prestado declaración, pero no sería enjuiciado. Se dictaminó que procesarlo no era una cuestión de interés público. Gabe no podía estar más de acuerdo. Sin embargo, eso no significaba que estuviera dispuesto a permitir que Harry y Evelyn vieran a su nieta. Aún no.

Las pruebas de ADN confirmaron que Emily era hija de Fran. Enterraron de nuevo sus cenizas en una parcela, junto a su madre. Por fin volvían a estar juntas.

Katie le había pedido que asistiera al funeral de Fran. Al principio él se negó, pero luego recapacitó. Al fin y al cabo, Fran intentó salvar a Jenny y a Izzy. Además, había mantenido a Izzy a salvo. Debía estarle agradecido por eso, pensó.

La madre de Katie no se encontraba entre los presentes, pero su hermana menor sí. Soltaba fuertes sollozos mientras usaba un pañuelo desechable tras otro. Katie lloraba de forma más discreta junto a Gabe, que permanecía ahí de pie, incómodo, sin saber muy bien qué hacer. Entonces, tal vez unos instantes antes de que fuera demasiado tarde, la abrazó por los hombros. Notó que ella se ponía tensa pero luego se inclinaba para apoyarse en él. Eso le hizo sentirse bien.

La policía seguía intentando dar con el rastro de La Otra

Gente, pero era una tarea casi imposible. La web había sido cancelada, aunque sin duda continuaba en activo bajo una dirección URL distinta, en algún rincón del internet oscuro, invisible para ellos.

Habían detenido a Steve, el exnovio de Louise, pero por el momento se negaba a declarar. Dos cargos por intento de homicidio eran claramente preferibles a lo que La Otra Gente planeara hacerle, fuera lo que fuese. Maddock le notificó a Gabe que también lo estaban investigando por intimidación a testigos y falsificación de pruebas en varios casos más.

Parecía improbable que encontraran algún día al culpable del asesinato de Fran. Fuera quien fuese, había actuado como un profesional, hasta tal punto que la policía sospechaba que su intención no era que Fran muriera enseguida, sino que sufriera una muerte lenta y dolorosa.

—Bueno —comentó el Samaritano—. Veo que has dejado atrás la vida nómada.

—Supongo que sí.

—Me alegro. Tu autocaravana, ese montón de mierda, da vergüenza ajena. Será mejor que la lleves directa al desguace. Tritúrala.

Gabe esbozó una sonrisa, pero no la aguantó mucho rato.

—Sigue habiendo cabos sueltos.

—Así es la vida. No todo acaba encajando como en las pelis.

—Ya. Pero hay algo que no consigo quitarme de la cabeza. Una cosa que me tiene inquieto.

—¿Ah, sí?

—¿Quién sabía que Fran estaría en el lago ese día y a esa hora?

—A lo mejor alguien la vigilaba.

—Eso piensa la policía. Encontraron restos de cinta de pintor y un árbol que tenía algunas ramas rotas. Creen que tal vez alguien había montado una especie de sistema de vigilancia.

—Ahí tienes la respuesta.

—Con la salvedad de que, para empezar, nosotros éramos los únicos que sabíamos que el coche y el cuerpo estaban ahí.

—Entiendo por dónde vas.

—Eso me ha recordado algo que me dijo Katie sobre el adolescente que mató a su padre. Jayden. Al parecer, lo ingresaron en un centro de menores cuando era muy pequeño. Su madre había muerto, y su padre era delincuente profesional.

—Qué estereotipo —comentó el Samaritano—. El padre, ausente. El chaval, privado de una figura paterna, se junta con quien no debe. La historia se repite. A veces el padre ni siquiera se entera de que tiene un hijo hasta que ya es mayor. Cuando esto ocurre, el chaval toma a su admirado papá como modelo. Cuesta encarrilar a tu hijo por el buen camino cuando llevas tanto tiempo yendo por el malo. Pero digamos que lo intentas. A lo mejor te esfuerzas al máximo por guiarlo en la dirección correcta. Entonces basta con que cometa un solo error...

Gabe lo miró con fijeza.

—He conseguido agenciarme una foto policial de su padre. Es bastante antigua. Desapareció del mapa hace años.

Se llevó la mano al bolsillo. Antes de que pudiera sacarla, un puño de acero se cerró en torno a su muñeca.

—No lo hagas.

El Samaritano le clavó los ojos. Gabe notó que se le desplazaban los huesos de la muñeca y que algo se marchitaba por dentro. De pronto, se arrepintió de haber quedado con el Samaritano en su propio establecimiento. Allí, si el hombre decidía matarlo, podía hacerlo sin que nadie viera nada ni dijera una palabra.

—Vale —murmuró.

El Samaritano le soltó el brazo, que cayó sobre la mesa como un peso muerto.

—Te voy a contar esto una sola vez, y solo una. ¿Queda claro?

Gabe asintió.

—Tienes razón. Era mi chico. Y tenía solo dieciocho años cuando esa zorra lo mandó matar. No era mala persona. Sé que lo que hizo estuvo mal, pero tenía muy buen corazón.

—Mató a un hombre y después se fue a una fiesta.

—Y tú atropellaste a una chica cuando ibas bebido y le provocaste la muerte cerebral. Y, a pesar de todo, aquí estás. Como eres blanco, tienes el privilegio de que te concedan una segunda oportunidad.

—No me conoces.

—Oh, sé que eras pobre. Pero no es lo mismo ser pobre cuando eres blanco que cuando eres negro, y no me vengas con que es mentira. Al blanco muerto de hambre que casi mata a una chica cuando conducía borracho le conceden la condicional. A un chaval negro, por homicidio imprudente, lo mandan derechito a la cárcel. Toma ya.

Gabe permanecía callado.

—Jayden se sentía culpable. Me lo comentó. Quería enmendarse, cambiar de vida. Como hiciste tú. Pero nunca tuvo la oportunidad, porque una zorra sedienta de venganza lo mandó matar. ¿Sabes lo que le hicieron? No solo le rajaron el pescuezo. Antes le pegaron una paliza. Hicieron papilla todos los órganos de su cuerpo. Murió lentamente, solo. No tenía más que dieciocho años.

—¿Cómo lo averiguaste? —inquirió Gabe.

—Me llevó un tiempo, pero tengo mis métodos. Empecé buscándola a ella, siguiéndole la pista. Y la encontré. Di con ella en un pequeño pueblo de las Midlands. La espié mientras planeaba lo que le haría.

—Tenía una hija.

—Y yo tenía un hijo. —Fulminó a Gabe con la mirada—. Pero un día ella desapareció y ya nunca volvió. Le perdí el rastro de nuevo.

—Pero ataste cabos. Sabías que estaba implicada en lo que le había pasado a Jenny e Izzy. Por eso me seguiste y te hiciste amigo mío. No era a mí a quien buscabas, sino a Fran, pero pensaste que yo podía ayudarte a encontrarla.

Se encogió de hombros.

—No fue difícil encontrarte, tío. Andabas siempre en las estaciones de servicio repartiendo octavillas. Hice lo que debía. Y encima te hice un favor.

—¿Cómo?

—Si Fran siguiera con vida, ¿no crees que regresaría a por Izzy? ¿Te habría gustado que lo hiciera?

Gabe no fue capaz de responder.

El Samaritano asintió.

—Ya. Lo suponía.

Gabe lo había sospechado. Se lo temía, pero confirmar que estaba en lo cierto no lo hacía más fácil de digerir.

—Hay algo más —dijo.

—¿El qué?

—Miriam. Alguien debió de deducirlo todo y llegó hasta ella antes que yo. Le dio una pistola. Le dijo que se suicidara.

—Suena como un buen consejo.

—Ella se refirió a él como el Hombre de Arena.

—Mola el nombre.

—Sí, mola. En el puente me comentaste que tenías muchos nombres. ¿Es este uno de ellos?

El Samaritano se reclinó en su silla y contempló a Gabe en silencio por un momento.

—¿Sabes? —dijo al fin en voz baja y grave—. Yo también estuve en un puente. Cuando Jayden murió. Con la diferencia de que mi puente era una botella de whisky y un puñado de pastillas. Esperé a que la oscuridad se me llevara. Pero no lo hizo. No hasta el final del túnel. Me encontré en una playa, pero muy distinta de las que se pueden encontrar en el mundo. Esta estaba en otro sitio. Hacía frío. Y el mar estaba negro y furioso, y parecía que las olas fueran a abalanzarse sobre mí, agarrarme y arrastrarme hacia el fondo... No podía quedarme allí. Eché a correr y trepé con dificultad por la arena. Desperté en el hospital, con vómito en la camisa, mierda en los pantalones... y esto en la mano. —Se dio unos golpecitos con el dedo en el diente, y a Gabe se le helaron las entrañas.

—Un guijarro.

—Sí. Una cosa rarísima. Fue como si me hubiera paseado por una pesadilla y al volver me hubiera traído un souvenir. Hice que lo machacaran y me incrustaran un trocito en el diente. Como recordatorio.

—¿De qué?

—De lo que nos espera a las personas como yo.

—¿Por eso te pusiste ese nombre?

El Samaritano negó con la cabeza.

—Eso no tendría sentido, tío. Guijarros, arena... No. —Endureció el tono—. Me puse ese nombre porque, como el personaje del cuento, me dedico a hacer que la gente... se duerma.

A Gabe se le puso la carne de gallina.

—¿Has terminado con el interrogatorio?

Hizo un gesto afirmativo.

—Sí. Bueno, debería irme. Tengo que ir a recoger a Izzy al colegio.

El Samaritano le tendió una mano recia.

—Ha sido un placer verte de nuevo, tío. No hagas tonterías y cuida bien a esa chiquilla.

Tras vacilar unos instantes, Gabe le estrechó la mano. El Samaritano esperó a que empezara a alejarse de la mesa antes de añadir:

—¿Sabes? Si de verdad querías atar todos esos cabos sueltos, te has dejado un detalle.

Suspirando, Gabe se volvió hacia él.

—¿Qué detalle?

—El coche.

—¿Qué pasa con él?

—Esa noche estabas conduciendo de vuelta a casa, ¿no?

—Sí.

—Y el coche en el que iba Izzy estaba delante de ti.

—Así es.

—No tiene sentido.

—¿Disculpa?

—Debería haber estado alejándose de tu casa. Circulaba en la dirección equivocada. ¿Nunca te has preguntado por qué?

62

Era un bonito día soleado, uno de esos días que los niños dibujan con lápices de cera: un sol esplendoroso y redondo, el mar de color azul chillón y la arena de un amarillo tóxico.

Bajaron a pie de la casa a la playa. Gabe con Izzy, y Katie con Sam y Gracie. Él nunca había imaginado que acabaría por mudarse a la casona. Pero Izzy había insistido. Decía que le gustaba estar cerca del mar y la playa. Y él no pudo negárselo.

Invitar a Katie y a sus hijos a vivir con ellos no formaba parte del plan inicial. Fue algo que ocurrió de forma más o menos espontánea. Los tres los habían visitado con frecuencia durante las vacaciones, que Gabe estaba aprovechando para redecorar la casa. Sam e Izzy jugaban mucho juntos, y Gracie era un cielo. Katie lo había ayudado a elegir las tonalidades, el mobiliario, los cuadros; quería darle un aire más hogareño al viejo caserón. Él agradecía su asesoramiento; después de vivir tres años en una autocaravana, se sentía perdido en aquel mundo de muebles que venían en cajas planas, muestrarios de telas y botes de pintura para las pruebas.

Cuando Katie le preguntó qué pensaba hacer con todo aquel espacio, él le contestó en broma que tal vez ella debería instalarse allí. Izzy secundó la moción con entusiasmo. Aunque en su momento se lo habían tomado a broma, Gabe comenzó a darle cada vez más vueltas a la idea. La casa era demasiado grande para Izzy y él. No quería que acabara con habitaciones vacías y muertas, como antes. Así que se lo propuso de nuevo a Katie, esta vez más en serio. Le ofrecía un nuevo comienzo, sin necesidad de pagar alquiler, con canguro incluido, sin compromisos.

Para su sorpresa, Katie aceptó. Había encontrado trabajo en un hotel que no estaba muy lejos. Habían transcurrido seis meses ya, y sentía que las cosas se habían estabilizado y estaban más tranquilas. La enorme mansión, que siempre había parecido más bien una morgue, se llenó de vida y de risas. No formaban una familia, al menos en un sentido tradicional. Katie y él seguían en proceso de conocerse mejor. No sabía muy bien adónde conduciría ese camino, si es que conducía alguna parte, pero le parecía emocionante. No se había reintegrado del todo a la vida, pero, de algún modo, la vida lo había encontrado a él.

Un día se fueron de pícnic, como hacían a menudo. Era una ñoñería, pero se había visto privado de ella durante tres largos años. Cuando a uno se le vedaba el placer de las pequeñas cosas, aprendía a valorarlas mucho más. Extendieron la manta de cuadros sobre las piedrecillas y colocaron tumbonas. Tras encasquetarles gorros para el sol a los niños, Katie hurgó en la bolsa de playa en busca de la crema solar.

Chasqueó la lengua.

—No la encuentro. —Alzó la vista hacia Gabe—. ¿La has metido en la bolsa?

Él frunció el entrecejo.

—Eso creía.

—Pues no está.

—¿Estás segura? Deja que eche un vistazo.

—Te digo que no está. Ya he mirado bien.

Izzy, Gracie y Sam soltaron una risita.

—¿Qué pasa? —preguntaron Katie y Gabe al unísono.

Los niños intercambiaron miradas de complicidad.

—¿Qué pasa? —repitió Katie.

—Habláis como una pareja —señaló Sam.

Katie y Gabe se miraron, sonrojados.

—Pero bueno, eso es... —tartamudeó Katie.

—Asqueroso —dijo Gabe, haciendo una mueca—. ¡Puaj!

—¡Oye! —Katie le pegó un puñetazo de broma en el hombro. Aunque le dolió, Gabe sonrió, frotándose el brazo—. ¡La crema solar! —exclamó de nuevo Katie, en tono más serio.

—Debo de haberla dejado en la cocina —dijo Gabe—. Voy a buscarla.

—¿Podemos meternos en el agua, mamá? ¿Porfa? —preguntó Sam.

—Vale, pero no os quitéis la camiseta. No quiero que os queméis.

—¡Bien!

Los niños arrancaron a correr hacia el mar. Gabe los observó por un momento, aún reacio a perder de vista a Izzy durante mucho rato.

—¿Quieres que vaya yo? —inquirió Katie, como si le hubiera leído la mente.

—No, no, yo me encargo.

Se volvió y echó a andar con paso trabajoso sobre los guijarros hacia el sendero del acantilado. No era muy largo, pero sí bastante empinado. Cuando llegó arriba estaba empapado en sudor y tenía la camiseta pegada al cuerpo como una segunda piel. Desde allí, el camino zigzagueaba en lo alto del acantilado hasta alcanzar el patio trasero de Seashells, en cuya verja Gabe había mandado instalar una puerta de acceso a la finca. Por lo general estaba desierto, salvo por algún que otro senderista u observador de aves. Pero ese día no. En mitad del sendero había una mujer, justo al borde del abismo, con la vista tendida hacia el mar.

Joder. Aunque los acantilados situados unos kilómetros al sur de Beachy Head eran populares entre los suicidas, poca gente conocía los de esta zona. Aun así, eran tan altos como letales, sobre todo por la parte más alejada de la playa. En ese punto había una caída vertical hasta unas rocas puntiagudas batidas por las olas. Si alguien saltara allí, la corriente arrastraría sus huesos destrozados mar adentro antes de que alguien pudiera echarlo de menos.

—¿Hola? ¿Disculpa?

La mujer se volvió. Un agujero negro se abrió en el corazón

de Gabe. Se la veía mayor. Llevaba el cabello corto y teñido de rubio. Se apoyaba en un bastón. A pesar de todo, él la reconoció en el acto.

—Creí que habías muerto.

63

—No te pido que me perdones.

—Me alegro.

—Solo quería intentar explicártelo.

—Podrías empezar por explicarme tu milagrosa recuperación.

Fran lo observó fijamente.

—Creyeron que sería más seguro así.

—¿Quiénes? ¿Estás en una especie de programa de protección de testigos?

—Algo así. Están muy interesados en La Otra Gente. No solo operan aquí, sino también en otros países. Querían que los ayudara. Sería más fácil si me hacía pasar por muerta. De ese modo, La Otra Gente dejaría de buscarme.

—¿Lo sabe Katie?

Sacudió la cabeza.

—Y no debe enterarse. Sería demasiado peligroso.

—Entonces ¿por qué estás aquí?

—Ya te lo he dicho. Para explicártelo.

Gabe se quedó mirándola. Una parte de él deseaba tirarla por el acantilado. Regodearse con sus gritos mientras caía. Otra parte quería saber. Aún tenía preguntas sin respuesta. ¿Qué había pasado en la casa? Y el coche. ¿Cómo había acabado aquel coche delante de él?

«Debería haber estado alejándose de tu casa. Circulaba en la dirección equivocada.»

—Pues explícamelo. Y no me vengas con la gilipollez de que lo hiciste todo por Izzy.

—Le salvé la vida a tu hija.

—No habría corrido peligro de no ser por ti. Y mi esposa seguiría viva.

—¿De verdad crees eso? Si no hubiera sido yo, habría sido cualquier otro.

Él quería replicarle, pero sabía que tenía razón. Ella no era más que un peón. Siempre habría otra gente. De eso se trataba precisamente.

—¿Qué ocurrió aquel día en mi casa?

—Ya lo sabes casi todo. Se suponía que yo debía presentarme, conseguir que Jenny me invitara a pasar y abrir la verja delantera.

—Para que pudiera entrar el asesino.

—Nunca tuve la intención de seguir las instrucciones hasta el final. Quería que lo pareciera para que creyeran que había pagado el favor, pero tenía otros planes.

—Llamaste a la policía antes de llegar a la casa para decirles que había un intruso.

—Creía que llegarían a tiempo para evitar que pasara nada malo. Luego, Emily y yo pondríamos tierra por medio.

—¿Por qué la llevabas contigo ese día?

—No tenía a nadie que me la cuidara y me daba miedo dejarla sola. —Soltó una carcajada breve y amarga—. Qué irónico, ¿no crees?

Gabe sintió una pequeña punzada de compasión. Muy pequeña.

—La policía dijo que habían encontrado señales de lucha en la casa. ¿Creían que Jenny se había defendido de su agresor?

—Le pegó un tiro a Jenny primero. Entró por la puerta del patio. Me abalancé sobre él para intentar detenerlo, pero la pistola se disparó. —Hizo una pausa para tragar saliva, con el horror a flor de piel—. La bala alcanzó a Emily. Cayó al suelo. Conseguí golpearlo con una cacerola que estaba sobre el fogón y se quedó aturdido, pero no había tiempo que perder. Sabía...

sabía que Emily había muerto. Tenía que tomar una decisión. O huía con Izzy, o las dos moriríamos también. Conseguimos llegar a su coche. Se había dejado las llaves puestas en el contacto. Metí a Izzy a toda prisa y arranqué lo más rápido que pude.

—¿Por qué no llamaste a la policía después de huir?

—Estaba conmocionada. No sabía qué hacía ni adónde iba. Pero empecé a tomar conciencia de la realidad. Izzy llamaba llorando a su madre en el asiento trasero. Caí en la cuenta de que estábamos a kilómetros de la casa. Giré en redondo y enfilé la autopista. Mi intención era ir directa a comisaría, pero entonces topamos con unas obras en la carretera y teníamos un coche detrás, un cuatro por cuatro, que se puso a pitar y a dar las luces...

«Toca el pito si estás cachonda.» Gabe sintió que se le helaban las venas.

—Intenté alejarme, pero el coche aceleró detrás de nosotras. Nos perseguía. Creí que eran ellos. La Otra Gente. Que nos habían encontrado e iban a matarnos. Entré en pánico. Me olvidé de la policía. Me olvidé de todo. Solo sabía que teníamos que irnos lejos. Y que después... —sus ojos se posaron en los de él— ya no habría vuelta atrás.

A Gabe le flaquearon las piernas. A pesar de la fresca brisa marina que lo azotaba, tenía la sensación de que no había oxígeno en el aire. Le entraron ganas de vomitar.

—Era yo. Estabas huyendo de mí.

Ella esbozó una sonrisa agria.

—El destino es un auténtico hijo de puta, ¿a que sí?

Él no sabía si reír, llorar o tirarse por el precipicio. Si no hubiera estado conduciendo detrás de ellas, si no hubiera salido en su persecución... Si él hubiera acertado a pasar por allí unos pocos segundos antes o después, si hubiera cambiado de carril, si otro vehículo se hubiera interpuesto entre ellos... todo habría sido muy distinto. Podía culpar al destino, al karma, a una alineación de los astros. Podía culpar al retorcido sentido del humor de Dios, pero, en realidad, si se adentraba en el meollo de la cuestión, todo se reducía a que la culpa era simplemente de la puta mala suerte.

—Habrías podido acudir a la policía de todos modos —dijo con voz ronca—. Luego, cuando te diste cuenta de tu error.

—Era demasiado tarde. Me asustaba lo que pudiera pasar. Tenía miedo de La Otra Gente. Pero, sobre todo, temía perder a esa niñita que se parecía tanto a Emily. Si me concentraba mucho, casi podía imaginar que era Emily de verdad. Tienes razón. No lo hice por Izzy. Lo hice por mí. Porque la necesitaba. La pena me estaba ahogando. No podía vivir sin mi hija y necesitaba que Izzy llenara ese hueco enorme que tenía en el corazón.

Gabe se quedó callado por un momento.

—Entiendo —dijo al cabo.

Ella sacudió la cabeza.

—No, no lo entiendes. Porque eres mejor persona que yo. Te estoy mintiendo incluso en este momento. En realidad, no he venido para darte explicaciones, sino porque quería ver a Izzy por última vez. Asegurarme de que es feliz.

—Es feliz —dijo Gabe—. Está con su familia.

—Me alegro. —Bajó la mirada hacia las rocas. Una oleada de vértigo recorrió a Gabe—. ¿Sabes? Cuando estaba inconsciente en el hospital, soñé que me encontraba en una playa igual que esta. Emily también estaba allí. —Posó la vista de nuevo en él—. ¿Crees que nos esperan?

Él tragó saliva, pensando en Jenny.

—No lo sé. Eso espero.

Ella asintió.

—Será mejor que regreses antes de que te echen de menos.

—¿Y tú qué harás?

—No te preocupes, no volverás a verme.

Él esperaba que esto fuera cierto. Quería creerlo. Pero tenía que decirlo en voz alta.

—Si te vuelvo a ver, sabes que te mataré, ¿verdad?

—Te recuerdo que ya estoy muerta.

Gabe giró en redondo y comenzó a bajar por el sendero del acantilado. A medio camino, cayó en la cuenta de que no había cogido la crema solar. Dio media vuelta otra vez. Ella ya no estaba.

64

Katie estaba en la ribera, las olas le lamían los dedos de los pies. Se volvió al oír el crujido de las pisadas de Gabe sobre los guijarros.

—Te lo has tomado con calma —comentó.

Gabe le tendió la crema solar y se encogió de hombros.

—Soy un hombre viejo y lento.

—¿Eso es todo?

Él sonrió.

—Claro, ¿por qué?

Ella lo observó con curiosidad por unos instantes y sacudió la cabeza.

—Por nada. —Agitó el tubo de crema en el aire—. ¡Niños!

El niño y las dos niñas salieron chapoteando del agua, obedientes, y dejaron que Katie los embadurnara con aquel potingue de factor cincuenta antes de correr a zambullirse de nuevo entre las olas. Gabe, de pie junto a Katie, miraba cómo jugaban.

—Estamos seguros aquí, ¿verdad? —dijo ella al cabo de un rato.

—Tan seguros como se puede estar.

—¿Crees que todavía ronda por ahí? ¿La Otra Gente?

Gabe paseó la vista por la playa, vio a una pareja joven tomando el sol y una mujer mayor yaciendo en una tumbona, sus moteadas piernas asomaban por debajo de un vestido floreado y el rostro se ocultaba bajo una pamela grande.

—Supongo que nunca lo sabremos —respondió él—. Tendremos que aprender a vivir con la incertidumbre.

—Supongo.

—Siempre puedo utilizar mis superpoderes para protegernos.

—¿Qué superpoderes?

—Mi vejez y mi lentitud.

—Qué impresionante.

—En esencia, mis enemigos se aburren de esperarme.

Ella sonrió.

—Pues no me parece una mala táctica.

Él alargó el brazo y la tomó de la mano. Ella entrelazó los dedos con los suyos y se apoyó en su hombro.

Gabe tendió la mirada por encima de su cabeza hacia el pie del acantilado, allí donde las olas azotaban las rocas puntiagudas y si algo cayera acabaría desintegrado y engullido por el mar. Sí, podía vivir con eso.

Epílogo

El anciano caminaba con solemnidad por el cementerio. Llevaba una americana negra anticuada y sujetaba unas flores ligeramente marchitas. Se detuvo ante una tumba, depositó el ramo con delicadeza y rezó una oración en voz baja.

Cerca, un hombre más joven, casi adolescente, sentado en un banco, contemplaba desconsolado una reluciente lápida que indicaba una pérdida reciente, un dolor en carne viva. El muchacho se enjugó las lágrimas con la manga de su sudadera.

El anciano se enderezó.

—¿Te encuentras bien?

El joven alzó la vista y la fijó en él, desconcertado, con los ojos hinchados, dudando entre responderle o decirle que se fuera. Entonces reparó en el alzacuellos blanco y esbozó una sonrisa lánguida.

—No, la verdad es que no.

El anciano echó un vistazo a la lápida, aunque ya sabía cuál era el nombre que figuraba en ella. Ellen Rose. Diecinueve años, muerta por sobredosis de una droga que le había facilitado su noviete ocasional. El muchacho era Callum, su hermano mellizo, que visitaba la tumba cada semana a la misma hora.

—Ellen Rose —dijo el viejo—. Qué nombre tan bonito.

No hizo falta que dijera nada más. La pena y el rencor se derramaron como un torrente negro. El hombre sabía por experiencia que la gente agradecía la oportunidad de hablar, sobre todo con un desconocido. Les resultaba más fácil que abrirse con sus familiares, personas demasiado próximas que estaban absortas en su propio sufrimiento y desesperación.

Dejó que el joven diera rienda suelta a su aflicción por el inmenso vacío que había dejado su hermana, al odio acerbo que albergaba hacia el novio, al resentimiento que lo consumía por saber que el tipo andaba por ahí, disfrutando de su libertad mientras su hermana yacía en la sepultura.

—Debería estar en la cárcel. Pagar por lo que hizo.

El anciano asintió con un gesto comprensivo.

—La mayoría de la gente no entiende lo que se siente al perder a un ser querido de un modo tan absurdo y saber que el culpable sigue en la calle.

—¿Usted sí lo entiende?

—A mi mujer la asesinaron. La atracaron cuando volvía a casa al salir de la iglesia. Nunca pillaron a los asesinos.

El joven lo miró fijamente, con ojos desorbitados.

—Lo siento. No sabía...

—No pasa nada. He aprendido a vivir en paz con ello.

—¿Los ha perdonado?

—En cierto modo. Pero el perdón no debería excluir la justicia. —Se hurgó en el bolsillo de la americana y sacó una tarjeta—. Ten. Tal vez te resulte útil.

El muchacho echó una breve ojeada al trozo de cartón.

—¿Se trata de algún rollo religioso?

El hombre negó con la cabeza.

—No, en absoluto. Pero, tras la muerte de mi esposa, me ayudó a... cerrar el tema. Podrían ayudarte a ti también.

El joven vaciló antes de coger la tarjeta.

—Gracias.

El viejo sonrió.

—A veces, consuela un poco hablar... con otra gente.

Agradecimientos

Escribir libros no se vuelve más fácil con el tiempo. En realidad, todo lo contrario, resulta cada vez más complicado.

Descubrirlo me dejó un poco hecha polvo.

Así que, en primer lugar, quiero dar las gracias a Neil, mi esposo, por ayudarme a mantener la cordura (casi siempre) mientras escribía este, mi tercer libro. Sin su apoyo, me quedaría incluso menos pelo, Doris no tendría más remedio que pasearse sola y nadie vaciaría el lavavajillas.

Gracias a Max, mi brillante «ogro» editorial, que consigue hacerme sentir como una escritora increíble a pesar de señalarme todas las ocasiones en que no lo soy. Y gracias a Anne, mi fabulosa editora en Estados Unidos, que me ha animado mucho a sacar este libro adelante.

Mi más efusivo agradecimiento a todo el equipo de MM Agency por todo lo que han hecho y siguen haciendo por mí. Sois los mejores. Os envío todo mi cariño.

Quiero expresar mi gratitud a todas las editoriales que me publican y a cada uno de los excelentes profesionales que contribuyen a que los libros salgan a la luz; a los departamentos de publicidad, correctores, diseñadores de portadas, blogueros y reseñadores; y, por supuesto, a los libreros, que realizan la encomiable labor de difundir el amor por los libros. La verdad es que el granito de arena que aporto en este aspecto es muy pequeño.

Le estoy agradecida a John O'Leary, exinspector de la Policía Metropolitana de Londres, que me proporcionó un asesoramiento inestimable sobre los procedimientos policiales que se mencionan en el libro. Un tipo genial.

Estoy en deuda con las LK por la amistad, las risas y el apoyo, así como con todos los magníficos autores con los que he coincidido en este viaje.

Gracias a mis padres. Ha sido un año difícil. Os quiero a los dos.

Muchas gracias a mi preciosa hija Betty por llenarme el corazón de un amor absoluto e incondicional, así como por recordarme en todo momento lo que de verdad importa en la vida (la purpurina y los unicornios). Ser tu mamá representa para mí la mayor alegría y el máximo privilegio. Iría hasta el fin del mundo por ti, mi increíble y preciosa niña.

Por último, gracias a ti, el lector, por acompañarme en este viaje. Espero que te hayas divertido y que te apuntes también al siguiente. ¡Va a ser una pasada!